D1876397

ANNE STERN

LINDY Girls

atb aufbau taschenbuch

ANNE STERN

LINDY Girls

ROMAN

atb aufbau taschenbuch

MIX
Papier | Fördert
gute Waldnutzung
FSC® C083411

ISBN 978-3-7466-4000-6

Aufbau Taschenbuch ist eine Marke
der Aufbau Verlage GmbH & Co. KG

1. Auflage 2023
© Aufbau Verlage GmbH & Co. KG, Berlin 2023
www.aufbau-verlage.de
10969 Berlin, Prinzenstraße 85
Der Verlag behält sich das Text- und Data-Mining nach § 44b UrhG vor,
was hiermit Dritten ohne Zustimmung des Verlages untersagt ist.
Satz Greiner & Reichel, Köln
Druck und Binden CPI books GmbH, Leck, Germany

Printed in Germany

Dieser Tanz wirbt für sich selbst, dringt allein durch, entladet sich unter mancherlei grotesken Missverständnissen unter dem Donner der Jazzband wie ein Gewitter! Er reinigt die Tradition vom Staub der Jahrzehnte, lässt blasierte Tanzfanatiker neu entflammen, zeigt der tanzbegeisterten Menge den Rhythmus, der ihrem Leben, Fühlen, Denken entspricht, und hört auf den Namen »Charleston«.

Katharina Rathaus (1926)

Kapitel 1

Gila

Leise und beharrlich klirrt Glas an Glas, in zartem Reigen. Auf den Tischen und dem Regalbord hinter der spiegelnden Bar tanzen die Champagnerkelche, berühren einander immer wieder und klingeln sacht. Die Perlen, die in der goldenen Flüssigkeit schweben, steigen an die Oberfläche, als wollten sie auf keinen Fall verpassen, was gleich hier im Saal geschehen wird. Doch schon zerplatzen sie seufzend am Rand des Kristallglases unter dem künstlichen Sternenhimmel.

Der Klang der Trompeten jubelt über die Gäste in Abendgarderobe hinweg und scheucht alle auf. Sofort fahren die samtigen Klänge der Saxophone dazwischen, dann das Fanal der Posaunen. Der Bassist mit der Schiebermütze schmiegt seine Wange an den Hals des Instruments und greift in die Saiten des Kontrabasses. Ein anderer Musiker spielt einen Trommelwirbel, und die Gäste, die in Smokingjacken und Flapperkleidern aus Seide an den Tischchen ringsum sitzen, beginnen wie auf ein Zeichen in ihren roten Polstersesseln hin und her zu schwingen und mit den Fingern zu schnippen. Elektrisiert zittern die Federboas der Damen im Windstoß, der durch den Saal zu streichen scheint. Und der Rhythmus ergreift alles gleich einer gewaltigen Woge.

Da kommen die Girls herein. Acht Mädchen in silberdurch-

wirkten Trikots, mit schwingenden Fransen an den Hüften und Perlenstickerei auf den Oberteilen, die im Licht des Kronleuchters schimmern. In gerader Linie laufen sie leichtfüßig auf die Bühne, mit lachenden Gesichtern und biegsamen Körpern, und Beifall brandet auf, nimmt sie in Empfang. Die Trompeten jubeln, und die Tänzerinnen kreisen die Becken, schütteln Schultern und Hände, trommeln mit den Füßen auf die Bodenbretter. Sie gleichen einander fast vollkommen in ihren glitzernden Kostümen, mit den kinnlangen Frisuren, den langen Wimpern, und doch ist jede von ihnen einzigartig. Wie sie die Beine werfen! Ihre langen schlanken Glieder scheinen aus Gummi arabicum …

»Fräulein Neumann?«, höre ich eine Stimme hinter mir. Blitzschnell ziehe ich das halb beschriebene Blatt aus der Walze meiner Schreibmaschine und knülle es zusammen.

»Voller Rechtschreibfehler, Herr Meier«, sage ich achselzuckend zu meinem Chef und lächle honigsüß, »ich weiß nicht, wo mir heute der Kopf steht.«

»Sie träumen wohl wieder vom Wannsee, mein Fräulein«, sagt er nachsichtig (*Gilachen* nennt er mich nur, wenn niemand in der Nähe ist). Er zwinkert mir zu, weil er denkt, keiner sähe es. Dabei weiß ich genau, dass die Kollegen an den Tischen ringsum über die Papierberge und Schreibmaschinen verstohlen zu uns rüberschielen. Er wartet auf ein Zeichen von mir, dass ich mich an unseren Segeltörn vom vergangenen Sommer erinnere, aber ich lasse ihn nicht so leicht von der Angel.

»Man hört, dass im Herbst auf dem Grund des Sees ein Ungeheuer lebt«, sage ich, und jetzt ist ein bisschen Ängstlichkeit in meiner Stimme, genug, dass es ihn rührt. Dunkle Wagen fahren draußen auf der Friedrichstraße vorüber, und die blasse Novembersonne scheint auf die lackierten Karosserien und wirft helle Tupfen hinauf zu den Fenstern bis in den Redaktionsraum. Sie wandern wie müde Lichtzeichen über unsere Gesichter.

»Menschenskind«, sagt der gesprenkelte Chef zu mir. »Mein lieber Schwan! Sie haben eine blühende Phantasie!«

Was Herr Meier nicht ahnt, ist, dass ich vor lauter Einfällen sogar beinahe platze. Vor allem, seit ich Thea kenne und die *Lindy Girls* getroffen habe. Was ich eben schrieb, ehe er mich störte, und was ich leider zerknüllt habe, damit er es nicht sieht, könnte der Anfang eines Romans sein. Das ist doch etwas anderes als dieses ewige *Es war einmal*. Damit begannen früher die Märchen, die sie uns erzählten – unsere Mütter und Großmütter und die Nachbarinnen in den Küchen. Im Sommer unten im Hof, während die Zugehfrau auf die Teppiche eindrosch und wir Kinder uns zu ihren Füßen drängelten, um kein Wort zu verpassen. *Es war einmal*, und dann kamen die Geschichten von den Prinzessinnen und den verwunschenen Königssöhnen, den glänzenden Ballsälen, wo sich die geputzten Paare sittsam im Kreis drehten, und von dem Ritt auf dem weißen Schimmel des Helden heim zum Märchenschloss.

Aber für solche Geschichten interessiere ich mich nicht. Es ist doch furchtbar albern, dass es immer nur die Männer sind, die uns Mädchen retten sollen, obwohl das schon lange nicht mehr so ist. Wir chauffieren heute selbst den Wagen, wir gehen zum Boxtraining und hauen unseren Gegnern auf die Nase, wenn es sein muss. Und wir tanzen, wie es uns gefällt.

Vor ein paar Jahren hätte ich gelacht, wenn mir einer in der Redaktion gesagt hätte: Du, kleines Mädchen da an der Schreibmaschine, Gila Neumann – du wirst eines Tages anfangen, einen Roman zu schreiben. Auf dieser hübschen, glänzenden *Torpedo*, mit der du jetzt die Briefe tippst, die dir der Chef diktiert. Und die du nur sehr vorsichtig zu korrigieren wagst, um ihn nicht in seiner männlichen Eitelkeit zu kränken. Höchstens den falschen Komparativ glattstreichen wie ein Hemd beim Bügeln, so großzügig darf man schon sein. Übrigens auch, wenn der Chef einsam ist und in der Mittagspause ein wenig deine Hand halten möchte …

Das kleine Fräulein Neumann hat einen bemerkenswert schnellen Anschlag, finden sie. Den flinkesten von allen Sekretärinnen in der ganzen Zeitungsredaktion. Und manchmal reißen sie sich regelrecht um mich, damit ich ihre Schriftstücke schreibe und nicht etwa das nervöse Fräulein Stiefel. Oder, noch schlimmer, Fräulein Bentheim, die so langsam tippt, dass man dabei einschläft.

Na, ich bin immer schon schnell gewesen! Ich kann doch gar nicht anders. Wenn es sich nicht wie ein Wettrennen anfühlt, dann langweilt es mich sofort. Und Langeweile ist für eine junge Frau das Tödlichste, sagen die Leute. Dann verdorrt sie viel zu früh an ihrem Platz hinter der

Maschine. Ihr Teint wird faltig und matt, und ihre Taille verliert die Biegsamkeit. Im schlimmsten Fall geschieht das, ehe sie jemanden zum Heiraten findet. Vorzugsweise einen der Chefs, was für unsereins besser scheint als ein Tombolagewinn auf dem Jahrmarkt.

Herr Meier ist schon verheiratet, jeden Tag um Punkt elf Uhr geht sein Telefonapparat, und dann säuselt er zehn Minuten lang an seinem Platz hinter der Glasscheibe mit Frau Meier und wird rot dabei. Ich vermeide so lange jeden Blick zu ihm, was geht mich seine Ehe an? Mein Teint ist frisch, und Säuseln ist nicht meine Art.

Dass ich einen Roman schreiben will, so wie die anderen Frauen, die das heute auch wagen, verrate ich vorerst niemandem. Dabei tun es ja alle. Vicki Baum bei *Ullstein*, Gabriele Tergit, oder sogar die Hessel von der *Frankfurter Zeitung*... Das Schreiben ist Tagesgeschäft in Berlin geworden, vor allem hier in der südlichen Friedrichstadt im Zeitungsviertel. Und ein Roman ist nichts Großes mehr wie früher, eigentlich gar keine Kunst. Eher zum Hinunterschlingen wie eine Käsestulle. So eine Stulle zu schmieren, das werde ich doch können? Auch der junge Chef, Herr Schneyder, schreibt, hörte ich. Übers Skifahren in Silvretta Montafon, können Sie das glauben? Angeblich hat er dort Hemingway getroffen. Es ist eigentlich zum Lachen. Und Herr Broszinski aus dem Feuilleton schreibt Kurzgeschichten, ach! – eigentlich alle Journalisten wollen Literaten sein. Natürlich nicht die Tippfräuleins wie ich, die in der Redaktion nur fürs Formelle da sind und nicht so fürs Künstlerische. Aber das lässt sich ja ändern, schließlich sind wir in Berlin, und es ist das Jahr 1928. Was soll da nicht möglich sein?

Ich habe außerdem einen Vorteil gegenüber all den kleinen Herren, die hier zwischen den Druckfahnen der Mittagsausgabe und kaltem Kaffee sitzen und auf Inspiration warten. Ich habe eine Idee! Und ohne Idee keine Geschichte, das weiß jeder. Wenn die Leute einen Roman über Alpenpisten und Schussabfahrten und sonnenglitzernden Schnee lesen wollen, dann doch sicher auch über diese Mädels? Es ist noch nicht lange her, dass ich Thea aufgelesen und bei mir aufgenommen habe, und sie hat mir die rothaarige Alice und all die anderen vorgestellt. Sogar Wally Kaluza, ihre Tanzlehrerin, habe ich getroffen und die *Lindy Girls* seitdem oft tanzen sehen. Und ich kann an nichts anderes mehr denken.

Diese Geschichte wird auch glitzern, da bin ich sicher. Die Mädchen auf der grell angestrahlten Bühne einer Friedrichstraßen-Revue, mitten in Berlin! Die schimmernden Sektflöten und die funkelnden Röckchen der *Girls* mit den langen Beinen und bloßen Armen im elektrischen Licht, und unter ihnen das Palastorchester. Das Juchzen und Jaulen der Trompeten, das Stampfen der Zuschauer … Ich lasse es mir nicht ausreden, das ist bester Stoff für eine Geschichte über uns Frauen, die etwas aus sich machen wollen. Warum auch nicht?

Also eben kein *Es war einmal*, sondern lieber ein *Toi, toi, toi!* Rasch etwas Spucke über die Schulter und – *Vorhang auf!*

Kapitel 2

Wally

September 1928

Wally schnalzte mit der Zunge. »Was glaubt ihr, was ihr hier macht – Entspannungsübungen?«, rief sie. »Höher mit den Beinen, verdammt noch mal!«

Sie eilte am langen Spiegel vorbei und riss den Arm des Grammophons von der drehenden Platte. Vorwurfsvoll quietschte die gleichzeitig klagende und treibende Klarinettenmelodie der *Jazz Wizards* ein letztes Mal auf einem hohen Ton, ehe der Rhythmus erstarb.

Die sechs Mädchen in knappen Sporttrikots, die eben in einer kleinen Reihe die Beine nach vorn geworfen hatten, hielten inne, ihre Glieder erstarrten mitten in der Bewegung. Die jungen Gesichter waren die reinsten Spiegelbilder ihrer Persönlichkeiten, dachte Wally gereizt. Marie und Gertrud, die ewig Schüchternen, wirkten verlegen, ja schuldbewusst, was Wally mit einer gewissen Befriedigung wahrnahm. Hedi und Jutta dagegen rollten aufsässig mit den Augen, die eine so hellblond wie die andere dunkel. Margot, das blasse Gesicht von schwarzen, kinnlangen Haaren umrahmt, sah starr und hochmütig vor sich hin, und Clementine, mit achtzehn Jahren das Nesthäkchen, hatte wohl gar nicht mitbekommen, dass das Training unterbrochen worden war. Sie tanzte ein paar Schritte weiter, ehe sie aus ihrer Traumwelt zurück in die Wirklichkeit plumpste und verdutzt stehen blieb wie ein neugeborenes Fohlen vor einem elektrischen Zaun.

Das sollte Wallys neue Charleston-Gruppe sein, die das Berliner Publikum zum Ausrasten und die Herzen der Zuschauer zum Bersten bringen wollte? Niemand, nicht einmal jemand mit mehr Geduld als Wally, konnte das nach dieser Probe heute nur eine Sekunde glauben.

Atmen nicht vergessen, betete sie sich stumm vor. Im Geiste zählte sie von zehn runter auf null, bis sie spürte, dass ihr Unmut sich legte. Ihr Jähzorn hatte ihr schon oft genug die Suppe versalzen. Und sie wusste, dass sie sich nur deswegen so aufregte, weil das hier alles war, was sie sich je gewünscht hatte. Weil viel davon abhing, dass sie jetzt das Richtige tat und die Mädchen und sich selbst nicht unter Wert verkaufte. Sie glaubte an ihre Idee, aber sie musste sichergehen, dass es nicht beim Glauben, Hoffen, Warten blieb, sondern dass darauf handfeste Taten folgten.

»Mädchen«, sagte sie versöhnlicher, baute sich mit ihren ganzen Einmetereinundsechzig vor ihren Tanzschülerinnen auf, »was soll das denn sein?« Sie versuchte zu lächeln, doch es wurde eine Grimasse. »Ihr eiert hier herum, als seien das eure ersten Walzerschritte bei einem Tanztee in Heringsdorf.«

Nun wirkte sogar Margot betreten, und Hedi und Jutta wechselten einen schnellen Blick.

»Entschuldigung, Fräulein Kaluza«, murmelte die dunkelblonde Marie, und die anderen fielen ein.

»Tut uns leid«, brummten sie, ließen verlegen die Arme hängen und sahen unter gesenkten Wimpern zu ihr herüber. Eine Schar Hühnerküken, dachte Wally, aber was war dann sie? Die Glucke? Das wäre ja noch schöner! Nichts an ihr war mütterlich, und um keinen Preis wollte sie den Eindruck erwecken, sie sei weich und nachgiebig.

»Schon gut«, sagte sie und bemühte sich um angemessene Strenge, gepaart mit Komplizenschaft. »Wir sind ja hier nicht zum Spaß. So kann ich euch doch niemals in den Varietés anbieten. Nicht mal in einer Kaschemme in Kreuzberg, geschweige denn auf größeren Bühnen. Und da wollt ihr doch hin? Habt ihr mir das nicht alle in die Hand versprochen?«

Sie sah jeder einzelnen der Reihe nach in die Augen, bis fast alle die Lider senkten. Nur Jutta hielt ihrem scharfen Blick bis zum Schluss stand, und Wally nahm sich vor, mit ihr in den nächsten Tagen unerbittlich zu sein, um den Ansatz von Rebellion, den sie da in den kleinen dunklen Knopfaugen blitzen sah, im Keim zu ersticken.

»Oder irre ich mich?«, fragte sie mit hochgezogenen Brauen, als keine Antwort kam.

»Nein, Fräulein Kaluza«, murmelten die Mädchen und trippelten in den glitzernden Absatzschuhen auf und ab. »Sie haben recht«, piepste Marie, und ihre wasserblauen Augen wirkten verdächtig blank.

Wally rollte innerlich mit den Augen. Wieder einmal war sie zu weit gegangen und hatte die jüngeren Mädchen zum

Weinen gebracht. Dabei war dies doch das Letzte, was sie wollte. War denn ein bisschen Feuer für ihre Idee, nur etwas Hingabe, zu viel verlangt?

»Das wird schon«, sagte sie lahm zum Trost und ging zum Grammophon hinüber. »Aber jetzt ein bisschen mehr Elan und Körpereinsatz, wenn ich bitten darf.«

Sie wählte eine andere Platte, legte sie auf, schwenkte den silbernen Tonarm und setzte die Nadel in die Rille. Die Musik schwoll wieder an, Blech schmiegte sich ans Schlagwerk, und die leicht quakende Stimme von Billy Hillpot flocht sich dazwischen. *Let's misbehave*, flehte der Sänger, und die rasanten Klänge der Bigband, die Chicago-Jazz spielte, rollten durch den Probensaal. Wally spürte jeden einzelnen Ton wie ihren eigenen Herzschlag, und sie musste sich beherrschen, nicht sofort selbst anzufangen, mit den Hüften zu schwingen und ein paar Tanzschritte hinzulegen. Musik jeder Art hatte diese Wirkung auf sie, sie war ihr Motor, Antrieb, lebendiger Puls.

Auch auf die Tänzerinnen schien das neue Lied schnell überzugehen. Sie nahmen wieder Aufstellung und begannen die Choreographie von vorn. Federnd bogen sie die Taillen zu den pochenden Rhythmen und dem Jaulen der Blechbläser und der Klarinette, verrenkten elegant die Arme über dem Kopf und schüttelten die Hände, als seien ihre Gelenke aus Gummi und nicht aus Knochen, Sehnen und Muskeln. Sie flogen im Step-Schritt mit den Füßen über den Boden, als hätten sie Kufen unter den Sohlen und glitten über spiegelndes Eis. Dann warfen sie die Beine synchron nach vorn. Zwölf schlanke Mädchenbeine wirbelten hinauf, hinunter, nach rechts, nach links – höher diesmal! Wally spornte sie an und atmete insgeheim auf, als sie den Fortschritt bemerkte. Na also, es ging doch!

Talent hatten diese sechs Mädchen. Aber das war nun einmal nicht alles, war eigentlich nur der kleinste Teil, wenn es um Erfolg ging. Talente gab es genug in dieser großen, hungrigen Stadt, in der so viele auf der Suche nach einer Geldquelle waren, nach einem Ausweg aus dem Joch des Alltags. Was zählte, waren Hingabe, Unterwerfung unter die Kunst und die Bereitschaft zur Knochenarbeit – jeden Tag, oft bis spät in die Nacht. Man musste das Talent hervorlocken, in die gewünschte Form schmieden und mit Fleiß und Spucke zu einem Sieg nach dem anderen führen.

Und da kam sie ins Spiel, dachte Wally und warf einen verstohlenen Blick in den Spiegel, wo hinter den tanzenden und endlich schwitzenden Mädchen ihr eigenes Bild herumspukte. Sie war zwar klein, aber niemand sollte es je wagen, sie zu übersehen. Nicht umsonst hatte sie bei den Mädchen den Spitznamen *Der General*. Obwohl keine sich trauen würde, sie offen so zu nennen, hörte Wally den Namen in ihrer Tanzschule oft genug im Flüsterton, anstatt jedoch deswegen beunruhigt zu sein, amüsierte, ja freute es sie. Es zeigte ihr, dass sie auf dem richtigen Weg war, aus diesen Rohdiamanten etwas zu formen, das am Ende funkeln und sprühen würde. Sie durfte nur den Bogen nicht überspannen, denn aus Furcht wurde keine Kunst.

Noch einmal sah sie in den Spiegel und wischte sich eine Locke hinters Ohr. Die blonden Haare und blauen Augen waren für die meisten Menschen ein unübersehbarer Hinweis auf ihre schlesische Herkunft. Und spätestens ihr rollendes R in manchen Worten verriet sie – sie hatte es sich auch nach vielen Jahren in Berlin nicht abgewöhnen können. Doch wahrscheinlich war es genau diese leichte Härte in der Stimme, die ihr nicht zuletzt den Respekt ihrer Schülerinnen einbrachte. Was sie sagte, galt – sie würde sich nichts anderes einreden lassen.

Rasch trat sie zu Jutta, die gerade eine komplizierte Charleston-Figur mit tief gebeugten Knien ausführte. Die junge Frau mit dem schwarzen kurzgeschnittenen Lockenkopf formte ihre schlanken Beine abwechselnd zu einem O und einem X und hielt dabei die Arme mit abgespreizten Handgelenken von sich fort, als habe jemand sie in der Taille entzweigeschnitten. Es sah aus, als tanzten zwei halbe Körper einzeln für sich, jedoch genau aufeinander abgestimmt. Jutta gelang es fast perfekt, aber Wally würde dem Mädchen heute nicht die kleinste Unachtsamkeit durchgehen lassen.

»Hör auf, mit den Armen zu wedeln wie ein Verkehrspolizist«, sagte sie streng zu ihr. »Du sollst deine Zuschauer verführen, nicht ihnen Befehle erteilen.«

Wie aufs Stichwort forderte das Grammophon wieder *Let's misbehave!*, und Wally bog die schmalen Hände ihrer Schülerin nach unten statt nach oben, so dass Juttas Miene sich einen Moment schmerzlich verzerrte. Doch sie biss sich auf die Lippen, lächelte und tanzte weiter. Ihre Knie drehten sich immer wieder auf, dann ein, ohne dass ihre Besitzerin sich etwas von der Anstrengung anmerken ließ. Wally quittierte es mit einem kurzen, anerkennenden Nicken. Jetzt hatten Juttas Arme genau die richtige elegante Krümmung, wie man sie auf den Photographien der berühmten Revue-Girls aus Amerika und England sah. Oder auf der Bühne des Admiralspalasts gleich hier um die Ecke, wo die *Tiller Girls* in immer neuen Spektakeln für Furore sorgten. Mit fast unmenschlicher Präzision wirbelten die beliebten Tänzerinnen Abend für Abend über die riesigen Bühnen des Berliner Revuepalasts und brachten die ungläubigen Zuschauer zum Toben. Jede kleinste Bewegung war synchron, als gehorchte jedes einzelne Girl einem unhörbaren Kommando, dem keine von ihnen entrinnen konnte.

Diese Maschinen in Menschengestalt, wie es in allen Zeitungen hieß, waren ungeheuer erfolgreich. Aber was Wally für ihre eigene kleine Tänzerinnengruppe im Sinn hatte, war nicht diese Art zu tanzen. Als sie einmal in einer solchen Revue gewesen war, hatte der Tanz der *Tiller Girls* sie auf fast unheimliche Weise an die Ekstase der Maschinen-Maria aus *Metropolis* erinnert. Der Film des Regisseurs Fritz Lang war im vergangenen Jahr überall in den Lichtspieltheatern Berlins gespielt worden und hatte Wally mit seinen düsteren Visionen von einer möglichen Zukunft tief verstört, in der das Individuum nichts zählte, die Massen und ihre Maschinen hingegen alles.

Wally wollte etwas anderes, das man auf den großen Bühnen der Stadt bisher nur selten sah. Es hing mit dem zusammen, was Wally einst als junge Frau bei ihrer eigenen Tanzlehrerin gelernt hatte. Dass Tanzen nichts mit Gleichschritt und Marschieren zu tun hatte, und noch weniger mit der absoluten Unterwerfung des Einzelnen unter die Gesetze der Masse. Sondern vielmehr mit der Befreiung des Körpers, um dem Innersten des Menschen Ausdruck zu verleihen. Und nicht zuletzt bot dieser Tanz, den sie so liebte und den man solo ebenso wie in einer großen Gruppe tanzte, aber nicht als Paar, eine verlockende Aussicht auf die dringend notwendige Befreiung der Frauen.

Doch sie würde sich hüten, diesen herumhüpfenden jungen Heuschrecken hier im Saal die gefährliche Idee von Freiheit einzupflanzen. Erst einmal musste man sich unterordnen können, ehe man an Ausbruch und Befreiung auch nur denken durfte.

Noch mehr als eine Stunde lang übte sie mit den Mädchen die immer gleichen Schritte und Sprünge, ließ sie zu dröhnender Jazzmusik tanzen, trieb sie unerbittlich an, korrigierte und schimpfte auch ab und zu. Sie lobte nur sparsam. Zu viel Zuckerbrot war riskant und drohte zu Hirngespinsten zu führen.

Draußen vor den Fenstern, die zum Weidendamm in Richtung Kanal hinausgingen, kroch die sanfte Dämmerung heran, doch Wally ließ nicht locker. Sie spornte die Mädchen an, bis alle japsten, sich den Schweiß von den Nasenrücken wischten und endlich mit hochroten Wangen zu Höchstleistungen aufliefen. Erst, als selbst Clementine die wirbelnden *Steps* und *Kicks* am Ende der Choreographie fehlerfrei ausführte, klatschte Wally hart, aber anerkennend in die Hände.

»Schluss für heute«, sagte sie. »Morgen machen wir weiter. Pünktlich wie immer, bitte, meine Damen.«

Die Mädchen zogen die Mäntel, die ringsum auf Stühlen hingen, über ihre Trikots und verließen schwatzend, Arm in Arm, den Saal. Wally schaltete das Grammophon aus, als sie im Spiegel bemerkte, dass zwei der Mädchen auf sie warteten.

Sie drehte sich um. Hedis und Juttas Wangen waren erhitzt, die Trikots schweißdurchtränkt. Jutta hatte sich auf den Boden sinken lassen und den rechten Schuh ausgezogen. Ihre Zehen waren feuerrot, und sie rieb sich mit einem Stirnrunzeln die schmerzenden Stellen. Wally wusste genau, wie es sich anfühlte, wenn man sich die Füße wundgetanzt hatte. Aber gerade, weil sie es selbst so viele Male durchgemacht hatte, versagte sie sich das Mitleid, das in ihr aufstieg. Schmerz gehörte dazu, wenn man Außergewöhnliches erreichen wollte. Er gehörte überhaupt immer zum Leben dazu, und je eher eine junge Frau das lernte, desto besser war es für sie.

»Wollen Sie beide gar nicht nach Hause gehen?«, fragte sie.

»Mein Chef gibt mir morgen nicht für die Probe frei, Fräulein Kaluza«, sagte Hedi und setzte einen aufsässigen Gesichtsausdruck auf. »Er sagt, er könnte sich jederzeit eine neue Sekretärin suchen, wenn ich weiter so oft freie Tage haben will.«

Wally sah sie an.

»Und ich mir eine neue Tänzerin«, sagte sie ruhig und zog die feinen blonden Augenbrauen hoch. »Ich zwinge dich zu nichts, aber du musst wissen, was du willst.«

Hedi schwieg. Jutta, die vorsichtig ihren Schuh wieder

über den wunden Fuß gestreift hatte, stand mühsam auf und berührte ihre Freundin zart am Ellenbogen.

»Meine Damen«, sagte Wally etwas freundlicher, »gehen Sie nach Hause, ruhen Sie sich aus.«

»Komm«, sagte Jutta zu Hedi, »hier beißt du auf Granit.« Sie warf Wally einen vorwurfsvollen Blick zu und zog die Freundin hinter sich her auf den dunklen Flur hinaus.

Wally sah ihnen nach und schüttelte sacht den Kopf. Hedi hatte eine Stelle in einem Büro, Jutta arbeitete als Kindermädchen bei einer Familie. Beide kamen nicht immer zur Probe, weil sie Überstunden machen mussten oder nicht frei bekamen. Wally verstand, dass alle Mädchen Geld verdienen mussten, um sich über Wasser zu halten. Solange sie selbst kein Engagement an Land zog, flossen keine Einnahmen. Und sie hatte bei Weitem nicht genug Ersparnisse, um die Mädchen ins Blaue hinein zu bezahlen. Doch ohne hartes, tägliches Training würde es nichts werden mit ihrer Tanzgruppe, für die sie noch nicht einmal einen Namen hatte und von der sie dennoch fast besessen war.

Die Idee hatte sie schon lange verfolgt, seit vielen Jahren, aber immer hatte etwas dagegen gesprochen. Natürlich vor allem die Finanzen. Doch nun hatte sie endlich ihren Mut zusammengenommen. Sie wurde nicht jünger, und je mehr Jahre vergingen, desto drängender wurde ihr Gefühl, dass es noch anderes geben musste als ihre kleine Tanzschule mit diesen immer neuen und dabei stets gleichen jungen Gesichtern, die in tänzerischem Taumel an ihr vorbeizogen und von denen sie keines fassen konnte.

Es gelang ihr, sich mit dem Tanzunterricht über Wasser zu halten, aber mehr auch nicht. Das konnte nicht alles gewesen sein! Die Welt musste noch etwas für sie bereithalten – ehe sie zu alt wäre. Zu alt zum Tanzen, zu alt für die Kunst, zu alt für ein neues Leben.

Also hatte sie die besten ihrer Schülerinnen ausgewählt und sie gefragt, ob sie am Abend extra Stunden nehmen würden – gratis –, um ihre Fähigkeiten im Charleston zu vervollkommnen und in absehbarer Zeit bei kleinen Bühnen anzuheuern. Was Wally den Mädchen nicht gesagt hatte, war, dass sie eigentlich jeden Tag im Vorbeilaufen zum Admiralspalast schielte, ins Foyer des Central-Hotels mit dem beliebten Wintergarten oder zum Großen Schauspielhaus am früheren Zirkus hinter dem Schiffbauerdamm. Dort, unter dem künstlichen Sternenglanz der elektrisch beleuchteten Decken, in den großen Tanzpalästen der Stadt, lag das Ziel ihrer Träume. Aber das zuzugeben wäre für eine Frau ihres Alters – immerhin war sie sechsunddreißig geworden und wahrhaftig erwachsen – nicht angemessen. Solche Flausen konnte man mit achtzehn oder zwanzig haben, Wally indes wusste längst, dass sich Träume dieser Art nur äußerst selten erfüllten.

Aber wenn doch, dann in einer Stadt wie Berlin, dachte sie und schlüpfte in ihren Mantel. Wo es – wenn die Dämmerung in den Straßen stand, wenn der Mond aufs Kanalwasser fiel, wenn der Klang der Saxophone lockend wie Sirenengesang aus den Kellerlokalen auf die Straße zog – plötzlich so schien, als öffnete sich der Durchlass zwischen Wirklichkeit und Traum einen winzigen Spalt. Wally konnte dann manchmal nicht anders, als hindurchzulugen, um zu sehen, was sich dahinter verbarg.

Es klopfte barsch, und Wally zuckte zusammen und ging zur Tür. Draußen stand Frau Dünnbier, die Frau des Hausbesitzers. Sie war eine kugelförmige Erscheinung, mit fleischigen Armen und einem grauen Turban, den sie um ihr schütteres weißes Haar geschlungen hatte. In der Hand hielt sie einen tropfenden Wischmopp.

»Frollein«, sagte sie mit einer Stimme wie ein Reibeisen, »es is Zahltag.«

»Ach!«, sagte Wally, der siedendheiß einfiel, dass schon September war. »Das hätte ich beinahe vergessen.«

»Tja, ich nicht«, antwortete Frau Dünnbier und klopfte mit dem Stiel ihres Mopps auf den Boden wie ein mahnender Präzeptor. »Und das Geld für die Kohlen schulden Sie auch noch. Jetzt kommt bald wieder die kalte Saison.«

»Ich bringe es Ihnen morgen«, sagte Wally, während durch ihren Kopf eine Reihe von Zahlen taumelten. Sie waren alle bedrohlich und leuchteten tiefrot. »Einverstanden?«

»Hab wohl keine Wahl«, sagte Frau Dünnbier und verzog den Mund von mürrisch zu grantig. »Weil Sie es sind, Fräulein Kaluza.«

»Danke«, brachte Wally heraus, setzte ein hochmütiges Gesicht auf und schlüpfte an der stämmigen Frau vorbei. Sie schloss den kleinen Saal im Souterrain des Hauses Am Weidendamm 5 mit zitternden Fingern ab, den sie seit vielen Jahren für ihre Tanzschule mietete – früher war er ein Kohlebrikettlager gewesen. Ärgerlicherweise rutschte ihr das Schlüsselbund aus den Fingern und knallte scheppernd zu Boden.

»Getrunken haben Sie aber nicht?«, fragte Frau Dünnbier und tauchte den Wischmopp mit verächtlicher Miene in die trübe Brühe, die in ihrem Putzeimer schwappte.

Schön wär's, dachte Wally und hob schnell den Schlüssel auf. Sie eilte zur Treppe.

»Guten Abend«, sagte sie und bemühte sich um so viel Selbstbeherrschung in der Stimme, wie sie nur aufbringen konnte.

Der Wischmopp knallte schmatzend aufs Linoleum, und Wally hechtete die wenigen Stufen hinauf, während ihr die englischen Liedzeilen von Cole Porter durch den Kopf wirbelten, die sie eben wieder und wieder gehört hatte. *If you'd be just so sweet and only meet your fate, dear* – Wally rutschte mitten in einem Swing-Schritt beinahe auf der frisch gewischten Treppe aus, doch sie fing sich und stieß die Haustür auf –, *it would be the great event of nineteen twenty-eight, dear.*

Draußen umfing sie kühle Abendluft, ein feuchter Nebel stand über dem Spreekanal. Sechs Tänzerinnen, dachte sie. Es war ein Anfang, aber es reichte nicht. Mindestens zwei weitere Mädchen brauchte sie, eine Achterreihe machte mehr her. Zwei spezielle Mädchen müssten es sein, die in Wallys funkelndem Collier aus Rohdiamanten brillieren und es noch mehr zum Strahlen bringen könnten. Dann würde sie, wie in Porters Lied, endlich ihr Schicksal finden, auf das sie schon so lange wartete. Oder wartete es irgendwo da draußen auf Wally?

Kapitel 3

Alice

»Du trommelst schon wieder«, sagte Hildchen augenrollend, und Alice biss sich auf die Lippen und zwang sich, die Füße still zu halten.

Sie stand neben der jungen Kollegin und den anderen Frauen in der Fabrikhalle an der Werkbank und nahm in gleichmäßigem Rhythmus ein glänzendes Spulengehäuse aus dem Korb vor sich, setzte es in den Greifer und reichte das zusammengesetzte Teil nach rechts weiter. Hildchen verkuppelte geschickt beides miteinander, um den fertigen Greifer danach wieder nach rechts in die wartenden Hände der Nebenfrau zu geben.

Alice konnte nicht bis ans Ende der langen Halle sehen. Doch sie wusste, dass dort nach unzähligen weiteren Arbeitsschritten aus den vielen verchromten Teilen schließlich das fertige Zwischenprodukt entstand. Der elegante Korpus der Doppelsteppstichnähmaschine *Perfecta* – das Aushängeschild der Nähmaschinenfabrik in den Berliner Sophienhöfen.

Wenn Alice auch nur eine Sekunde die brennenden Augen schloss, hatte sie das Gefühl, die Geräusche in der Halle ergäben alle zusammen die reinste Musik. Das Klimpern von Metall, das Hebeln und Hämmern an den Werkbänken weiter vorn, das Schnappen der Schiffchen, wenn sie einrasteten, das Surren der Gurte, die an Spulen von der Decke hingen und sacht in der zugigen Luft zitterten – all das wurde zu einer geheimen Melodie, die nur sie hören konnte. Auf wundersame Weise griffen die Töne, das Rasseln und Rollen, das Klappern, Schnalzen und nicht zuletzt das Seufzen der Arbeiterinnen ineinander und formten einen Klang, in dem sich Alice schnell verlieren konnte, wenn sie nicht achtgab. Und dann geschah es ganz von allein, dass sie mit ihren derben Stiefeln den Takt dazu auf den fleckigen Boden klopfte. Auch wenn das Trommeln Hildchen neben ihr wahnsinnig machte. Doch der Puls in ihr ließ sich nicht abstellen.

Alice riss sich zusammen und sah auf ihre Hände hinab. Greifen, einsetzen, einrasten lassen, weiterreichen. Greifen, einsetzen, einrasten lassen, weiterreichen. Greifen, einsetzen … *Oh yes, we have no bananas, we have no bananas today. We've got string beans, and onions, and big juicy lemons …*

»Himmel!«, rief Hildchen und deutete vorwurfsvoll auf Alices Füße, die sich erneut selbstständig gemacht hatten. »Warst du etwa gestern wieder tanzen, du Jazz-Nudel?«

Alice hielt einen Moment inne und lächelte.

»Bei Mutter Erdmann an der Sophienecke gab es spätabends ein Gratiskonzert«, flüsterte sie, »im Keller. Allerdings weiß ich auch, warum es gratis war. Nichts weiter als ein oller Kammbläser und ein Tamburin.« Sie hob die Achseln im Arbeitskittel. »Aber fein war es trotzdem!«

Hildchens Wangen röteten sich vor Neugier. »Hast du

wieder diesen hübschen Kerl getroffen, mit dem du neulich getanzt hast?«, fragte sie aufgeregt.

Alice lachte leise.

»Wo denkste hin?«, fragte sie und griff wieder nach einer Spule. »Ich tanze nicht zweimal mit dem Gleichen, sonst kommen die Männer auf dumme Gedanken.«

»Was wäre denn so falsch an 'nem richtigen Kavalier?«, fragte Hildchen. »Ich fände es knorke, wenn mich einer ausführen würde. Dann könnte ich endlich heiraten und käme hier raus, ehe ich alt und krumm bin.« Sie deutete verächtlich um sich. »Oder willst du etwa nicht hier weg?«

Alice sah sich ebenfalls um. Es war ein Glücksfall, dass sie seit letztem Jahr in der Nähmaschinenfabrik Arbeit hatte. Nur, weil der Firmeneigentümer den Korbflechter Max Margoniner gekannt hatte, hatte er dessen verwaister Tochter eine Anstellung angeboten, damit sie nicht auf der Straße landete. Natürlich war es nicht das, was man sich als junges Mädchen für den Rest des Lebens erhoffte. Das galt aus Alices Sicht allerdings noch viel mehr für Hildchens Zukunftsträume.

»Ich werde ganz sicher nicht heiraten«, sagte sie und stopfte lustlos eine weitere Spule in den Greifer, »das wäre doch vom Regen in die Traufe!«

»Lieber im eigenen Heim schuften als in der Fabrik.« Hildchen blies sich die dunklen Ponysträhnen aus der erhitzten Stirn und schürzte die Lippen. »Da weiß man wenigstens, wofür, anstatt einen reichen Piefke noch reicher zu machen, und das auch noch für einen Hungerlohn.«

»Psst«, zischte es aus der Reihe vor ihnen, und eine der Arbeiterinnen drehte sich warnend um. »Behnke!«

Alice blickte aus den Augenwinkeln in die Richtung, in welche die Kollegin gedeutet hatte, und sah den stets missgelaunten Aufseher herankommen. Die Tage, an denen Behnke Dienst in Halle D tat, waren nach allgemeiner Auffassung die schlechteren. Er schikanierte besonders gern junge Frauen und spielte sich auf – doch Alice ahnte, dass er ein Köter war, der zwar gern kläffte, aber am Ende nicht zubeißen würde. Dazu fehlte ihm der Mumm.

Sie beeilte sich, die nächste Spule zu greifen und einzusetzen, als habe sie nie etwas anderes getan. Als Behnke neben ihnen stand, wirkten Alice und Hildchen wie die reinsten Tugendbilder, und ihre Hände flogen nur so vor Eifer.

»Guten Tag, Herr Behnke«, sagte Alice, ohne von ihrer Tätigkeit aufzusehen. Endlich, zwischen zwei Spulengehäusen, tat sie es doch. »Waren Sie am Ende beim Coiffeur?«

»Wieso?«, fragte Behnke verständnislos und strich sich über die spärlichen, mit dunkler Pomade gefärbten Haare, die in feinen Streifen über seiner Glatze lagen.

»Ihre Frisur ist heute so fabelhaft«, sagte Alice liebenswürdig, »man könnte meinen, Sie seien der Zwilling von Nils Asther – nur ohne Schnurrbart.«

Hildchen neben ihr geriet vor Schreck beim Verkuppeln der Metallteile ins Wackeln, hielt aber die Klappe.

Behnke grunzte.

»Anstatt hier Unsinn zu reden, sollten Sie sich auf Ihre

Arbeit konzentrieren, Fräulein Margoniner«, sagte er säuerlich. »Der Boss hält zwar die Hand über Sie, aber wenn es nach mir ginge, würden Sie mit Ihrem großen Mundwerk hier nicht länger den Betrieb aufhalten.«

»Kann sein«, sagte Alice und lächelte breit. »Aber zum Glück geht es ja nicht nach Ihnen, Herr Behnke.« Sie sah zur großen Uhr. »Oh, die Pause hat begonnen«, fügte sie mit unschuldiger Miene hinzu. »Es ist Ihnen doch recht, wenn ich etwas frische Luft schnappe?«

Sie zwinkerte Hildchen zu, die kaum merklich den Kopf schüttelte, und rauschte an Behnke vorbei durch die Halle. Hüpfend und tänzelnd lief sie mit vielen anderen, die ebenfalls nach Luft und Licht gierten, die Treppen hinab in den Hof der Fabrik. Die Mittagssonne schien von einem blauen Himmel herunter und ließ die gelben Backsteine und orangefarbenen gemauerten Bögen über den großen Fenstern aufleuchten.

Nein, so übel war es nicht, dachte Alice und schlenderte zur großen Toreinfahrt, wo es hinaus auf die Sophienstraße ging. Probeweise versuchte sie ein paar Tanzschritte auf den ausgetretenen Pflastersteinen, lief leichtfüßig an der Sophienkirche vorbei und klopfte ans Fensterchen an der niedrigen Tür der Bäckerei Balzer in der Nummer 37. Es war gerade Mittagspause, aber sie bekam hier trotzdem meistens etwas.

»Tachchen, Alice, zwee Schrippen wie immer?«, fragte Frau Balzer persönlich auch sofort, als sie die Tür einen Spalt öffnete, und sah suchend über Alices Schulter. »Wo is'n dein Bruder?«

»Treibt sich rum«, sagte Alice und ließ sich die beiden duftenden Brötchen in eine Tüte packen. »Aber er wird schon auftauchen, wenn sein Magen knurrt, ich kenne meine Keule.«

Frau Balzer lächelte gequält.

»Bei Benjamin biste uff beiden Augen blind«, sagte sie und wischte sich die knotigen Hände an der Schürze ab. »Der braucht die strenge Hand vom Vadda.«

Alice spürte einen Stich.

»Was soll ich machen?«, fragte sie. »Vater ist nicht mehr. Und Mutter ...«, sie brach ab und fischte nach den Groschen in ihrer Kittelschürze. »Na, wissense ja«, sagte sie kleinlaut. Das Geld klingelte auf dem Tresen. »Über alle Berge vor vielen Jahren.«

»Eine Schande«, sagte Frau Balzer mitfühlend, »zwee stramme Gören, aber keene Mutterliebe. Dit is nich natürlich, sach ick immer.«

Alice wollte auf einmal schnell wieder raus aus der engen Bäckerstube. Sie hob die Tüte mit den Schrippen zum Gruß und nickte Frau Balzer zu. Das Glöckchen bimmelte, und Frau Balzer sperrte hinter ihr zu. Das Letzte, was Alice sah, war das verschwommene, mondrunde Gesicht hinter der Butzenscheibe, das ihr nachblickte, dann wandte sie sich ab und ging weiter.

Irgendetwas war mit dem Hellblau des Septemberhimmels passiert, dachte sie mürrisch, es spielte plötzlich ins Grau, als sei ein Tropfen schwarzer Tinte hineingefallen und breitete sich in Windeseile über der ganzen Sophienstraße aus. Sie biss in eine der Schrippen.

»Da biste ja!«, rief eine Stimme hinter ihr, und noch ehe sie sich umdrehte, wusste sie, dass sie recht behalten hatte – Ben hatte sie gefunden, wie immer, wenn er etwas brauchte.

Wortlos sah sie ihrem Bruder entgegen und hielt ihm die Tüte mit der zweiten Schrippe hin. Sofort versenkte er die weißen Zähne ins Brötchen und strahlte. Die Sommersprossen auf seinem Gesicht tanzten wie eben Alices Füße auf dem Pflaster.

»Dufte«, murmelte er mit vollem Mund, »auf dich ist Verlass, Schwesterherz.«

»Was man von dir nicht behaupten kann«, sagte Alice zweifelnd und trat näher an ihn heran. Ben hatte einen dunkelvioletten Schatten am Auge und eine aufgeplatzte Schramme auf der Stirn, die sie nicht gleich gesehen hatte, weil er sein rotes Haar darüberfallen ließ. Vorsichtig streckte sie die Hand aus und wollte ihm über die Verletzung streichen, doch er zuckte zurück.

»Flossen weg«, sagte er und biss wieder in seine Schrippe, diesmal mit feindseliger Miene.

»Sieht übel aus«, sagte Alice. »Da gehört ein Pflaster drauf.«

»Krankenschwester biste jetzt also auch?«, gab er zurück. »Haben die in der Charité schon von dir gehört?«

»Lass den Quatsch«, sagte Alice scharf. »Mit wem hast du dich geprügelt?«

Er zuckte mit den Schultern. Jetzt erst bemerkte sie, dass auch seine Knickerbockers einen beachtlichen Riss am Hintern hatten, und sie verdrehte die Augen bei dem

Gedanken daran, wem die ehrenvolle Aufgabe zukommen würde, sie heute Nacht zu flicken.

»Spuck es aus«, sagte sie und packte ihn am Jackenaufschlag. »Waren es die Brüder Scholz?«

Ben funkelte sie mit seinen grünen Augen an – sie ähnelten, wie Alice wusste, ihren eigenen – und nickte schließlich.

»Diese Braunhemden sind nichts als feige Hunde«, zischte er. »Sie haben mir aufgelauert. Zwei gegen einen«, er spuckte aufs Trottoir, »das ist unfair.«

Alice spürte, wie etwas ihr die Kehle zudrückte. Beschützerinstinkt, sie kannte das schon.

»Diese Kanaillen«, fauchte sie. »Denen ziehe ich die Hammelbeine lang.« Sie strich Ben über den Arm. »Tut es weh?«

Er winkte ab. »Ich hab schon schlimmere Hiebe eingesteckt«, sagte er sorglos.

Alice nickte beklommen. Ben bettelte bereits seit Monaten, dass er endlich die Penne schmeißen und sich als Berufsboxer verdingen durfte – sein erklärtes Berufsziel. Doch Alice blieb hart und zwang ihn, weiter zur Schule zu gehen. Es reichte, wenn einer von ihnen nur mit Mühe lesen und schreiben konnte, wenigstens Ben sollte es zu etwas bringen. Für Alice, die mit fünfzehn, als Vater krank geworden war, die Schule verlassen hatte und in Stellung gegangen war, blieb die Welt der Buchstaben und Zahlen eine mit vielen Siegeln, die sie nicht brechen konnte.

»Hallo? Erde an Fräulein Margoniner?«, sagte Bens Stimme neben ihr und holte sie zurück in die Wirklichkeit. »Isst du das noch?« Mit bittendem Gesicht deutete er auf ihre angebissene Schrippe, die sie in der Hand hielt. Geistesabwesend reichte sie ihm den Brötchenrest und sah zu, wie er ihn verschlang. Dann wischte er sich die Krümel aus dem Gesicht und grinste schon wieder. Sein Ärger über die Scholz-Gören schien verflogen. So war es immer mit Ben, nichts würde seine Laune nachhaltig trüben. Er war wie ein Stehaufmännchen, das man nicht am Boden halten konnte – kaum ließ man es frei, schnellte es wieder nach oben.

»Versprich mir, dass du vorsichtiger bist«, sagte Alice, obwohl sie schon wusste, dass es sinnlos war. »Nicht, dass sie dich nächstes Mal zu Brei schlagen.« Sie kaute auf einem ihrer roten Zöpfe.

»Das sollen sie nur wagen!«, rief Ben und packte Alice bei den Schultern. »Apropos Brei – zeig mir noch mal diesen neuen Tanzschritt, bei dem man zittert wie Gelee. Trude war gestern Abend sehr angetan, als ich sie so herumgeworfen habe.«

»Trude?«, fragte Alice, die bei den Namen der wechselnden Flammen ihres Bruders nicht mithalten konnte. »Hieß sie nicht Gretchen?«

»Du bist wohl von vorgestern«, sagte Ben und wirbelte sie über das Straßenpflaster. »Na los, mach schon«, bettelte er dicht an ihrem Ohr, »gleich ist doch deine Pause vorbei.«

Ein paar Passanten blieben stehen und lachten, ein älterer Herr klatschte Beifall, während ihn seine Ehefrau mit sauertöpfischer Miene versuchte weiterzuziehen.

»Von mir aus«, sagte Alice und packte Bens Hände. Sie rief sich die Schritte ins Gedächtnis, die sie sich gestern Nacht bei Mutter Erdmann ausgedacht hatte, während die zweifelhaften Musiker dazu wie wild auf dem Kamm geblasen und ein ungeheures Getöse mit dem Tamburin gemacht hatten. *Yes, we have no bananas …*

»Eins, zwei, eins, zwei«, zählte sie laut und schubste Ben am Zaun des Sophienkirchhofs entlang durch das raschelnde Herbstlaub, »runter, hoch, rundherum«, sie überkreuzte in schneller Folge die Knie, wirbelte um die eigene Achse, ließ die Stiefelsohlen schleifen, watschelte und schüttelte die Hüften, »und *kick*!« Mit einer lockeren Bewegung schnellten ihre Beine eins nach dem anderen in die Höhe, so dass die Lindenblätter flogen.

Ben tat es ihr nach und lachte begeistert.

»Famos«, sagte er. »Das merke ich mir. Eine große Schwester ist eben doch zu was gut und nicht nur auf der Welt, um mich herumzukommandieren.«

Pfeifend ging er davon, die Hände tief in den Taschen der zerrissenen Knickerbockers. Die Septembersonne legte sich auf seinen roten Scheitel und ließ sein Haar auflodern wie einen Heiligenschein.

Alice sah sie ihm nach. Erst jetzt fragte sie sich, weshalb er überhaupt so früh am Mittag schon wieder nicht in der Schulbank saß, sondern durch die Straßen zog und sich mit Nazibengeln prügelte. Noch eine Sorge, die sie heute Nacht wach halten würde, dachte sie verstimmt und ging mit knurrendem Magen, in dem nichts als eine halbe Schrippe traurig vor sich hin schwappte, durchs Tor zurück in den Fabrikhof. Eine Nähmaschine namens *Perfecta* wartete auf sie, und Alice hatte noch Hunger. *Yes, we have no bananas today!*

Kapitel 4

Thea

Eine Katze müsste man sein, mit sieben Leben, dachte Thea Brehm, während sie mit mulmigem Gefühl in die Tiefe starrte. Die alten Philadelphussträucher, die den Garten rund um die Villa zur Hohenzollernstraße hin begrenzten, raschelten leise im Nachtwind, als Thea erst das eine, dann das andere Bein über den Fenstersims ihres Mädchenzimmers schwang. Es waren höchstens zwei Meter, schätzte sie, doch der Garten fiel hier rasch ab, so dass man Gefahr lief, weiter über den Rasen und hinab bis zu den Hecken zu rollen, wenn man ungünstig aufkam. Was Thea mit ihrem *schlimmen Fuß*, wie Mutter es nannte, mehr schaden könnte als anderen.

Jetzt kam es ihr zugute, dass sie viele Jahre in der Mädchengymnastikgruppe von Fräulein Thiedemann gewesen war, wo bald niemand mehr ihren von der Rachitis verformten Fuß beachtet hatte, weil sie ihm zum Trotz höher sprang und den Ball weiter warf als alle anderen. Und in den jahrelangen Tanzstunden war sie durch verbissenes Training am Ende den übrigen Schülern mit gesunden Füßen davongetanzt.

Sie hatte sich und ihren Körper ein ganzes Leben lang auf das hier vorbereitet, betete sie sich beruhigend vor und rutschte noch weiter Richtung Kante. Nicht nur auf diesen Sprung, sondern auch auf alles, was danach kam. Mit Willenskraft und Phantasie konnte man eine ganze Welt heraufbeschwören. Und heute war es für sie endlich so weit. Sie würde ihre alte Welt verlassen und sich auf die Suche nach einer neuen, einer besseren machen.

I'm sitting on top of the world …, summte sie beinahe lautlos ihr Lieblingslied, *just like humpty dumpty I'm gonna fall …*

Thea holte tief Luft, als würde sie nicht ins Gras, sondern ins bodenlose Wasser springen, und ließ sich mit einer sanften Bewegung vom Sims gleiten. Der Fall war erstaunlich schnell vorbei, der Aufprall auf den Sohlen aber schmerzhafter als erwartet. Thea fluchte im Stillen, kam aus der Hocke hoch und schob sich die Goldrandbrille wieder hoch auf die Nase, die im Flug hinuntergeglitten war. Dieses dumme Drahtding neigte zum Rutschen, was vor allem in Theas lächerlich kurzer Nase begründet lag. Ihr Knöchel wimmerte kurz, doch das Stechen verebbte, und Thea atmete erleichtert auf.

Das war also geschafft. Aber sie täuschte sich nicht darin, dass der Sprung aus dem Fenster etwa die größte Hürde gewesen wäre – im Gegenteil, alles, was nun folgte, würde ungleich komplizierter werden. Und doch war Aufbruch der einzige Weg, weil Stillstand das Ende bedeutet hätte.

Einen Moment stand sie im dunklen Garten und lauschte mit pochendem Herzen auf die vertrauten Geräusche, die sie ihre ganze Kindheit begleitet hatten und die nun plötzlich so fremd klangen, als höre Thea sie zum ersten Mal.

Das leise Klappern des Gartentors, das nie richtig schloss und vom Wind sacht auf- und zugeweht wurde. Die Schreie des Käuzchens, das auf der Suche nach Beute über die Wipfel der hohen Kiefern flog, das Rascheln der Fledermäuse, die durch den stillen Garten tollten. Und das Quietschen der Schaukel, die sachte vom Wind angestoßen wurde, so dass die eisernen Ringe an der Stange oben kurz sangen, ehe sie sich wieder von der Dunkelheit einlullen ließen.

All das hatte ab jetzt nichts mehr mit ihr zu tun, sagte sie sich, obwohl es doch weiterhin jede Nacht zu hören sein würde. Das Gartentor würde nicht repariert werden, die Schaukel nicht geölt. Und die Fledermäuse könnten weiterhin glauben, dass diese alte Villa das Reich aller Nachttiere Zehlendorfs war und nicht das Eigentum von Theodor Brehm, Ritter des Ordens *Pour le Mérite* und Vorstand eines Berliner Bekleidungsimperiums.

Bei dem Gedanken an ihren Großvater riss sich Thea endlich los und schlich sich durchs Gras in Richtung Gartentor. Er war schuld daran, dass sie nachts wie eine Diebin aus ihrem Fenster springen musste, anstatt einfach zur eichenen Haustür hinauszuspazieren, die kleine Freitreppe hinunterzuschreiten und das Gartentor hinter sich ins Schloss zu knallen. Theodor Brehm hatte einen äußerst leichten Schlaf, und jeder Schritt auf den Dielen des Hauses ließ ihn hochschrecken, als sei er noch immer Offizier im Großen Krieg und lauere selbst im Schlaf auf die Zeichen des nahenden Feindes. Obwohl es in Theas Fall eher um einen entfleuchenden Gefangenen ging. Doch auch dafür hatte Großvater einen siebten Sinn.

Zwar war Thea seit Kurzem volljährig und zumindest vor dem Gesetz ihre eigene Herrin. Doch bei allem Wagemut, den sie in den vergangenen Jahren angesammelt hatte wie eine fleißige, unbeirrbare Biene den Honig, wagte sie es dennoch nicht, vor Großvaters Angesicht zu treten und ihm die Wahrheit zu sagen. Die Enttäuschung in seinem Blick, die Furche, die bei jeglicher Verärgerung über der stattlichen Adlernase auftauchte – all dem würde sie nicht standhalten können, das wusste sie. Und darum blieb ihr nur eine Möglichkeit. Weglaufen, solange sie es noch konnte.

Ihrer Mutter hatte sie einen Brief geschrieben, in dem sie ihr in wenigen Zeilen alles erklärte. Sie ahnte jedoch, dass Margrete ihn nicht lesen würde, jedenfalls nicht als Erste. Ihre Mutter dämmerte seit dem Tod von Theas Vater die meiste Zeit vor sich hin. Sie hatte sich ganz in ihre Traumwelt zurückgezogen, in der Helmut nicht *den Heldentod gestorben* war, wie Großvater es ausdrückte. Am liebsten saß Margrete im Salon am Fenster, schaute in den Garten hinunter und lächelte versonnen vor sich hin. Auf dem Grammophon drehte sich immer wieder dieselbe Schallplatte, eine alte Aufnahme von *Rusalka*, bei der die Sängerin in schmelzendem Alt den Mond anhimmelte. Pfiffi, der Spitz, hockte zu Margretes Füßen, und in der schmalen, wie durchscheinend wirkenden Hand hielt die Mutter ein stets frisch gefülltes Gläschen Klosterfrau Melissenwasser, das nach der geschätzten Meinung des Apothekers in der Potsdamer Straße den nervösen Damen des Viertels gegen ihre Unruhegefühle helfen sollte.

Thea schauderte bei der Vorstellung, in wenigen Jahren wie ihre Mutter zu werden. Sie wusste, dass sie auf dem besten Weg dahin war. Die Verlobung mit dem Rechtsanwalt und Reichstagsabgeordneten Dr. Hannes Fischer war so gut wie perfekt, in drei Wochen sollte das Aufgebot verkündet werden. Und danach würde es nichts mehr geben als einen anderen Salon, eine weitere Villa, ein neues Schoßhündchen, vielleicht auch ein neues kleines Mädchen auf einer Schaukel, an dem die frischgebackene Großmutter Margrete alles hätte wiedergutmachen können, was bei Thea schiefgegangen war. Doch Thea war nicht bereit, für dieses *Vielleicht* ihr Leben hinzugeben. Hannes Fischer und seine Leidenschaft für Zimmeraquarien und alte, leinengebundene Ausgaben von Eichendorff interessierten sie wenig, und ein Leben an seiner Seite schien ihr seit der ersten Begegnung mit ihm und seinem schlaffen Händedruck undenkbar. Die Zeiten änderten sich, man las es überall in den Zeitungen. Die Frauen waren nicht länger Eigentum ihrer Eltern und Ehemänner, sie durften wählen, sie tanzten mit bloßen Brüsten auf den Bühnen der Stadt, und sie bestimmten über sich selbst, zumindest forderten sie es. Jetzt kam es für Thea darauf an, den Beweis anzutreten, dass sie das auch vermochte.

Und daher drückte sie, ohne einen Blick zur Villa zurückzuwerfen, die Klinke des Törchens hinunter, das vom Nachtwind ins Schloss geweht worden war, und trat aus dem Garten auf die Straße.

Träumend, schlummernd lagen hier die prächtigen Häuser mit ihren Türmchen, Erkern und Gesimsen. Der Mond stand halbrund darüber, und der würzige Duft der Kiefern war so vertraut, dass es Thea schwindelte. Die ungeheure Tragweite dessen, was sie tat, kam ihr in den Sinn. Obwohl sie sich ihrer längst bewusst gewesen war, war es doch etwas anderes, wirklich im Dunkeln diese Straße entlangzuhasten und zu dem hohlen Baum zu schleichen, worin eine Tasche mit dem Nötigsten schon seit gestern Abend bereitlag. Theas Knie zitterten, ihre Hände waren trotz des kühlen Windes schweißnass. Hier, eine Ecke weiter, lag die Villa Margarete, die so ähnlich hieß wie ihre Mutter und worin die Familie Pachnike seit Generationen residierte, dort drüben sah sie das Haus der Maltzahns, neben deren Tochter Sibylla sie früher im Lyzeum in der Schulbank gesessen hatte. Alles blieb still, die Bewohner Zehlendorfs schliefen. Niemand war Zeuge ihres Auszugs aus dem vermeintlichen Paradies.

Die Straße gabelte sich, und Thea überquerte den stillen Damm. Plötzlich blieb sie wie angewurzelt stehen. Ihr Herz hämmerte schmerzhaft gegen ihre Rippen. Auf der anderen Seite des Fußgängerwegs, direkt neben einem schmiedeeisernen Laternenpfahl, stand die Silhouette eines Tiers. Es war groß, hatte einen buschigen Schwanz und saß ganz still. Es sah ihr mit leuchtenden Augen entgegen, die den Schein der Laterne reflektierten.

Theas Herz beruhigte sich, sie atmete erleichtert auf. Natürlich kannte sie den Fuchs, wie alle Nachbarn hier in der Gegend. Ob es immer derselbe war oder ob es mehrere gab, ein ganzes Rudel, das wusste niemand, doch man sah von Zeit zu Zeit ein Exemplar vorüberlaufen. Die Stadt und die Wildnis trafen sich in solchen Momenten. Als Thea jetzt näher kam, witterte der Fuchs in der Luft und senkte dann das Haupt mit der spitzen Schnauze kaum merklich. Es sah aus, als grüße er sie, dachte Thea verwundert – oder ahnte der Fuchs etwa, dass dies ein Abschied war? Auf einmal drückte etwas sie in der Kehle, sie spürte, wie ihre Unterlippe zitterte, was leider immer geschah, kurz bevor sie weinte. Thea war sehr nah am Wasser gebaut, wie ihr Kindermädchen früher behauptet hatte, sie heulte bei jeder Kleinigkeit los und musste dann umständlich die goldumrandete Brille putzen, weil deren Gläser beschlugen. Der Gedanke daran, wie Mutter morgen früh vom Dienstmädchen geweckt werden würde, die Theas Bett unberührt vorgefunden hatte, schnürte ihr einen Moment die Luft ab. Eine furchtbare Sekunde lang war sie versucht, den ganzen Wahnsinn abzublasen, zurückzulaufen, sich auf bloßen Füßen ins Haus zu schleichen und morgen den versprochenen Spaziergang mit Hannes Fischer zu unternehmen. Er wollte sie in eine Konditorei ausführen und hatte angekündigt, eine seltene Originalausgabe von *Aus dem Leben eines Taugenichts* mitzubringen, woraus er ihr vorlesen wolle. War es denn so arg, einen Mann zu heiraten, der immerhin ein Schöngeist schien und sich um sie bemühte? Und außerdem lockte sie der Gedanke an ihr warmes Bett und die vermeintliche Sicherheit darin auf einmal furchtbar.

Da löste sich der Fuchs aus der Starre und trabte in ihre Richtung. Er sah sie unverwandt an, seine Augen noch immer wie glimmende Kohlen in der Dunkelheit, und stellte sich seitlich, als wolle er ihr den Weg frei machen. Thea hob den Kopf und sah die Wannseebahn, einem glühenden Tausendfüßler gleich, am Ende der Straße vorüberfahren und in der Nacht verlöschen. Sie war auf dem Weg Richtung Berlin, nach Stadtmitte.

Vor ein paar Tagen hatte Thea im Telefonbuch die Adresse einer Zimmerwirtin gefunden, hatte vom Fernsprecher an der Bahn dort angerufen – von ihrem heimatlichen Anschluss aus wagte sie es nicht – und erfahren, dass man bereit wäre, einer jungen, gleichwohl volljährigen Dame ein Zimmer zu vermieten.

»Aber nischte mit Herrenbesuch, Frolleinchen«, hatte die weibliche Stimme am anderen Ende der Leitung gebellt, »wir sind keen liederliches Haus.«

»Ich kenne keine Herren«, hatte Thea verdutzt gesagt.

»Dit wird sich ändern«, war die nüchterne Antwort gewesen, doch dann hatte man ihr versichert, dass das Zimmer in drei Tagen bereit sei, wenn sie es wolle.

Immer noch stand der Fuchs auf der dunklen Straße. Thea streckte die Hand aus, um ihn zu berühren, das jedoch ließ er sich nicht gefallen. Er duckte sich unter ihrer Geste fort und floh lautlos.

Alle Häuser entlang der Königsstraße lagen dunkel da, die Fenster schwarze Höhlen, viele mit hölzernen Läden verrammelt. Hinter all diesen Fenstern lebten Menschen, dachte Thea, aber sie kannte niemanden davon, und niemand kannte sie, niemand wusste, was in ihr vorging, oder interessierte sich auch nur im Ansatz dafür. Zeit, mit dem Leben zu beginnen. Aber nicht hier.

Und sie packte ihr Bündel fester und lief rasch in Richtung Bahnhof. Auf einmal hatte sie es eilig. Die nächste S-Bahn in die Stadt könnte sie gerade noch erreichen, wenn sie sich beeilte.

Kapitel 5

Wally

Wallys Locken standen zu Berge. Sie hatte eben die niedrige Tür zum Nassen Eckchen aufgerissen und schauderte im Türrahmen. Obwohl sie seit vielen Jahren abends herkam, um Erbspüree und Knacker zu essen, haute sie der Dunst doch jedes Mal fast um.

Die Luft, die ihr entgegenquoll, war zum Schneiden, eine undurchdringliche Melange aus Kaffee, der stundenlang auf der Wärmeplatte zu einer teerartigen Masse verdickte, Zigarettenrauch, Schnaps und Zwiebeln. Man wusste, dass sich einem dieser Dunst nach wenigen Sekunden ins Haar, in den wollenen Jumper, ja sogar in die Haut setzen und daraus sehr lange nicht mehr zu vertreiben sein würde.

Doch es war kühl auf der dämmrigen Friedrichstraße. Und die Kneipe war nun einmal der Ort, der für Wally neben ihrer kleinen Wohnung in der Charlottenstraße am meisten einem Zuhause glich. Wobei sie in den beiden engen Räumen zwar eine Zuflucht vor der Welt besaß, aber die Einsamkeit und Stille darin nicht immer gut vertrug. Stille führte dazu, dass die Gedanken wanderten, alte Geschichten umkreisten und einen unruhig machten. Dann kam sie lieber in die Kneipe, wo ihre zerrenden Gedanken bald im allgemeinen Summen untergingen und Wally sich entspannen konnte.

Dies hatte auch mit der Frau zu tun, die hinter der Theke stand, Bier zapfte und nur kurz die Brauen hochzog, als sie Wally erkannte. Helga Kolle, die Besitzerin des Ladens, hatte eisgraues, strähniges Haar, das zu zwei dicken Zöpfen geflochten war. Es schien unvorstellbar, dass es jemals, nicht einmal in ihrer Jugend, eine andere Farbe gehabt haben könnte. Zwei tiefe, schartige Falten zogen sich von der Nase über die Mundwinkel bis hinunter zum schlackernden Kinn. Betrachtete man nur die untere Hälfte ihres Gesichts, überlegte man es sich zweimal, ob man es wagen sollte, Helga Kolle um einen Kognak oder ein Patzenhofer zu bitten. Doch wer ihr in die Augen sah, wusste, dass es nichts zu befürchten gab.

Wally dachte, dass Helga einst dem alten Zille Modell gesessen haben musste. Vielleicht hatte sie ihm, als der Maler noch mit seinem Skizzenblock durch Berlin gestreift war, sogar ihre Buletten und die himmlische Kartoffelsuppe serviert. Sie war die Herrscherin über die fleckige Holztheke und die abgegriffenen Autogrammkarten von Berühmtheiten, die angeblich hier gespeist hatten und nun, toten Schmetterlingen gleich, mit Pinnnadeln an die Wände ringsum gespießt worden waren. Sogar die kartenspielenden Glatzköpfe, die stumm über ihren Drillingen und Bluffs brüteten, hörten auf Helga.

»Bist spät dran heute«, war Helgas Begrüßung für Wally, doch es störte sie nicht, im Gegenteil – Helga wusste, dass sie kommen würde, und hatte ihr bestimmt ein Stück

Mohnkuchen aufgehoben. Mit triefender Butter, die sich, in den Streuseln verborgen, an den Gaumen schmiegte, sobald man hineinbiss.

»Langer Tag«, sagte Wally nur und rutschte mit etwas Mühe auf einen der hohen Stühle.

»Du arbeitest zu viel, Kindchen«, knurrte Helga und schob Wally wortlos ein randvolles Likörglas hin, das diese gehorsam trank wie eine Medizin. »Die Arbeit macht dich kaputt.«

»Der Mensch muss leben«, sagte Wally und zuckte mit den Achseln. Kurz streiften ihre Gedanken das Geld für die Miete und die Kohlen, das sie der Dünnbier schuldete. Es hatte in ihrem Leben praktisch nie einen Moment ohne eine Schuldigkeit gegeben, und das zermürbte.

»Wat willste'n heute?«, fragte Helga und polierte mit für ihre Verhältnisse beinahe zärtlichen Bewegungen ein Glas. »Wurststulle? Oder Erbsensuppe mit Speck? Is heute dit Tagesjericht.«

»Letzteres bitte«, sagte Wally, die neidisch die Teller der anderen Leute beäugte. »Ich brauche was Warmes.«

Helga verschwand in der Küche hinter dem Schankraum, um dem Koch Bescheid zu geben, und Wally sah sich um. Ein paar bekannte Gesichter waren da, sie nickte ihnen kurz zu, blieb jedoch auf ihrem Hocker sitzen. Ihr war nicht nach Geplänkel und Scherzen und schon gar nicht nach den ewig kreisenden Gesprächen um die desolate Politik des Landes und den katastrophalen Zustand der Welt. Den ganzen Sommer hatte man von nichts anderem geredet als von der missglückten Polarexpedition, bei der

Amundsen und seine Männer grausam im ewigen Eis umgekommen waren. Davor hatten die Wahlen und der Rücktritt von Reichskanzler Marx die Gemüter bewegt. Der Boden, auf dem sie alle gingen, bebte. Man schien sich auf einen unsichtbaren Abgrund zuzubewegen, von dem niemand wusste, wie weit er noch entfernt war.

Gedankenverloren drehte Wally ihre Locken mit dem Zeigefinger auf und spielte ihrem eigenen Bild, das ihr von der verspiegelten Fläche hinter der Bar entgegenlächelte, einen anerkennenden Augenaufschlag zu. Kurz schielte sie zur Flasche mit dem großen Etikett hinüber. Wie verlockend es wäre, noch zwei, drei Gläschen zu trinken, damit die Dinge ihre harten Konturen verloren und sich alle Sorgen in einem weichen, warmen Farbengemisch auflösten. Früher, in den ersten Jahren in der großen Stadt, nachdem sie aus der Provinz hierher geflohen war, hatte sie es mit dem Trinken nicht so genau genommen. Der Fusel war billig in Berlin, und die Nächte waren kalt. Außerdem gab es genug in ihrem Leben, das sie nur zu gern vergaß. Irgendwann aber hatte sie gemerkt, dass diese Methode sie antriebslos machte und dass sie schon morgens beim Aufwachen als Erstes an ein Glas Wein dachte. Da hatte sie beschlossen, dass es so nicht weiterginge. Denn nichts sollte Wally beherrschen, nichts außer ihr selbst, das hatte sie sich damals als junge Frau geschworen, als sie schon einmal ganz unten gewesen war. So tief wie damals würde sie niemals wieder fallen, und sie durfte nichts und niemandem genug Macht über sich geben, um erneut abhängig zu sein.

Die Tür zur Kneipe flog auf, und eine Gestalt im modischen Wollsakko zwängte sich in den engen, schummrigen Raum. Wallys Atem stockte. Sie wandte hastig den Blick ab und überlegte, ob ihr irgendeine Vogel-Strauß-Taktik einfiele, um der Begegnung zu entgehen, doch wenn sie nicht unter die Theke kriechen wollte, hatte sie wohl keine Wahl, als sitzen zu bleiben und der Dinge zu harren, die da kamen.

»Wally, altes Haus«, tönte die vertraute Stimme von Anton Lindberg, und schon spürte sie seine Hand an ihrer Schulter und drehte sich zu ihm um, ein überraschtes Lächeln auf den Lippen.

»Toni«, sagte sie und bedauerte, dass ihre Stimme dünner klang als geplant, »ich dachte, du bist in Amerika?«

»War ich, *my girl*«, sagte er, küsste sie auf beide Wangen und zog sich schwungvoll einen Barhocker heran, auf den er sich beneidenswert geschmeidig hinaufbeförderte. Er schlug die schlanken Beine übereinander und wippte mit der gewichsten Schuhspitze. Alles an Toni war reinste Elastizität, dachte Wally mit einem kleinen bösen Stich. Leider galt diese Faustregel auch für sein Herz, was sie nicht nur ein Mal am eigenen Leib hatte erfahren dürfen.

Doch das war lange vorbei, mahnte sie sich. *Du bist verrückt, mein Schatz*, zog die bekannte Schlagerzeile aus dem alten Grammophon in der Ecke herüber, *du denkst an Liebe?* Nein, das tat sie nicht! Wally Kaluza und Anton Lindberg waren beste Freunde, ein Team wie Pat & Patachon, das wusste doch jeder hier auf der Friedrichstraße.

Und die Liebe hatte zwischen ihnen schon längst nichts mehr zu suchen. Ohnehin waren Gefühle ein leichtsinniger Luxus, den Wally sich noch seltener leisten sollte als Streuselkuchen.

»Und seit wann bist du wieder in Berlin?«, fragte sie und zündete sich eine Zigarette an.

»Frisch vom Schiff runter«, sagte er. Helga stellte ihm ungefragt ein volles Bierglas mit einer ordentlichen weißen Blume hin. Toni trank in langen Zügen und stellte das Glas ab.

»Mensch, Mädchen«, sagte er in schwärmerischem Tonfall zu Wally und wischte sich den Mund ab, »was war das für eine umwerfende Zeit da überm Großen Teich!«

»Also wolltest du am liebsten drüben bleiben?«, fragte Wally und versuchte, ihre Stimme freizuräuspern, doch der Frosch blieb sitzen. Sie hatte nicht damit gerechnet, Toni heute Abend zu sehen, hatte sich in Sicherheit gewiegt, nachdem er den ganzen Frühling und Sommer über fort gewesen war. Auf Tournee, denn Anton Lindberg war Opernsänger an der benachbarten Komischen Oper, der immer mal wieder zu Gastspielen ins Ausland eingeladen wurde. Wie beruhigend war es gewesen, ihn ein paar Monate lang nicht hinter jeder Litfaßsäule fürchten zu müssen. Und doch – wie leer und trostlos ihr die Stadt ohne ihn vorgekommen war!

»Nee«, sagte Toni und schüttelte den Kopf, so dass ihm sein dichtes braunes Haar in die Stirn fiel. Er griff ohne zu fragen nach ihrer Zigarette und rauchte sie weiter. »Berlin ist noch immer der beste Ort auf der Welt.«

Wally musste ihm zustimmen. Sie spürte, wie sich die Blicke der weiblichen Gäste – und auch die einiger männlicher, wenn auch weniger offensichtlich – auf Tonis sportliche Figur richteten und versuchten, seine blauen Augen in einen Austausch zu verwickeln.

Der Einzige, der davon nichts zu bemerken schien, war Toni selbst. Entspannt drückte er die Kippe aus, trank aus dem Bierglas. Eine winzige Schaumspur blieb an seiner Lippe hängen.

»Und du?«, fragte er und hieb ihr kameradschaftlich aufs Knie. Wally zog ihren braunen Rock glatt. Sie hätte doch das Gestreifte anziehen sollen, als sie heute Morgen aufgebrochen war, dachte sie verärgert, es machte so viel mehr her, die blauen Streifen ließen ihre Augen leuchten und…

»Toni Lindberg!«, rief jemand hinter ihnen, und Wally biss sich auf die Zunge. Jetzt ging es los.

Toni drehte sich zu der jungen Frau um, die mit einer Freundin am Arm hinter ihren Barhockern stand und albern kicherte. »Hallo, Gerdachen«, sagte er liebenswürdig. »Immer noch hier?«

»Keener hat mich wegjeheiratet«, gab Gerda zurück und schürzte die bemalten Lippen. »Allet noch zu haben.« Sie kicherte erneut und legte den Kopf schief. Ihr Bubikopf lief an den Wangen in langen dunklen Spitzen aus – *Herrenwinker* nannte man diese Frisur.

»Gut zu wissen«, sagte Toni und legte einen Arm um Wally. Sie zuckte kurz zurück, doch dann schmiegte sie sich in seine Umarmung – eine automatische, wohlvertraute Reaktion auf Tonis Berührung, die ihre stummen Beteuerungen, sie seien nichts als Freunde, sogleich zunichtemachte. »Aber ehe ich vor dir den Kniefall wage, muss ich erst mal meiner besten Freundin von meinen Reisen erzählen, das verstehst du sicher?«

Halb lachend, halb maulend ließ sich Gerda von ihrer Freundin davonziehen, und obwohl Wally genau wusste, dass Toni sie nur als Grund benutzte, das aufdringliche Fräulein loszuwerden, waren seine Worte wie warme Sonnenstrahlen, die ihr direkt aufs Gesicht fielen. Kurz schwelgte sie darin – bis ihre Augen auf die von Helga trafen, die schnaubte und einen Teller mit grünlichem Inhalt vor sie hin knallte. Die Illusion zerplatzte, Dampf stieg auf und hüllte einen Moment Tonis und Wallys Gesichter ein.

»Grünkohl fürs junge Glück«, knurrte Helga. »Für dich ooch 'ne Portion, Anton?« Sie war eine der Wenigen, die darauf beharrte, ihn bei seinem Taufnamen zu nennen.

»Lass mal«, sagte Toni vergnügt und genehmigte sich mit den Fingern ein Stück gekochten Speck von Wallys Teller. »Ich muss sparen. Hab mein letztes Hemd in Harlem gelassen.«

»Harlem?«, fragte Wally, während sie weniger hungrig als sonst in ihrer Erbsensuppe rührte und ihm ein Stück Speck nach dem anderen zuschob, »was hast du denn da gemacht? Ich denke, du hattest Arbeit?«

»Menschenskind, Wally, wenn ich einmal im Leben in New York bin, muss ich doch nach Harlem!«, sagte er kauend und leckte sich das Fett von den Fingern. »*Savoy Ballroom* – kennst du sicher, oder?«

Wally nickte unbestimmt, um nicht zu zeigen, wie wenig ihr das ein Begriff war.

»Fabelhafter Laden«, sagte Toni und kaute. »Die Wände sind in Dunkelrot gestrichen wie in einer Höhle! Und du glaubst nicht, was sie da für Musik spielen! Dagegen ist das hier bei uns nur ein fader Abklatsch vom richtigen Jazz.« Er deutete auf das Grammophon, auf dem sich immer noch eine Platte drehte, leise scheppernd tropfte die Schlagermusik aus dem Trichter in den Kneipendunst. »Die berühmtesten Bands treten auf. Alle tanzen, die ganze Zeit, Schwarze mit Weißen, Männer und Frauen! Es zählen nichts als die Musik und der Rhythmus. Wir beide hätten da eine kesse Sohle hingelegt, glaub mir – so wie früher.«

Er deutete im Sitzen eine Tanzbewegung an, und Wally erinnerte sich – Toni und sie waren als junge Leute gern nächtelang durch die Tanzdielen der Stadt gezogen, sie hatten Tanzpreise gewonnen und sich viel Anerkennung verdient. Früher, bevor Wally die Tanzschule eröffnete und …

»Ich habe ein paar ganz neue Schritte gelernt«, unterbrach Toni ihre Erinnerung, »die Leute dort nennen diese Art zu tanzen *Lindy Hop*.« Fröhlich stupste er sie an. »Verstehste? – der Tanz heißt wie ich!«

»Und was soll das sein?«, fragte Wally und legte ihre Gabel hin. Tonis Begeisterung war ansteckend, und beinahe meinte sie, diesen Ballsaal in Harlem vor sich zu sehen – die schimmernden Blechblasinstrumente des Orchesters, die sanfte Beleuchtung auf den dunkelroten Wänden, das bunte Treiben der Tanzenden, die durcheinanderwirbelten.

»Hat irgendwas mit diesem Flieger zu tun – Lindbergh«, sagte Toni und hatte plötzlich einen amerikanischen Akzent in der Stimme. »*Lucky Lindy hops the Atlantic* oder so, stand ja in allen Zeitungen.« Er winkte ab. »Der Punkt ist der – was, wenn man so etwas auch hier machen würde?«

»Was?«, fragte Wally und griff nach Tonis Bier. Sie trank ein paar große Schlucke. »Willst du einen Ballsaal eröffnen?«

»Nein«, sagte er, »aber eine Tanztruppe gründen, die Charleston einstudiert, und damit groß rauskommen. Wir haben doch oft genug davon geredet.«

Wally musste lachen. »*Du* hast nur geredet, du Großmaul«, sagte sie. »Ich hab längst angefangen.«

Jetzt riss Toni die Augen auf.

»Ist nicht dein Ernst!«, sagte er. »Hast du es endlich wahr gemacht?«

»Zumindest gibt es eine kleine Gruppe, mit der ich übe«, sagte Wally bescheiden. Sie dachte an Clementine, Jutta und die anderen, und ihr wurde warm. Dann dachte sie wieder an die Miete und daran, dass sie dringend Erfolge brauchten.

»Und, wie läuft es?«, fragte Toni gespannt.

»Na ja, die *Tiller Girls* sind es noch nicht«, versuchte Wally zu scherzen, während sie ihre Geldsorgen beiseitewischte, die schon wieder wie ungebetene Gäste an ihre Nervenbahnen klopften.

»Nee«, sagte Toni wegwerfend, »aber die *Tillers* sind ja mehr Automaten als Frauen, immer im Gleichschritt wie beim Militär.«

Toni sprach ihre eigenen Gedanken aus, dachte Wally und legte den Löffel weg. So war es schon immer gewesen, Teile ihrer Gehirne schienen ähnlich zu funktionieren.

Ehe sie ihm zustimmen konnte, fuhr er fort: »Unsere Truppe wäre anders. Moderner, ausdrucksstärker! Mutiger! Einfach wilder!«

»*Unsere* Truppe?« Wally unterdrückte ein Schnauben. Es war typisch Toni, dass er alles vereinnahmte, was ihm unter die Finger kam. Bis eben war es noch *ihre* Truppe gewesen. Aber dass auch er spürte, dass da etwas war – etwas, das zu verfolgen sich lohnte –, bestärkte sie.

»Man müsste es ganz anders aufziehen«, sagte Toni. »Die einzelne Tänzerin dürfte bei uns glänzen, das wird bald viel mehr gefragt sein als diese Massenszenen. Freier Tanz, moderner Jazz, Ausdruckstanz – das hast du doch eigentlich alles mal gelernt bei deiner Frau Kallmeyer, oder?«

»Und dazu diesen *Lindy Hop* aus Harlem, meinst du?«, fragte Wally.

Toni nickte, seine Augen strahlten, und Wally fand es trotz ihrer Skepsis schwer, sich von diesem Anblick loszureißen.

»Swing tanzen«, sagte er schwärmerisch, »auf höchstem Niveau. Du könntest es, das weiß ich, du wärst die Richtige, um das ein paar Mädchen beizubringen. Damit könnten wir eine Menge Geld machen, glaub mir! Die Ausstattungsrevue hat sich längst überholt. Die Leute wollen mal was anderes sehen.« Er schnippte mit den Fingern und wackelte mit dem Kopf. »Jazz ist die Zukunft!«

»Und was würdest du beisteuern?«, fragte Wally spöttisch, »etwa die Mädchen bei Laune halten?«

Toni verzog das Gesicht zu einer gekränkten Unschuldsmiene.

»Du nimmst immer das Schlechteste von den Menschen an«, beschwerte er sich.

Nicht von allen Menschen, dachte Wally, sagte es aber nicht. Sie war selbst nicht sicher, woher das Misstrauen kam, das sie Toni entgegenbrachte. Hatten sie sich nicht immer gut verstanden, solange sie die Finger voneinander ließen?

»Also, was stellst du dir vor?«, fragte sie ihn versöhnlich.

»Ich wäre euer Manager«, sagte er, »alles ganz professionell, glaub mir.« Er grinste schon wieder. »So ein Hühnerhaufen braucht nämlich eine männliche Lenkung.«

»Du bist und bleibst ein Kretin«, sagte Wally.

»Sei nicht naiv«, gab er mit gönnerhaftem Lächeln zurück, »willst du etwa mit den Besitzern der großen Läden verhandeln? Rauchst du mit dem schönen Erik Charell vom Schauspielhaus eine Zigarre und ziehst die dicken Fische an Land?« Er winkte ab. »Nee, die reden nur mit ihresgleichen.«

Wie zum Beweis zog er eine neue Zigarette aus seiner Hemdtasche, riss ein Streichholz an und paffte zweimal, so dass das brennende Ende der Garbáty rot aufglühte.

»Also mit dir?«, stellte Wally spöttisch fest.

»Jenau! Aber keine Angst, die künstlerische Leitung hättest du. Ich sorge nur dafür, dass sie dich nicht über den Tisch ziehen, ich würde mich um die Abwicklung kümmern. Gagen drücken können die Herren, wie man hört, und sind sich für keinen Geiz der Welt zu schade.«

Leider musste Wally ihm recht geben. Nicht nur einmal war sie bereits bei den Direktoren der Hotels und Gasthäuser in der Gegend abgeblitzt, wo sie ihre Mädchen für einen kurzen Auftritt hatte unterbringen wollen. Niemand schien auf sie und das, was sie anzubieten hatte, hören zu wollen. In ihrer Tanzschule mochte sie *Der General* sein, doch die Welt der Vergnügungstempel und Nachtlokale war eine andere. Eine Welt der Männer, in der die Frauen nur Dekoration waren. Ob ihr das gefiel oder nicht.

Sie musterte Toni aus zusammengekniffenen Augen.

»Sag mal, ist dir das ernst, oder ist das nur eine Schnapslaune?«

Wieder zog Toni empört die Brauen in die Höhe, er fuhr sich mit beiden Händen durchs Haar und strich es aus der Stirn, die jetzt in feinen Falten lag.

»Ich hab keinen Schnaps getrunken«, sagte er und deutete auf sein Bierglas, das Wally in der Hand hielt. »Es ist mir todernst. Du hast Glück, ich habe gerade kein Engagement und bin frei wie ein Vogel.«

Er beugte sich zu ihr, seine Augen leuchteten.

»Du bist doch schon auf dem besten Wege«, sagte er, »ich weiß es. Du und ich zusammen, wir könnten etwas völlig Neues auf die Beine stellen!«

Was, wenn Toni recht hatte?, überlegte Wally. Und was, wenn sie mit seiner Hilfe endlich Geld machen könnte? Geld brauchten sie ja alle. Jeder Mann und viele Frauen in Berlin träumten vom neuen Reichtum, jetzt, da nach dem Krieg vieles möglich schien, was unter dem Kaiser undenkbar gewesen war. Und die neuen Tänze, allen voran der Charleston, zogen sie längst in ihren Bann – die Leichtigkeit, die Unverfrorenheit darin, und vor allem das Versprechen, das der Körper der Frau nur ihr selbst gehörte und keinem Mann gefallen musste. Selbst dann, wenn sie auf der Bühne stand – obwohl das, wie Wally wusste, ein schmaler Grat war, auf dem man schnell abrutschen konnte.

»Du solltest mal zu einer der Proben kommen«, sagte sie zögernd. Sie hörte ein kleines zeterndes Stimmchen auf der Schulter, das sie warnte, keine Geschäfte mit Toni Lindberg zu machen, wenn ihr ihre Seelenruhe lieb war. Aber plötzlich wusste sie, dass sie es versuchen wollte. Allein würde sie es nicht schaffen, und sie waren schon einmal ein gutes Gespann gewesen.

»Mache ich«, sagte Toni. »Wie viele Mädchen hast du schon beisammen?«

»Sechs«, sagte Wally. »Mindestens zwei brauchen wir noch, um auf einer kleineren Bühne bestehen zu können.« Sie wunderte sich, wie einfach ihr das *wir* über die Lippen kam.

»Dürfte ja kein Problem sein«, sagte er. »Arme junge Dinger gibt es doch überall in Berlin. Sie müssen aber hübsch sein.« Er lachte und drückte seine Zigarette aus. »Und wenn dann erst mal der Admiralspalast anklopft, klingelt es auch in der Kasse.«

Wally musste ebenfalls lachen.

»Du bist ein unverbesserlicher Optimist«, sagte sie.

»Ich habe sogar schon einen Namen für unsere neue Goldgrube«, sagte Toni und lächelte verschmitzt.

»So?«

»*Lindy Girls*«, rief er und sah sich beifallheischend um, als erwarte er stehenden Applaus für diesen Geistesblitz. Doch niemand nahm besondere Notiz von ihm. Die Kneipe hatte sich geleert, Wally hatte es gar nicht bemerkt. Nur noch ein paar Stammgäste hockten auf den Stühlen und starrten in ihre leeren Gläser.

»Na, halleluja«, brummte Helga, die seine letzten Sätze mit angehört hatte. »Genau, was dieses Viertel gebraucht hat – noch mehr Größenwahn!«

Dann warf sie sich in Positur.

»Letzte Runde«, rief sie den restlichen Gästen zu, »danach is Sperrstunde.«

Murren wurde laut, doch sie hob die knotigen Hände.

»Jenuch is jenuch«, knurrte sie. »Zeit für heute, das Nasse Eckchen trockenzulegen. Ehe hier gleich noch eine neue Partei gegründet wird, davon hamwa ja ooch jenügend im Land.«

»Und was ist mit meinem Mohnstreusel?«, fragte Wally. Sie fühlte sich auf einmal übermütig.

»Morgen, Kindchen«, sagte Helga müde und warf sich das feuchte Leinentuch über die Schulter, mit dem sie die Gläser abgetrocknet hatte. »Wenn du und dein *Jeschäftspartner*«, sie rollte mit den Augen, »denn nich schon drüben im Adlon speisen, weil der Goldrausch ausjebrochen is.«

Es war albern, aber vor Wallys innerem Auge verwandelte sich der düstere, holzgetäfelte Kneipenraum mit der

Fettschicht auf den zerkratzten Tischen in einen lichtdurchfluteten Saal mit schimmernder Beleuchtung und goldenen Simsen ringsherum, und sie hörte das sehnsüchtige, blecherne Wimmern des Saxophons in ihrem Kopf. *Du bist verrückt, mein Kind, du träumst …*

Nein, nicht von der Liebe. Von etwas, das bis vor Kurzem nur ein vager Schimmer am Horizont gewesen war, nun aber vielleicht schon einen Namen hatte – den *Lindy Girls*.

Kapitel 6

Gila

Wer hätte gedacht, dass es so verflixt schwer ist, einen Roman zu schreiben? Ich sicher nicht. Eine gute Woche knabbere ich schon an dieser Käsestulle herum, doch sie scheint mir hart und ungenießbar, als hätte ich aus Versehen altbackenes Brot erwischt und Harzer Käse statt sahnigem Leerdammer.

Und woher soll ich auch die Zeit nehmen, um zu schreiben? Ich bräuchte doppelt so viele Stunden, wie der Tag hat. Eine junge Frau hat ja heute so fürchterlich viel zu tun, es ist kaum zu glauben. Früh um sieben rasselt der Wecker, dann kriecht das Licht schon langsam über die Fensterbank in mein Schlafzimmer. Thea steht nach mir auf, die Proben sind immer spätabends, oft bis tief in die Nacht, und sie ist morgens nicht zu wecken. Wie eine Tote liegt sie da auf der Gästematratze, ihr Arm über dem Gesicht und das dunkle Haar ganz wirr. Unheimlich hübsch ist das Mädel …

Vati schnarcht nebenan, und ich springe aus dem Bett und mache meine Gymnastik. Besser gesagt, ich mensendiecke, wie man es heute nennt und wie die Waldoff es in ihrem Lied über die Berlinerin singt. Beweglichkeit ist wichtig, und Gesundheit sowieso, vor allem für uns Frauen.

Dann ein bisschen Waschen – Katzenwäsche muss reichen, das Badezimmer ist morgens Vatis Revier und warmes Wasser ohnehin zu teuer. Rein in Rock und Bluse, noch schnell ein halbes Honigbrötchen und dazu grässlichen Zichorienkaffee am Frühstückstisch mit der Zeitung von Mosse. Bilden muss man sich schließlich! Eine Frau hat heutzutage nicht nur ein hübsches Gesicht, sondern Köpfchen, sonst bringt sie es zu nichts.

Die Lippen nachziehen und um Punkt acht in die U-Bahn, dunstige Enge, schwankende, bettwarme Körper. Fremde Gesichter, die gähnen, ohne sich die Hand vor den Mund zu halten. Ein Herr fragt nach meinem Namen und streift wie zufällig meinen Arm, aber ich setze mein hochmütiges Gesicht auf und schlage ihn in die Flucht. Er versucht es gleich bei der Nächsten, die mit dunklem Bubikopf und grünem Crêpe-de-Chine-Kleid eine Halteschlaufe weiter hängt, doch ich muss aussteigen und kann nicht mehr sehen, ob sie anbeißt.

Um halb neun sitze ich in der Redaktion an der *Torpedo*, schlage die Wachstuchhülle auf und ziehe ein weißes Blatt in die Walze ein. Dann tippe ich den ganzen Vormittag Briefe, nichts als Briefe und Anzeigen und langweiliges Zeug, das mir Herr Meier und Herr Schneyder diktieren. Tipp, tipp, tipp, Klingeln und wieder von vorn. Sie geben ihr Diktat mit einer ungeheuren Wichtigkeit, und meine Finger fliegen von allein über die Buchstaben, während meine Gedanken auf Wanderschaft gehen. Nach ein paar Stunden tut es an den Fingerspitzen höllisch weh, weil man die Tasten nur mit Gewalt runterdrücken kann. Also nicht nur hübsch, gesund, beweglich, klug – auch noch kräftig muss ein Mädchen sein. Und natürlich lustig, keine trübe Tasse, in deren Gegenwart die Männer schwermütig werden. Zum Glück fällt mir das Lächeln leicht, war schon immer so. Ich kann es anknipsen wie ein Lämpchen, was mir schon oft gute Dienste getan hat.

Mittags gehe ich in eine Konditorei und trinke einen Tee. Ganz selten nimmt mich Herr Meier mit ins Central-Hotel, und wir essen eine Kleinigkeit und trinken Kaffee auf Rohrstühlen unter Palmwedeln. Echten Kaffee, ohne Zichorie – welch Luxus! Dann kommt der Nachmittag, und weiter geht es mit tipp, tipp, tipp und Klingeln. Das Farbband flimmert dann schon vor meinen Augen, die Zeiger an der großen Uhr der Redaktion kriechen wie Schnecken voran.

Endlich ist es fünf, und ich kann gehen. Wohin jetzt, nach Hause zu Vati in die Stube mit dem dunkelbraunen Buffet, den Stickbildern an der Wand, den kalten Spiegeleiern, seinen toten Augen? Thea ist gleich bei der Probe … Nein, lieber ins Josty am Potsdamer Platz, wo ich für eine Mark noch einen Kaffee und für insgesamt zwei Mark noch ein Stück Gugelhupf dazubekomme und in mein Notizbuch schreiben kann.

Zwischen sechs und halb sieben am Abend beginnt mein zweites Leben, das Leben nach Feierabend. Jetzt habe ich Zeit für meinen Roman. Aber dann gibt es im Josty immer so viel zu gucken, dass ich mich gar nicht auf meine Geschichte konzentrieren kann. Die Dämmerung kommt langsam heran, und ich bin so müde. Ein Glas Wein wäre nett, ein junger fremder Herr lässt es mir vom Kellner bringen und will sich dafür zu mir setzen. Ein halbes Stündchen muss ich ihm gönnen, genauso lang, wie es dauert, den Riesling auszutrinken. Dann muss ich den Kerl wieder loswerden, was manchmal gar nicht einfach ist. Die Männer denken, dass sie ein Mädchen, das allein in einem Kaffeehaus sitzt, mit einem Glas Wein kaufen können. Und wenn sie dann noch Zigaretten bestellen, scheint die Sache geritzt! Aber ich ziehe ihnen den Zahn jedes Mal, bedanke mich artig und sage, ich habe zu arbeiten.

Was ich denn arbeiten würde, fragen manche.

Ich sei Journalistin, behaupte ich dann, bei einem Journal in der Friedrichstraße, Ecke Schützenstraße. Im Zeitungsviertel. Manche – die weniger Hellen – sind beeindruckt, die meisten aber sehen meine aufgemalten Strumpfhosennähte unter dem alten Rock an und lächeln böse.

Soso, sagen sie, Journalistin. Scheint ein hartes Brot zu sein.

Ach, wenn sie wüssten, wie recht sie haben! Auch wenn sie gar nicht verstehen können, was ich eigentlich meine. Wenn sie endlich weg sind, schreibe ich weiter, manchmal strömen die Worte mit ein wenig Wein, der durchs Blut fließt, besser. An anderen Abenden aber bin ich zu müde, und die vielen Menschen, die sich auf der Terrasse des Josty drängen und über den Potsdamer Platz laufen wie Ameisen, erschöpfen mich auf einmal so schrecklich.

Also fahre ich nach Hause. In der überfüllten U-Bahn drängen sich wieder die Leute aneinander, die Abendgesichter sind genauso fade wie am Morgen, haben aber mehr Falten bekommen. Meins auch? Ich taste erschrocken danach und betrachte mein Spiegelbild in der dunklen Scheibe. Nein, immer noch frisch und jung, trotz der Müdigkeit und des Ärgers, dass ich wieder nicht genug an meinem Manuskript geschrieben habe.

Am Samstag wollen Thea und ich endlich tanzen gehen. Ich solle auch bald mal wieder bei einer Probe zusehen, sagt sie. Und sie hat recht. Schließlich muss ich doch meine eigene Anschauung haben, um über die *Lindy Girls* und das Tanzen zu schreiben. Sonst wird es am Ende noch ein Buch über Schreibmaschinen, Geschäftsbriefe und die Berliner U-Bahn. Die allerdings, das muss man ihr lassen, mindestens eben so gute Geschichten zu erzählen hätte wie die Skipisten im Montafon.

Kapitel 7

Alice

September 1928

Alice stand im Dunkeln, doch hinter den Fenstern mit den hölzernen Querstreben war der Tanzsaal von Clärchens Ballhaus hell erleuchtet. Sie drückte sich enger an die Hausmauer und spähte atemlos ins Innere. Musikfetzen drangen an ihr Ohr, sie sah die Kapelle, die hinten im Saal auf einer kleinen Bühne aufspielte, beobachtete, wie die Finger des Bassisten über die dicken Saiten seines Instruments flogen, wie der Pianist schwitzend in die Tasten hämmerte. Sie verfolgte die Lichtpunkte, die vom glänzenden Blech der Trompeten und Saxophone durch den Raum geworfen wurden, und spürte den Rhythmus durch Fensterglas und dicke Mauern ziehen und an ihrer Wange pulsieren, die sie an die Fassade geschmiegt hatte.

Drinnen schleuderten sich die tanzenden Paare hin und her, hielten sich an den Händen, drehten sich voneinander weg, ließen sich in die Arme des anderen fallen, gingen in die Hocke und schnellten wieder hoch. Sie wirbelten durcheinander, alles wurde zu Bewegung, Farbe, Klang und stampfendem Puls. Alice sah hinunter zu ihren Füßen, die wie von selbst ein paar Tanzschritte machten. Sie begann, sich in der Hüfte zu wiegen, und schnalzte den Takt des Jazz mit, der bis zu ihrem Lauscherposten im Vorgarten des Ballhauses floss. Die Musik wurde lauter, sie schwoll an, dröhnte Alice im Kopf, dann im ganzen Körper, als sei sie eine riesige Glocke und in ihr schlage ein bronzener Schwengel immer wieder von innen gegen ihre Flanken …

Mit einem Ruck erwachte Alice und fand sich in ihrer Schlafkammer wieder. Durch das angelehnte Fensterchen klangen die Glocken der Sophienkirche. Dazwischen mischte sich das Gebimmel des Milchmanns, der mit seinem Bolle-Fuhrwerk unten durch die Straße zog. Es rumpelte und schepperte auf dem holprigen Pflaster, und die Milchflaschen klirrten aneinander.

Alice fiel ein, dass Sonntag war, erleichtert ließ sie sich auf die Matratze zurückfallen. Sie hatte sich heute bei der Armenspeisung in der jüdischen Gemeinde als Helferin verpflichtet, aber noch durfte sie ein paar Minuten im Halbschatten ihres Traumes bleiben. Wie Clärchens Ballhaus da hineingeraten war, ahnte sie schon. Sie war gestern durch die Auguststraße gelaufen und hatte sich im Vorbeikommen wieder einmal gewünscht, drinnen im Saal mittanzen zu können. Es war keine allzu teure Adresse, dennoch für Alice unerschwinglich, wenn sie nicht von einem zahlungskräftigen Kavalier eingeladen würde. An Kavalieren mangelte es ihr nicht, doch zahlungskräftig waren die Bengel nicht, für die das Spendieren eines Glimmstängels schon der Großzügigkeit eines Krösus und der Galanterie eines Casanova gleichkam. Darum würde Alice dem großen Ballsaal und dem legendären Spiegelsaal niemals näher kommen als in ihren Träumen.

Ein paar Stunden später stand sie hinter einem riesigen Blechtopf, in dem warme Milchsuppe dampfte, und schöpfte mit einer zerbeulten Kelle Schale um Schale voll, während eine andere junge Helferin sie an die Kinder weitergab, die in einer langen Schlange vor dem grob gezimmerten Ausgabetisch warteten. In der Milch schwammen vollgesogene Nudeln, großzügig mit Sacharin gesüßt, und der Duft verbreitete sich auf dem Vorplatz der Synagoge in der Oranienburger Straße, deren goldene, üppig verzierte Kuppel in der herbstlichen Mittagssonne glänzte.

Alices Magen war bereits gefüllt, sie hatte schon mit den anderen Helfern in der Küche gegessen. Nun sah sie mit Befriedigung, wie die Löffel in den Schalen klapperten und die Kinder rote Wangen bekamen, während sie Brot in die nahrhafte Milchpampe tunkten und schließlich auch den letzten Rest aus dem Teller schabten. Kurz hatte sie überlegt, Ben eine Portion in einen Henkelmann zu füllen, der stets in ihrer Tasche war, doch das hatte der Bengel nicht verdient. Ihr stand als Helferin eine warme Mahlzeit zu, aber Ben, dieser Faulpelz, lag bestimmt noch schnarchend im Bett und musste eben zusehen, was er heute zu essen auftrieb. Sie hatten einen Kanten Brot und ein Stück Käse in ihrer Kammer, das müsste reichen. Am Freitag hatte Alice die Lohntüte aus der Nähmaschinenfabrik bekommen, und morgen nach der Arbeit würde sie zum Gemüsefritzen und zum Eiermann gehen und dort Vorräte für die Woche kaufen. Sie besorgte nie zu viel, weil es Ben mit seinem ungeheuren Appetit fertigbrachte, alles auf einmal zu vertilgen.

»Hier«, sagte sie zu dem letzten Kind in der Reihe, einem Dreikäsehoch mit großen Augen und spitzen Knien, die aus seinen kurzen Hosen ragten, »du bekommst das Beste zum Schluss.« Sie kratzte mit der Kelle am Grund des Topfes, wo sich die Nudeln und die Milch zu einer sämigen Soße verdickt hatten, und füllte ihm den Teller randvoll. »Lass es dir schmecken.«

Der Kleine zog mampfend ab, und Alice trug den leeren Topf in die Küche des Gemeindehauses. Dort warteten der Kantor und eine ältere Frau, die ihr den Topf abnahm.

»Danke, Fräulein Margoniner«, sagte sie, und der Kantor nickte ihr freundlich zu.

»Wir sehen Sie dann nächsten Sonntag?«, fragte die Frau, während sie den Topf zum Einweichen in Seifenlauge tauchte.

»Oder gern schon am Schabbat«, fügte der Kantor leise hinzu, und sein Lächeln vertiefte sich.

»Ich werde sehen, ob ich es schaffe«, sagte Alice ausweichend und flüchtete nach draußen in die Sonne. Dort warteten schon mehrere Kinder, hatten ihre Schalen und Teller ordentlich auf dem Tisch gestapelt und sahen ihr erwartungsvoll entgegen.

»Tanzen wir wieder?«, fragte ein halbwüchsiges Mädchen, nur wenige Jahre jünger als Alice.

Sie lachte und fasste es bei den Händen.

»Worauf wartet ihr?«, rief sie den anderen zu, die unschlüssig dastanden, und die Kinder jubelten und fanden sich schnell zu Paaren zusammen. Zwei Jungen blieben übrig und sahen sich betreten um, doch Alice lächelte ihnen aufmunternd zu.

»Ihr könnt miteinander tanzen«, sagte sie, »aber ihr müsst nicht. Der Charleston ist kein Paartanz, das ist ja das Wunderbare. Jeder zählt für sich allein.«

Erleichtert nickten die beiden Jungen, sahen sich verstohlen aus den Augenwinkeln an und schienen übereinzukommen, es zunächst solo zu versuchen. Ein Mädchen förderte einen abgewetzten Kamm und ein Stück Butterbrotpapier aus der Schürzentasche zutage und fing an, eine fröhliche Melodie zu blasen.

Alice schloss die Augen und versetzte sich wieder in die Halbwelt, in der sie zu Hause war. In ihre Tagträume, in denen sie im Geiste tanzte, während ihre Finger Nähmaschinenteile zusammensetzten, sie Suppe schöpfte, den Boden ihrer Kammer schrubbte, durch die herbstlichen Straßen Berlins lief oder in ihrem Bett im Halbschlaf zwischen Wachen und Träumen dahinglitt. Ihre Beine bewegten sich von selbst, sie wiegte und drehte sich, klatschte in die Hände, warf sie in die Luft, schüttelte sie mit eckigen Gesten zur Seite. Die Straßenkinder taten es ihr nach, wie Alice aus den Augenwinkeln sah. Sie machte ihnen die Tanzschritte vor, immer wieder, warf die Füße hoch, ging in die Knie, formte aus ihren Beinen ein X, dann wieder ein O, spreizte die Hände in der Luft von den Armen ab und wirbelte hin und her. Einige der Kinder, die schon seit dem Sommer, als Alice mit diesem seltsamen Unterricht angefangen hatte, dabei waren, folgten ihr sicher und selbstbewusst. Bei anderen musste sie einzelne Tanzschritte noch einmal langsamer zeigen, vor allem den Onestep, bei dem immer ein Fuß vorrutschte und der andere hinterherglitt und antippte. Alice ließ nicht locker, bis jedes Kind wenigstens ein, zwei Schritte beherrschte.

»Und jetzt du allein, einmal alles von vorn!«, bat einer der Jungen und warf seine speckige Mütze in die Luft.

Die anderen fielen ein, sie bildeten einen Halbkreis um ihr Vorbild.

»Vortanzen«, riefen sie, und »Alice, Alice!«, ein fordernder Sprechchor bildete sich.

Das Mädchen mit dem Kamm blies noch kräftiger drauflos, eine atemlose Melodie war es jetzt, und alle Kinder begannen, den Rhythmus mit den zumeist nackten Füßen aufs Straßenpflaster zu stampfen und in die Hände zu klatschen.

Alice lachte, sie warf ihr langes rotes Haar nach hinten und zog den dunkelblauen Matrosenjumper aus, den sie achtlos auf die Steine fallen ließ. Mit bloßen Armen gab sie sich dem Tanz hin, spürte, wie die Bewegungen sie mehr und mehr erfüllten, wie das Wischen, Wedeln, Schütteln, Stampfen und Herumwirbeln ihrer Glieder immer mehr aus ihr herauszukommen schienen, ohne dass sie etwas dazu tun musste. Nachdenken war nicht mehr nötig. Das war immer der herrlichste Moment beim Tanzen, wenn das Gehirn endlich Ruhe gab und der Körper regierte.

Erst, als sie den Applaus hörte, hielt sie inne. Der halbe

Ring der Kinder löste sich auf und gab den Blick auf eine fremde Frau frei, die am Straßenrand neben einer Litfaßsäule stand und mehrfach hart in die Hände klatschte. Hinter ihr lächelte die weiße Persil-Dame mit Florentinerhut hervor und hielt den Vorüberlaufenden begeistert ihre Waschmittelpackung entgegen.

Alice konnte die Miene der Fremden nicht deuten. Machte sich die Frau etwa über sie lustig? Es war schon vorgekommen, dass sich Passanten über ihr *unsittliches* Betragen auf der Straße beschwert hatten. Dass man ihr und Ben, wenn sie wieder einmal Shimmy tanzend durch die Gassen der Spandauer Vorstadt fegten, Schimpfworte nachgerufen hatte. Sie seien rothaarige *Backpfeifenjesichter*, die es verdient hätten, ins Zuchthaus zu kommen, um Ordnung und Anstand zu lernen. Manche schrien auch *Juda, verrecke*, was Alice jedes Mal zusammenzucken ließ, denn dass ihr Unbekannte den Tod wünschen sollten, ging nicht in ihren Kopf.

Doch diese Frau hier schien nicht der Meinung zu sein, dass ihr Tanz ein öffentliches Ärgernis darstellte. Sie trat näher, und Alice betrachtete bewundernd das feine seidenblonde Haar, das sich halblang in den Kragen der weißen Bluse ringelte und in dem nur wenige Silberfäden glitzerten. Die Frau streckte die Hand aus, Alice ergriff sie automatisch und schüttelte sie, als lasse sie sich von einer entfernten Tante zum Geburtstag gratulieren.

»Das war hervorragend«, sagte die Blonde und verzog anerkennend ihre sorgfältig geschminkten Lippen, »machst du das öfter?«

»Was?«, fragte Alice und wunderte sich über sich selbst. Sie war doch sonst nicht auf den Mund gefallen?

»Tanzen«, sagte die Frau und betonte die Silben, als sei sie nicht sicher, ob Alice ihre Sprache beherrschte.

»Andauernd«, gab Alice zurück. »In jeder freien Minute.«

»Das sieht man«, sagte die Frau. »Und ich denke, Fleiß zahlt sich aus. Glaubst du das auch?«

Alice hob die Schultern und sah auf die fremde Frau hinab, die sie um mindestens einen halben Kopf überragte. Und die Alice jetzt betrachtete, als sei sie eine Art Weltwunder. So war sie noch nicht oft angesehen worden, wenn man die Bewunderung der abgerissenen Gören ringsum nicht mitzählte. Sie musste zugeben, dass es ihr gefiel.

»Ich heiße Wally«, sagte die Frau, »Wally Kaluza. Ich bin Tanzlehrerin und suche genau solche Mädels wie dich.«

»Ach ja?«, sagte Alice verdutzt.

Eine klebrige Hand zupfte an ihren Fingern, es war der kleine Dreikäsehoch, der den letzten Teller Milchsuppe verputzt hatte.

»Sag ihr schon deinen Namen«, flüsterte er vor Aufregung heiser.

»Ich heiße Alice«, murmelte sie, »Alice Margoniner.«

»Ich verstehe«, sagte Fräulein Kaluza, und einen Moment glitt ihr Blick hinauf zur glänzenden Kuppel der Synagoge. »Von mir aus«, sagte sie dann liebenswürdig, »warum nicht? Talent ist alles, was für mich zählt.«

Alice wusste darauf nichts zu erwidern.

»Hast du schon zu Mittag gegessen, Alice?«, fragte Fräulein Kaluza. »Wie wäre es mit einem Teller Milchreis in dem Restaurant dort drüben?« Sie deutete auf das Ecklokal an der Artilleriestraße, wo die Tramhaltestelle war.

Alice dachte an die Milchpampe, die sie zuvor verspeist hatte.

»Bratkartoffeln mit Tafelspitz wären mir lieber«, sagte sie frech.

Das blonde Fräulein lächelte. »Das gefällt mir«, sagte sie. »Man sollte sich nie unter Wert verkaufen, aber das weißt du wohl?«

»Darauf können Sie Gift nehmen«, sagte Alice, die wieder zu sich kam. »Und mich kann man sowieso nicht kaufen.«

»Ausleihen würde mir erst mal reichen«, sagte die Fremde. Sie rollte einige Buchstaben mit der Zunge, aber es klang interessant.

Alice schickte ein breites Lächeln in Richtung der Kinder, die noch immer mit offenen Mündern dastanden und ihrem Wortwechsel mit dem fremden feinen Fräulein lauschten, doch sie achtete darauf, dass die Frau es nicht sah. Dann folgte sie der weißen Bluse und dem hellblonden Schopf über die Straße, wich einer alarmiert bimmelnden Straßenbahn aus und ließ ein letztes Mal die Füße in einem Tanzschritt auf den silbrigen Schienen im Asphalt vor- und zurückschnellen. Obwohl sie noch nicht wusste, wohin das hier führen sollte, fuhr ihr die Freude über diese vielversprechende Begegnung in die Glieder wie einem jungen Hund, dem unverhofft ein Knochen vor die Schnauze gehalten wurde.

Kapitel 8

Jo

»Sie tanzen göttlich, mein Herr!«, hauchte die Frau mit dem schneeweißen Pelzjäckchen an Jos Schulter und schmiegte sich so eng an ihn, dass ihr Maiglöckchenparfüm ihm in die Nase stach. Doch er ließ sich nichts anmerken, lächelte nur galant und schob seine zarte Partnerin weiter im Tangoschritt über das spiegelnde Parkett. Seine glänzend schwarzen Schuhe schwebten geschmeidig über den Boden, und zwischen seine dunklen Bundfaltenhosen schmiegten sich wie im Mikadospiel ihre schlanken kunstseidenen Beine.

In einer kleinen Konditorei, da saßen wir zwei … säuselnd zog der Gesang des Sängers von der Bühne durch die Diana-Bar des Central-Hotels. Das Bandoneon orgelte, die Geigen schmeichelten, eine Flöte piepste dazwischen. Aus den Augenwinkeln sah Jo den Kapellmeister routiniert die Arme auf und ab bewegen, die Band spielte jeden Abend dieselben Tangoschlager, die man hier in der Stadt hören wollte. Berlin-Besucher aus dem ganzen Land, ja aus ganz Europa und sogar Amerika kamen hierher und fielen wie reife Äpfel vom Bahnhof Friedrichstraße direkt ins prächtige Hotel an der Ecke. Geradewegs in die Arme der Aschinger Aktiengesellschaft, die jede Sehnsucht nach Luxus, Erlebnis und teuren Revuen im Handumdrehen zu Geld machte.

Jo lauschte auf den Takt der Musik, die seine Schritte bestimmte, er summte leise die Melodie mit, die er nach Jahren als Gigolo in der Diana-Bar im Schlaf kannte. Wie ein Rädchen gehörte er in die gutgeschmierte Maschine der Geldmacherfabrik, und das Schmieröl waren der Champagner und die Musik. *Du sprachst kein Wort, kein einziges Wort …*

»Wo haben Sie nur so tanzen gelernt?«, fragte Jos Partnerin und hob ihr Gesicht zu seinem hinauf, während sie eine gewagte Drehung vollführten und beinahe mit einem anderen Paar zusammengestoßen wären. Es war um diese Zeit bereits brechend voll auf der Tanzfläche.

»Beim Heer, Schönste«, flüsterte er, und sie nickte ehrfürchtig und schmiegte sich enger an ihn.

»Was müssen das für aufregende Zeiten gewesen sein«, hauchte sie. »Und wie gut, dass Sie diesen schrecklichen Krieg überlebt haben.«

Jo seufzte unhörbar auf. Ihm wäre es deutlich lieber gewesen, wenn die Frau mit dem Pelzkrägelchen ebenso stumm geblieben wäre wie das verliebte Mädchen im Lied von Fred Raymond, die ohne ein einziges Wort in der Konditorei saß. Der Krieg war das Letzte, worüber er reden wollte, er versuchte sogar, ihn ganz und gar aus seinen Gedanken und Träumen zu verbannen. Und die immer gleichen Plaudereien am Laufen zu halten, war nicht sein Meisterstück, das war und blieb das Tanzen. Tango, Foxtrott, Onestep, Shimmy – er beherrschte sie alle. Doch seiner Erfahrung nach wollten die Damen, die hierher in die Bar zum Tanzen kamen, vor allem *reden*. Wollten ihr Herz ausschütten, einen Abend lang ihre Einsamkeit vergessen. Den Umstand, dass ihre Väter ihre Mitgift in der Hyperinflation vor ein paar Jahren verloren hatten und dass es nach dem Krieg sowieso keine jungen Männer in der Stadt gab, die sie hätten heiraten können. Dass sie leer ausgehen würden und niemals eine Ehefrau werden konnten. All das aber sollte für diesen einen Abend, diese eine Nacht gnädig verblassen. Es sollte sich im Taumel des Tangos auflösen, von der Musik und dem Champagner vernebelt werden, ehe morgen früh genug wieder die Erkenntnis dämmern würde, dass die Wirklichkeit sich nicht mit etwas Bargeld und Träumerei auslöschen ließ.

Die Eintänzer wurden vom Hoteldirektor dafür bezahlt, diesen Frauen beim Vergessen zu helfen. Ihnen zuzuhören, ihre einsamen Taillen zärtlich zu umfassen und sie behutsam über die Tanzfläche zu schieben. Ihnen Komplimente zu machen, die Hand zu küssen und ein sattes Trinkgeld einzustreichen.

Manchmal war es auch mehr, nach dem die Damen verlangten, später, wenn die Nacht anbrach. Auch dann war Jo ihnen manchmal zu Diensten, wenn sie zahlten. Obwohl es ihm zunehmend schwerer fiel und er immer öfter zu Kokain griff, das ihn seit seiner Zeit im Schützengraben zuverlässig aufrecht hielt. Das weiße Pulver, das er auf der blanken Toilette des Hotels schnupfte, ließ ihn wenigstens für ein paar Augenblicke die Qual seines Alltags ertragen. Wenn das nicht reichte, gab es noch Morphium, das hob er sich für die besonders schlimmen Nächte auf, wenn er allein in seinem Zimmer auf die Morgendämmerung wartete. Hatte er davon genug intus, konnte er für einige Stunden alles aus dem Bewusstsein verdrängen, was ihn marterte. Doch die nächste Dosis musste immer größer sein als die vorherige – und schneller kommen. Und obwohl er wusste, dass sein Aussehen tadellos und anziehend war, war in ihm alles wund und roh.

Die Musik verstummte kurz, und ringsum war vereinzelter Applaus zu hören, ehe sich die meisten Tanzenden zur Bar wandten, um eine Pause einzulegen. Eine Dame mit einer silbernen Kappe strich eng an Jo vorbei und bedachte ihn mit einem verführerischen Lächeln, doch er erwiderte es mit kalter Höflichkeit und führte seine Tanzpartnerin fürsorglich am Arm zu einem der hohen Barhocker. Für die nächste halbe Stunde gehörte er nur ihr, danach würde man weitersehen. Der Abend war noch jung.

»Was trinken Sie, mein Fräulein?«, fragte er, obwohl er die Antwort längst kannte.

»Champagner«, hauchte sie. Er winkte Fritz, dem Barkeeper, mit der gewohnten Geste seiner weißbehandschuhten Hand, und wenige Sekunden später standen zwei Kristallgläser mit dem perlenden Getränk vor ihnen, nach dem die ganze Welt heutzutage verrückt schien. Sie prosteten sich zu, und Jo wappnete sich. Es folgte der anstrengendere Teil seiner Anstellung – die Konversation. Es forderte ihn immer mehr, so zu tun, als interessiere er sich für die fremden und doch immer ähnlichen Lebensgeschichten der Einsamen.

Milde lächelte er der Frau neben sich zu. Sie trug unter dem weißen Pelz ein silberdurchwirktes Fransenkleid, hatte einen aschblonden Kurzhaarschnitt und war sehr schlank und knabenhaft gebaut. Eigentlich war sie recht hübsch. Jo entspannte sich ein wenig.

»Wie heißen Sie, Gnädigste?«, fragte er.

»Lore«, sagte sie, »Lore Kettler.« Sie leckte sich nervös die Lippen. »Und Sie?«

»Johannes«, sagte er und beschloss in Gedanken an sein leeres Portemonnaie, einen Schritt weiter zu gehen, »wollen wir uns nicht beim Vornamen nennen?«

»Gern«, flüsterte sie. »Und sind Sie öfter hier, Johannes?«

Jo schickte einen stummen Stoßseufzer an die reich mit Stuck und schimmernden Leuchten verzierte Decke der Bar. Das immer gleiche Spiel – doch wann war ihm die Leichtigkeit abhandengekommen?

»Nicht sehr oft«, log er, weil er wusste, dass es erwartet wurde, »ich bin nicht gesellig. Aber heute Abend war ich ein wenig einsam.«

»Ach«, spielte sie das kleine Stück mit und nippte an ihrem Champagner, »das kenne ich.« Sie musterte ihn. »Wieso ein Mann wie Sie allein ist, verstehe ich nicht«, sagte sie, und ein Hauch Röte flog auf ihre weiß geschminkten Wangen. »Sie sehen doch fast so aus wie Rudolph Valentino.«

»Aber ich tanze besser«, sagte Jo, zwinkerte mit einer wohlgemessenen ironischen Bescheidenheit und hob sein Glas.

»Das stimmt«, lachte sie, wurde jedoch gleich wieder ernst. »Ein Jammer, dass er so jung sterben musste, finden Sie nicht?«

»Furchtbar«, sagte Jo, den das Schicksal des amerikanischen Stars kaltließ. Er entschied, aufs Ganze zu gehen. Die Gage des Direktors war alles andere als üppig, und er brauchte dringend einen Zuverdienst, um sich Nachschub von seinem rettenden weißen Pulver zu besorgen. Lore Kettler schien ihm, wenn er sich umsah, das kleinste Übel, und sie vertraute ihm bereits.

Mit ernstem Gesicht griff er nach ihrer Hand und zog sie an seine Lippen. Sie wirkte erstaunt, aber erfreut. Er neigte seinen Mund an ihr Ohr.

»Das Leben ist kurz, es kann jeden Tag zu Ende sein«, flüsterte er, »für uns alle. Wir sollten jede Sekunde auskosten, denken Sie nicht?«

Lore nickte stumm und ließ zu, dass er mit den Lippen ihre Wange streifte. Doch als er ihr eine Hand aufs Knie legen wollte, zuckte sie zurück. Johannes maßregelte sich stumm. Lore Kettler war offenbar eine zartbesaitete Natur, er musste sie langsam erobern. Die Musikband hatte wieder angefangen zu spielen. *Ich küsse Ihre Hand, Madame …*

»Ziehen Sie denn die Dinger nie aus?«, fragte Lore und betrachtete neugierig seine Hände in den blütenweißen Handschuhen, die er wieder auf die Bar gelegt hatte. Fritz kam lautlos hinterm Tresen herbei und goss ihnen ungefragt nach, der Champagner schäumte und perlte übermütig in den Gläsern.

»Manchmal schon«, sagte Jo im Versuch, geheimnisvoll zu klingen. Doch er spürte, wie sich die altbekannte und gefürchtete Unsicherheit in ihm ausbreitete, die ihn stets ergriff, sobald das Thema aufkam. Tatsächlich zog er die Handschuhe immer erst aus, wenn er sich mit den Damen in der verschwiegenen Dunkelheit ihres Zimmers in den oberen Etagen des Hotels befand und sie die alten Verletzungen nicht bemerken würden. Seine Hände waren mit hässlichen Brandnarben übersät, ein Souvenir aus Flandern. Wenn er sie hier im grellen Licht präsentieren würde, nähme Lore Kettler sicher Reißaus, und er müsste sich auf die Suche nach einer anderen, weniger wählerischen Einkommensquelle für heute Nacht begeben.

»Sie sehen so traurig aus«, sagte Lore leise und mit schmerzlichem Augenaufschlag. Erleichtert bemerkte er, dass sie eine der Frauen war, bei denen gerade das Abgründige, Geheimnisvolle bei einem Mann zählte. Das konnte sie haben, es war seine beste Rolle.

Oh, er war es manchmal so leid, dieses Spiel! Doch man bezahlte ihn, und er musste eben tanzen, wie in dem Gedicht, das er neulich in einer Bar aufgeschnappt hatte. *Schöner Gigolo, armer Gigolo …* Er bedachte Fräulein Kettler mit dem besten Lächeln seiner traurigen Clown-Nummer, und jetzt ließ sie es zu, dass er eine ihrer kurzen aschigen Locken zwischen seine behandschuhten Finger nahm und zärtlich darüberstrich.

Hastig schüttete er dann das volle Champagnerglas in sich hinein. Zwischen den Tanzenden bemerkte er plötzlich eine bekannte Silhouette – ein lässiges Wollsakko, eine brünette Haartolle. Oho, Toni Lindberg war wieder da, von dem er in so manchen Nächten die besten Tanzschritte gelernt hatte. Er hatte sich, wie man hörte, längere Zeit in Übersee herumgetrieben. Doch wer war die dunkelhaarige Schönheit, an deren Hals Toni buchstäblich hing? Sie trug ein fließendes tiefrotes Seidenkleid, das ihren schönen jungen Körper kaum verhüllte. Jetzt küssten sich die beiden innig, und Tonis Hände wanderten entlang der schmalen Taille der Frau tiefer hinab … Jo unterdrückte ein Grinsen. Lindberg war kein Kind von Traurigkeit, das wussten alle. Und kaum war er wieder in der Stadt, hatte er schon eine Eroberung gemacht. Leider interessierte er sich ausschließlich für Frauen, sonst wäre Jo in Versuchung gewesen, auch sein Glück zu wagen. Doch er kannte seine Grenzen und schob mühsam das Bild zurück, das sich ihm aufdrängte – Tonis muskulöser Körper unter dem offen stehenden Hemdkragen, das dichte weiche Haar zerzaust und wild …

»Wollen wir noch ein Tänzchen wagen?«, fragte er Lore Kettler, die mit wippenden Knien auf dem Hocker saß und stumm an ihrem Champagner nippte. Sie war es schließlich, die er bei Laune halten musste, nicht diesen Hallodri Toni Lindberg. Zum Glück nickte sie sofort und ließ sich von ihm auf die Tanzfläche ziehen. Die Band spielte jetzt lauter, die Musik war wilder geworden. Tango und Foxtrott schienen für heute Abend Geschichte, der Jazz übernahm das Parkett in der Diana-Bar. Der Klavierspieler griff in die Tasten, der Rhythmus ließ die Gläser erzittern und die Kleider der Frauen flattern. Jetzt sang eine schwarze Sängerin mit amerikanischem Akzent auf der Bühne, die Lippen dicht am Mikrophon, und jedes Wort klang wie Samt.

I can't give you anything, hauchte sie, und Jo umfasste Lores Taille fest mit beiden Händen und zog sie dicht zu sich heran. Aus den Augenwinkeln sah er, dass Toni und seine rotseidene Flamme ebenfalls in einer tiefen Umarmung versunken waren, und er vermutete, dass ihre Zeit unter den Tanzenden ablief und sie ihr Stelldichein bald an einen anderen, verschwiegeneren Ort verlagern würden.

Da bemerkte er die kleine Blondine an der Bar. Wally Kaluza, die er kannte, seit er denken konnte, lehnte dort und ließ den Blick über die Tanzenden schweifen. Wally und er stammten aus Beuthen in Schlesien – sie hatte nach der Schule als Wäscherin gearbeitet, er war ein junger Grenadier gewesen. Das war kurz vor dem Krieg gewesen, die Zukunft hatte offen vor ihnen gelegen. Später hatte es sie beide unabhängig voneinander nach Berlin verschlagen, und sie hatten sich, als sie einander hier wiederbegegnet waren, nicht mehr aus den Augen verloren. Wally kam manchmal her und plauderte mit ihm, wenn es einer dieser öden Abende war, an denen er nicht viel zu tun hatte. Sie konnte tanzen wie der Teufel! Doch heute Abend durfte er sie nicht kennen, heute Abend war er offiziell nur ein einsamer Wolf, der zufällig in die Diana-Bar gestolpert war, weil er etwas Zerstreuung suchte. Und der hier schicksalhaft die reizende, alleinstehende Lore Kettler kennengelernt hatte, mit der ihn ohne Worte so vieles verband, dass es nur ein Wink der Göttin Fortuna sein konnte. Sie wussten beide, dass es ein Spiel war und dass sie am Ende zahlen musste, doch solange beide die Illusion aufrechterhielten, blieb die Täuschung ohne Riss.

Wally stand ganz allein, nur mit einem Glas Kognak in der Hand. Die kurzen blonden Locken schienen Jo heute Abend weniger Spannkraft zu haben als sonst, sie flogen ihr nicht ums Gesicht, sondern hingen schlaff hinab. Und um ihren rot bemalten Mund war eine kleine Traurigkeit, die sie, die sonst so streng wirkte, nicht oft zeigte. Jo wollte während einer Drehung die Hand heben und ihr unauffällig zuwinken, als er bemerkte, wen sie da auf der Tanzfläche anstarrte. Ihre Augen saugten sich an Toni Lindberg und seinem bildschönen Rendezvous fest. Die alte Geschichte!, dachte Jo ungläubig. Er hätte schwören können, dass in Wallys blauen Augen Tränen standen. Doch sie war zu weit entfernt, als dass er es mit letzter Sicherheit sagen konnte.

I can't give you anything, sang die Sängerin zum wiederholten Mal ins Mikrophon. Jo schleuderte seine Tanzpartnerin hin und her, ebenso wie die anderen Herren im schwarzen Smoking und weißen Hemd es rundum mit ihren Damenbegleitungen taten. *I can't give you anything*, ein paar Meter weiter legte Toni einen Arm um das rotseidene Mädchen und zog es hastig in eine dunkle Ecke, wohin ihnen keine Blicke folgen konnten. *I can't give you anything but love!*, beendete die Sängerin voller Emphase ihre Liedzeile, und ringsum brachen die Feiernden und Tanzenden in Jubel aus, während die Band einen rauschenden Schlussakkord spielte und das Schlagzeug in einem Trommelwirbel erstarb. Lore schmiegte sich enger an Jo, und er wusste, dass auf ihn heute Nacht noch ein dunkles Hotelzimmer wartete.

Seine Augen suchten nach Wally. Doch der Platz an der Bar, wo sie gestanden hatte, war leer.

Kapitel 9

Wally

Wally blieb am Brückengeländer stehen und betrachtete die abendliche Stadt. Hunderte kleine Lichter schaukelten im schwarzen Wasser des Kanals, und ein paar einsame Wellen platschten gegen das steinerne Becken, als ein Fisch seinen Kopf herausstreckte und schnellstens wieder im schützenden Nass verschwand. Schräg gegenüber schimmerte die Leuchtreklame des Großen Schauspielhauses am Schiffbauerdamm und warb mit riesigen Schriftzügen für die neue Revue. Direkt daneben hing das Plakat von Brechts *Dreigroschenoper*, die im Theater ein paar Hausnummern weiter gespielt wurde. Das zähnefletschende, weiß geschminkte Gesicht von Mackie Messer unter der schwarzen Melone starrte zu Wally herüber, als sehe der gemalte Mann nur sie an und überlege, wo er bei ihr seine Klinge ansetzen sollte.

Sie drehte sich mit einem Frösteln um – es war kühl für Ende September – und bog in den düsteren Weidendamm ab. Ihre Absätze klapperten hohl auf dem Pflaster, als sie die protzige Komische Oper passierte und weiter entlang des Kanals eilte, den Schlüssel zu ihrem Probenraum fest in der Hand. Heute sollte Toni zum ersten Mal zur Probe kommen, er und dieses neue Mädchen, das sie neulich buchstäblich auf der Straße aufgelesen hatte. Bei dem Gedanken daran, wie Toni Lindberg in ihren kleinen Kosmos eindringen würde, war ihr unheimlich zumute. Sie erinnerte sich mit einem nagenden Gefühl der Eifersucht an jenen Abend neulich, als sie ihn mit einer anderen Frau in der Bar des Central-Hotels gesehen hatte. Wieder und wieder hatte sie sich seither vorgebetet, dass sie es gut sein lassen sollte. Dass sie schleunigst aufhören musste, sich für diesen Teil seines Lebens zu interessieren. Sie war schließlich auch frei, sie konnte genau wie Toni tun, was sie wollte. Die Zeiten, da sie auf mehr gehofft hatte als auf die Freundschaft zwischen ihnen, waren schon so lange vorbei. Und es hatte damals gute Gründe gegeben, die Sache zu beenden, es war zu brenzlig geworden. Einen Mann wie Toni konnte man nicht an die Kandare nehmen, er taugte besser als Freund denn als Liebhaber, zumindest wenn man auf der sicheren Seite stehen wollte.

Zwischen ihnen musste alles geschäftlich bleiben, dann stand dem Erfolg nichts im Weg. Sie sollte sich glücklich schätzen, dass Toni neuerdings der Manager ihres kleinen Grüppchens war. Mit einem unverbesserlichen Optimisten und Gernegroß wie ihm an ihrer Seite musste ihr einfach alles gelingen. Das Leben war kein Melodram, jedenfalls nicht, wenn es nach ihr ging. Vielmehr wünschte sie sich jetzt, da sie den Aufbruch gewagt hatte, den Beginn eines Lustspiels, vielleicht einer Operette, ja auf jeden Fall eines echten Kassenschlagers. Die Zeichen standen auf Erfolg. Die Stunde der Frauen hatte geschlagen und damit auch Wallys. Nur ein wenig Größenwahn war nötig, eine

Portion Glück, etwas Chuzpe. Es wäre doch gelacht, wenn sie das nicht nutzte!

Das Haus lag still da. Eine Laterne stand direkt davor und warf einen kreisrunden Schein aufs blanke Pflaster. Wally entzifferte schwarze Buchstaben, die zu einer anderen Zeit an die Hauswand gepinselt worden waren. *Hier darf gerollt werden*, stand da neben der Luke, durch die in der Vergangenheit zweifelsohne unzählige Fässer, Kartoffelsäcke und Kohlebriketts ins Souterrain befördert worden waren.

»*Wer hat bloß den Käse zum Bahnhof gerollt*«, summte Wally den beliebten Onestep-Schlager aus dem letzten Jahr und pfiff ein bisschen vor sich hin, um ihre Grübeleien in der Stille der Straße zu übertönen. Sie hatte doch tatsächlich seinetwegen geheult – zum Glück hatte es niemand bemerkt, und sie war schnellstens aus der Bar in die gnädige Dunkelheit der Friedrichstadt geflohen, geradezu starr vor Schreck und Scham. Sie summte weiter, ging ins Pfeifen über. Pfeifen war ein Allheilmittel, und das Lied vom rollenden Käse war wie dazu gemacht, um Mut und gute Laune zu bescheren, ein herrlicher Unsinn von vorn bis hinten. Max Kuttners Stimme leierte durch sämtliche Kneipen und Tanzdielen Berlins und jetzt auch durch Wallys Hirn.

Immer noch pfeifend knipste sie das Licht im Saal an. Da standen das *Monochord*, ein Grammophon mit Federwerk, das sie vor Jahren erstanden hatte, und ein schwankender Stapel Schallplatten, daneben ein paar Stühle – das war beinahe alles. Der lange Spiegel an einer Seite warf ihr Bild zurück, und schnell ging sie näher, zog ihren Lippenstift aus der Handtasche und bemalte sich sorgfältig den Mund.

Dann sah sie auf die Armbanduhr. In einer Viertelstunde hatte sie die erste Probe mit ihrem neuen Manager angesetzt, ihr blieb noch Zeit. Sie suchte im Plattenstapel, wurde fündig und zog eine der schwarzen Schellackplatten aus der papiernen Hülle mit der Aufschrift *Electrola*. Geübt legte sie die Platte auf den Teller und setzte die Nadel auf. Ein Knistern und Flüstern drang aus dem Schallaustritt an der Seite des Geräts, wohinter der Trichter verborgen war. Die Instrumente der *Weintraubs Syncopators* setzten ein, Friedrich Hollaender malträtierte virtuos das Klavier, »Steps« Weintraub drosch aufs Schlagzeug ein, darunter mischten sich Klarinette, Posaune, Saxophon und Banjo. Die Melodie wurde schneller, sie riss mit, erfüllte den ganzen Raum und verwandelte ihn in einen Club in Harlem. Die *Syncopators* hatten sich in Berlin gegründet, aber sie spielten besten, reinsten Chicago-Jazz, und Wally wippte im Takt mit und probierte ein paar Charleston-Schritte vor dem Spiegel. Ihre blonden Locken wippten, sie schüttelte Arme und Hintern, warf die Haare in den Nacken und wagte eine Drehung, aus der sie gekonnt auf beiden Füßen landete und sich langsam zu den jaulenden Saxophonklängen aus dem Grammophon in die Knie schraubte, tiefer und tiefer …

»Du bist wirklich in Form, Schätzchen«, sagte eine Stimme von der Tür her über die Musik, und Wally fuhr aus ihrer halben Kniebeuge hoch und drehte sich um. Toni stand breit grinsend im Raum, schloss die Tür hinter sich und fuhr sich mit der Hand durchs dichte Haar.

»Hast du mich erschreckt!«, sagte sie und machte einen Satz zum Grammophon. Sie riss die Nadel von der Platte, würgte die Musik mitten in einem Klarinettensolo ab, und die Platte drehte sich nutzlos und stumm auf dem Teller.

Er kam lächelnd näher.

»Ich bin gespannt wie ein Flitzebogen«, sagte er, »heute könnte eine neue Ära beginnen.«

»Meinst du?«, fragte sie.

»Klar! Stell dir vor, ich hab uns schon eine Nummer an Land gezogen«, sagte er und wirkte stolz wie ein Steppke, der seine gewonnenen Murmeln vorzeigte. »Im Esplanade! Was sagst du nun?«

»Wie bitte?«, fragte Wally entrüstet. »Ich habe schon zweimal dort an der Hintertür geklopft, hab sogar einmal den Direktor zufällig im Wintergarten getroffen und versucht, ihn in ein Gespräch zu verwickeln. Aber er hat mich abblitzen lassen. Es war demütigend.« Sie runzelte die Stirn. »Wie hast du das hingekriegt, Toni?«

Er lächelte geheimnisvoll. »Ein Gentleman schweigt«, sagte er, »aber unter uns – Poker sollte man beherrschen, wenn man es mit mir spielt.« Er schüttelte den Kopf. »Egal, jedenfalls tanzen unsere Mädels dort in ein paar Wochen auf der Bühne, und die Schickeria am Potsdamer Platz sieht zu. Von da an geht's steil aufwärts, sage ich dir, bis in den Olymp.«

Gegen ihren Willen musste Wally lächeln. Sie spürte, wie aufgeregt sie war. Sie konnte ihm nicht einmal böse sein, dass er sie nicht gefragt hatte, ehe er das Engagement zugesagt hatte.

»Du mit deinen Superlativen«, sagte sie kopfschüttelnd. Plötzlich wurde aus ihrer freudigen Aufregung Nervosität. Sie sah den opulenten Saal des Luxushotels am Potsdamer Platz vor sich, wo sie tanzen sollten – in ein paar Wochen, hatte Toni gesagt. Himmel, was, wenn es schiefging? Was, wenn die *Lindy Girls* noch nicht so weit waren? Was, wenn herauskam, dass Wally Kaluza nur mit Wasser kochte?

»Hast du nie Angst, zu scheitern?«, fragte sie zweifelnd.

»Kennst du mich gar nicht?«, fragte er zurück, und seine blauen Augen verdunkelten sich. »Klar habe ich manchmal Angst.« Er straffte seinen Körper. »Aber ich habe eben entschieden, dass sie nicht mein Motor sein darf. Dass mich etwas anderes antreiben soll.«

»Ich wünschte, du könntest mir etwas von deiner Zuversicht abgeben«, sagte sie und hörte zu ihrem Entsetzen, dass ihre Stimme brüchig klang.

Toni legte einen Arm um sie. »Kannst so viel davon abhaben, wie du willst«, sagte er ungewohnt zärtlich. »Ich bin nicht geizig. Und das habe ich dir schon immer gesagt, weißt du nicht mehr?«

O doch, Wally erinnerte sich. Unzählige Abende lang hatten sie geredet, damals, als sie sich kennengelernt hatten. Wally war erst kurz zuvor in die Stadt gekommen, ihre Vergangenheit fest verschlossen an einem tiefen Ort in ihrem Herzen, von dem niemand außer ihrem Jugendfreund Jo wusste. Ihre Zukunft hingegen war ein weißes Blatt Papier gewesen. Sie und Toni hatten an der Spree auf den Steinen der Uferbefestigung gesessen, hatten die Beine baumeln lassen und darüber gesprochen, was sie sich wünschten. Dass die Welt ungerecht beschaffen war, dass sie nur gemeinsam stark wären. Doch nie hatte sie Toni sagen können, weshalb sie manchmal so scheinbar grundlos traurig und verzagt war. Er wurde ihr Liebhaber, später ihr Freund, wusste jedoch nicht alles über sie. Wusste nichts darüber, weshalb sie damals Hals über Kopf ihre Heimat hatte verlassen müssen, und nichts von dem dunklen Fleck, der seither – zwar verblasst, aber unverkennbar – auf ihrer Seele lastete. Bei ihrer Ankunft in Berlin war Toni die Zukunft gewesen, ein Versprechen, dass alles gut werden würde. Dass Wally ein neuer Mensch sein konnte. Zwar war es nie ganz eingelöst worden, doch die Hoffnung darauf hing noch immer wie ein sanfter Lichtschimmer über dem Meer des dunklen Nachthimmels. Vielleicht war das am Ende der Grund, warum sie ihn nicht loslassen konnte?

Die Stille war nun ohrenbetäubend, und Toni, der seelische Verwicklungen aller Art schwer ertrug, ließ Wally los. Er ging zum Grammophon und legte die Nadel wieder auf. Erneut knisterte es, begannen die *Syncopators* wild und schrill zu spielen, und Toni sprang herbei, fasste Wally bei den Händen und zog sie in die Mitte des Raums. Einen Moment wehrte sie sich noch, dann gab sie nach und ließ sich mitziehen. Ließ sich von Tonis Händen hin und her schleudern, fiel gegen ihn, stieß sich wieder ab, stampfte mit den Füßen auf den Boden. Tonis Hände hielten sie, warteten auf sie, berührten sie, und egal, wie oft sie sich drehte und von ihm fortwirbelte, er fing sie immer wieder ein. Sein Gesicht mit den geröteten, glatt rasierten Wangen war gerade noch weit weg, dann wieder nah, und sie roch den Duft der Seife, mit der er sein Baumwollhemd gewaschen hatte. Toni umrundete sie mit federnden Schritten, drehte Wally wieder im Kreis und zog sie dichter und dichter an sich heran, bis ihr die Hitze bis unter die Haarwurzeln stieg. Endlich ließ er sie frei und gab ein paar so wagemutige Sprünge vor ihr zum Besten, dass sie lachen musste. Er fiel ein, und sie blieben lachend und nach Luft schnappend voreinander stehen.

Toni legte eine Hand an ihre Wange.

»Du bist mir eine«, sagte er und sah sie so eindringlich an, dass ihr schwindlig wurde.

Eine was?, fragte sich Wally. Ihr Treffen heute wirkte auf einmal gar nicht mehr so geschäftlich, wie sie sich das eben noch vorgenommen hatte. Dieses Hin und Her mit Toni Lindberg war zum Wahnsinnigwerden! Seine blauen Augen hielten sie fest. Die Platte war hängen geblieben und spielte den immer gleichen, ohrenzerfetzenden Trompetenton.

Ehe sie ihm antworten oder entscheiden konnte, wie es weiterging, klopfte es.

Toni nahm seine Hand von Wallys Gesicht und drehte sich um. Er klatschte begeistert in die Hände.

»Da sind ja unsere *Girls*«, rief er und lief federnd zur Tür. Und obwohl Wally sich den ganzen Tag auf den Probenbeginn gefreut hatte, spürte sie die Enttäuschung wie einen kühlen Hauch über ihre Wangen streichen – dort, wo eben noch Tonis warme Hand gewesen war.

Kapitel 10

Thea

Der Mond schien im schwarzen Kanalwasser zu liegen, als habe ihn jemand vom Himmel geschossen und er sei hinabgeplumpst und diene nun den Fischen drunten als Laterne. Die Lichter, die auf dem dunklen Wasser schaukelten, verschwammen vor Theas Augen, wurden in die Breite gezogen wie zerlaufene Tusche. Schwimmendes Gold, das aus den unzähligen Fenstern der Stadt lief, dazu Rot und Blau, aus den Leuchtreklamen auf der Friedrichstraße gesaugt und dem Schwarz der Wellen beigemischt. Weiter hinten Richtung Oranienburger Tor wickelte sich auf einer riesigen Leinwand eine Leuchtreklame für ein Waschpulver ab, das garantiert jede Damenbluse säuberte. Die kühle Abendluft war wie ein nasser Nebel in der Lunge, kleine Regentropfen sprühten durch die Dämmerung und legten sich auf Theas Brillengläser.

Ihre Kehle schmerzte, als sie sich mit beiden Händen am schmiedeeisernen Geländer der Weidendammer Brücke abstützte und hinabsah. Ein kleiner Ausflugsdampfer schipperte vorüber – die mit bunten Lämpchen geschmückte Reling, sinnlos herumstehende Fahrgäste, eine kleine Abendgesellschaft offenbar. Einer lupfte seine Mütze und winkte Thea zu, die wie eine sehnsüchtige Touristin wirken musste, wie sie hier über dem Geländer hing und den Mond anhimmelte. Sie rührte sich nicht, sah dem Schiffchen nur stumm hinterher und lauschte den Musikfetzen, die es hinter sich herzog wie eine unsichtbare Schleppe. Leises Klaviergeklimper und ein paar Worte – *I get the blues when it rains.*

Ein Schauder fuhr über Theas Rücken, und das Drücken in ihrer Kehle wurde stärker. Es schmerzte so, dass sie wusste, sie würde ihm bald nachgeben müssen und wieder einmal anfangen zu weinen. Niemals hatte sie sich so einsam gefühlt, nie so verloren wie ein Blatt im Wind, das in einem riesigen, tonlosen Vakuum schwebte.

Dabei toste das Leben über die Brücke. Eine Elektrische nach der anderen ratterte in ihrem Rücken vorbei, hupend fuhren Kolonnen von Automobilen durch die Pfützen, und die Fußgänger zogen wie eine Armee aus Regenschirmen unablässig plaudernd, schimpfend und lachend über die Spree. Es war Samstagabend, der wöchentliche Höhepunkt der Vergnügungssucht stand bevor, und halb Berlin war auf den Beinen, um zu feiern.

Doch Thea stand allein auf der Brücke und starrte ins langsam dahinziehende Wasser hinunter, während ihre Baskenmütze nach und nach durchweichte. Eine unsichtbare Glasscheibe trennte sie von all den anderen Menschen.

Die kurze Euphorie der ersten Tage nach ihrer Flucht aus dem Elternhaus war längst der Erkenntnis gewichen, dass das Leben ungleich härter war, als sie je geahnt hatte. Man brauchte tatsächlich jeden Tag etwas zu essen, und niemand war mehr da, um einem jederzeit in der wohlgefüllten Küche eine Kleinigkeit zuzubereiten. Man fühlte sich schrecklich, wenn man tagelang mit niemandem gesprochen hatte als mit dem Zeitungsverkäufer oder der mürrischen Zimmerwirtin, die nur klopfte, um einen an die Miete zu erinnern. Und man musste seine Kleider waschen, Fahrkarten für die U-Bahn bezahlen, Schuhe putzen, das Kanonenöfchen anheizen, notwendige Dinge wie Zahnpasta und Niveacreme kaufen. Das Leben, selbst ein bescheidenes, war teuer, und Thea hatte kaum noch Geld.

Die vergangenen Tage hatte sie mit der mühseligen Suche nach einer Anstellung verbracht. Doch es stellte sich heraus, dass das, was sie konnte, viele andere Mädchen in Berlin auch konnten – nur besser. Thea schrieb ein wenig auf der Maschine, was sie im Unternehmen ihres Großvaters gelernt hatte, dem sie manchmal in seinem Modeimperium am Hausvogteiplatz zur Hand gegangen war. Aber ihre Anschläge waren zu langsam, und nach einem demütigenden Probeschreiben in einem Büro am Potsdamer Platz zwischen lauter Mädchen, die im Stakkato tippten, war sie geflohen. Sie hatte erst einmal ein großes Stück Schokoladentorte im Moka Efti essen müssen, um sich zu beruhigen. Das hatte ein weiteres Loch in ihren Geldbeutel gerissen und die Sache nicht besser gemacht. Durch das Familiengeschäft konnte sie auch ein bisschen Modezeichnen und nähte dank der Handarbeitsstunden gar nicht schlecht, aber die Stadt war voller junger Frauen, die viel geschickter mit Nadel und Faden waren. Gestern hatte sie bei einer Hutmacherin vorgesprochen und sich als Modistin angeboten. Doch als die Frau sah, wie ungeübt Thea im Abstecken war und einmal sogar die Kundin gepikst hatte – nur einen Hauch, aber die Frau hatte sich schrecklich aufgeregt –, war sie weggeschickt worden.

Wieder zog ein Dampfer mit glitzernder Abendbeleuchtung unter ihr vorüber, diesmal wehte ein anderer Schlager über die Spree. Immerhin ließ der Regen nach, und der Himmel hatte sich von Zartgrau in ein tiefes Rosa verfärbt, vor dem die letzten Regenwolken in einem unwirklichen Violett hingen. Thea umklammerte den eisernen Adler im Geländer, starrte in die sich verdunkelnde Stadt und schluchzte auf. Sie schlug die Hände vor das Gesicht, achtete nicht darauf, dass sie ihre Brille nur noch mehr verschmierte, und weinte alles aus sich heraus. Sie hatte Heimweh, was sie vor einer Woche noch nicht für möglich gehalten hätte. Und langsam dämmerte eine Erkenntnis herauf, für die sie sich schrecklich schämte – sie würde es nicht durchhalten. Sie würde einknicken, ihre Sachen packen und reuig nach Hause zurückkehren.

Doch heute noch nicht, nahm sie sich vor und wischte die Tränen ab. Heute würde sie in ihr trostloses Pensionszimmer gehen, ihren Mantel zum Trocknen vor das lächerliche Öfchen hängen, sich die Decke über den Kopf ziehen und nichts als schlafen.

Sie drehte sich vom Geländer fort und prallte unsanft mit einer anderen Person zusammen, die vom Bahnhof Friedrichstraße über die Brücke geeilt kam.

»Hoppla«, sagte die fremde junge Frau und klammerte sich einen Moment an Theas Mantelärmel fest, um nicht zu stolpern, »nicht so hastig, Mensch!«

»Verzeihung«, murmelte Thea und wollte weitergehen, doch die andere hielt sie fest.

»Sagen Sie mal, weinen Sie etwa?«, fragte sie.

Thea sah der Fremden schüchtern ins Gesicht. Sie war etwa so groß wie sie selbst, schlank und sehr hübsch. Die Haare trug sie kurz geschnitten, nur am Kinn sahen die hellen Haarspitzen aus dem glockenförmigen Hut heraus. Ihre Kleidung war zwar nicht teuer, aber modisch – schwarze Lackschuhe, ein dunkelblaues Kleid aus Crêpe de Chine und darüber ein heller, wenn auch einfacher Stadtmantel. Dieses Mädchen hatte sicher eine kleine Anstellung – oder einen reichen Freund. Einen Ehering trug sie nicht.

»Ist schon gut«, sagte Thea und schüttelte die Hand ab. »Mir ist nur etwas ins Auge geflogen.«

»Jaja, und ich sehe weiße Mäuse«, sagte die Frau und zwinkerte ihr zu. »Sie lügen ziemlich schlecht.« Sie zog ein Taschentuch aus ihrer Manteltasche und hielt es Thea hin. »Hier«, sagte sie, »behalten Sie es. Ich mochte es nie, ist von einer Tante, die mich nicht leiden konnte.«

Verdutzt nahm Thea das Taschentuch und tupfte sich die Nasenspitze. Sie traute sich nicht, hineinzuschnauben, und hielt es unschlüssig in der Hand.

»Man sollte niemals traurig auf einer Brücke stehen«, sagte die junge Frau und schüttelte nachsichtig den Kopf. »Sie wissen doch sicher aus der Zeitung, wie viele Wasserleichen die Schupos jede Woche aus der Spree fischen.«

Mahnend hob sie den Zeigefinger. »Bei Traurigkeit und Trunkenheit am besten immer auf festem Grund bleiben.«

Thea musste unter Tränen lachen. »Ich merke es mir«, sagte sie mit erstickter Stimme.

»Und was nun?«, fragte die Frau. »Ich kann Sie ja kaum hier stehen lassen, jetzt, da ich weiß, dass Sie völlig hinüber sind.«

»Ich bin nicht hinüber«, protestierte Thea, doch die Frau hob abwehrend die Hand.

»Wie auch immer«, sagte sie, »Sie brauchen auf jeden Fall etwas zu trinken. Dann sehen wir weiter.«

Thea dachte an ihre Mutter, an den Melissengeist und die schlaffe Hand, die das Hündchenfell liebkoste. Nein, etwas zu trinken würde keines ihrer Probleme lösen. Die Vorstellung jedoch, den restlichen Abend nicht allein verbringen zu müssen, war tröstlich.

»Ich kann nicht«, fiel ihr dann aber ein, »ich bin pleite.«

»Das sind wir doch alle«, sagte die Fremde fröhlich. »Kommen Sie, ich kenne einen Laden, wo es uns nichts kostet.«

Thea zögerte. »Das klingt nicht besonders seriös«, sagte sie und knüllte das Taschentuch in der Hand.

»Umso besser«, lachte die junge Frau und hakte Thea unter. »Ich bin nicht sehr fürs Seriöse«, sagte sie, »das ist meistens langweilig.«

Sie zog Thea mit sich über die Brücke und wich geschickt einer Wasserfontäne aus, die eine schwarze Limousine beim Durchfahren einer Pfütze fabrizierte. Leichtfüßig sprang sie darüber hinweg, und Thea an ihrem Arm blieb nichts anderes übrig, als sich dem Tempo dieses Energiebündels anzupassen.

»Wie heißen Sie überhaupt?«, fragte die junge Frau, während sie bei einem Streichholzverkäufer stehen blieb, der zusammengekauert an einem Brückenpfeiler saß. Sie legte ihm einen Groschen in die schmutzstarrende Hand und nahm ein Heftchen Hölzer entgegen. Einen Augenblick ließ sie Theas Arm los, fischte in ihrer Tasche und zog ein Päckchen Overstolz heraus. Sie hielt Thea eine hin, die zweite zündete sie sich geschickt an und paffte.

»Theodora«, sagte Thea und ließ sich ebenfalls Feuer geben. Sie hustete. »Aber alle nennen mich Thea. Und Sie?«

»Gisela«, sagte die andere und grinste hinter Rauchschwaden. »Auch so ein fader Name wie Ihrer. Nennen Sie mich einfach Gila.«

Sie hakte Thea erneut unter und zog sie durch die schillernden Pfützen weiter, in Richtung der Lichter am anderen Ende der Brücke.

»Berlin, wir kommen«, sagte sie und lachte. »Mach dich bereit!«

Wie als Antwort tutete direkt unter ihnen ein Schiffshorn, und wieder hörte Thea kurz die Musikfetzen, die über die Spree wehten und sich dann im Stimmgewirr ringsum verloren.

Kapitel 11

Gila

Frau Meier ist verreist, und Herr Meier teilte mir dies heute Morgen mit seinem Verschwörergesicht mit, das er für unwiderstehlich hält. Ich sei nicht zufällig in der Mittagspause frei?

»Für Sie immer, Herr Meier«, sagte ich, während ich überlegte, wie ich aus der Nummer wieder rauskäme. Wenn er mich zum Mittagessen ausführen will, dann nur, um dort ungestört ein Rendezvous für den Abend auszumachen – jetzt, wo die Katze aus dem Haus ist, so viel ist klar. Doch ich entschied, dass ich das Problem später lösen würde. Ich habe eigentlich keine Zeit am Abend, es sind die einzigen Stunden, die meinem Roman gehören. Er wächst und wächst, selbst wenn ich wenig Gelegenheit finde, aber ein paar Seiten schreibe ich täglich. Ich fürchte, der junge Herr Schneyder, der immer wieder seufzend über seine Blockade an der Schreibmaschine klagt und kaum ein Wort zustande kriegt, ist am Ende weniger ein Schriftsteller als ich. Denn wenn es in einem brennt, dann leuchtet man auch, oder etwa nicht?

Herr Jäger, der Redakteur, stand gerade bei mir, als Herr Meier ankam, um mir die glückliche Mitteilung von der Abreise seiner Gattin zu machen. Ob ich seinen Artikel über die Schwimmbäder mal geschwind abtippen könne?, fragte Jäger. Mit seiner Hand sei es wieder so schlimm ... Na, ich bin kein Unmensch. Er solle ihn schon hergeben, sagte ich. Geschwind sei mein zweiter Name! Im Geheimen dachte ich: Kann ja niemand wissen, wann man so einen Redakteur für Reportagen mal gebrauchen kann. Ein Mädchen braucht ein paar Männer zum Freund, wenn es hinaufkommen will. Da mache ich mir keine Illusionen, auch wenn überall in den Zeitungen – sogar in unserer – steht, dass die Frauen heute die Hosen anhaben, dass die *Neue Frau* auf einer unerhörten Erfolgsspur sei und alles, was sich ihr in den Weg stellt, kurzerhand mit ihrem kleinen Sportwagen umrase. Aber unter solchen Behauptungen spreizen sich dann doch wieder die Werbeanzeigen für das Schlankmachermittel und das Bleichmittel – *Auch für den Damenbart!* – und das Waschmittel – *Wäscht alles rein!* – und das Mittel gegen Schwermut bei Damen – *Macht Ihren Ehemann wieder froh!* Lauter Mittelchen will man uns verabreichen, damit wir so funktionieren, wie es die Herren der Welt gern hätten, und diese *neue* Frau, die sie preisen, ist doch nur ihre alte, wenn auch in Kunstseide.

Wenn ich so etwas zu Herrn Meier sage, behauptet er sofort, ich sei bitter und das liege daran, dass ich mich als junge Frau allein durchs Leben schlagen müsse – nur mit einem alten Vater daheim, der kein Geld hat. Dann tritt so ein sanftes Mitleid in seine Augen, er tätschelt mir das Knie und fleht mich an, mir von ihm helfen zu lassen, es sei ja sein einziger Wunsch.

Ich weiß, was er sich wirklich wünscht. Aber das kann er nicht andauernd haben, das gebe ich nur heraus, wenn es mir passt. Und vor allem, wenn es sich für mich lohnt.

Die Hallenschwimmbäder in Berlin seien in desolatem Zustand, tippe und lese ich zugleich, das Wasser jetzt in der beginnenden Wintersaison viel zu kalt, so dass sich die sportelnden Leute allesamt einen Schnupfen holen und die Becken noch dazu voller Schimmelpilze seien. Ich tippe und mache eine Pause, um mir die Hand beim Gähnen vor den Mund zu halten. Das ist also die neue Reportage für die Seite drei, na prost Mahlzeit! Ist es ein Wunder, dass die Zeitung längst keine schwarzen Zahlen mehr schreibt?

Schon kommt Flechtkopf, der Metteur, Slalom laufend zwischen den Schreibtischen hindurch. Er fragt, wann er den Text von Herrn Jäger zum Setzen bekomme, er müsse schließlich noch die Anzeigen unterbringen und den Artikel von Herrn Schneyder über Hemingway. Gottchen, hat der Mensch kein anderes Thema als diesen armen Poeten?

Meine Finger fliegen über die Tasten der *Torpedo*, tipp, tipp, tipp und Klingeln.

»Fertig, Herr Flechtkopf, bitte sehr!«, rufe ich und wedele mit den Seiten. Wieder habe ich ein Rennen gewonnen, aber welches, weiß ich gar nicht. Der Minutenzeiger der großen Uhr in der Halle der Redaktion rückt mit einem *Klack* an seinen Platz oben auf der Zwölf. Herr Meier schaut mit derselben verschwörerischen Miene wie heute Morgen durch die Glasscheibe seines Chef-Verschlags zu mir und bedeutet mir mit den Augen, ich solle schon vorgehen, er werde mir gleich folgen. Am liebsten würde er wahrscheinlich seinen Agentenanzug tragen, so einen Spaß macht ihm das Manöver. Alle Männer sind Spieler. Aber ich habe vor, bald nach meinen eigenen Regeln zu spielen.

Diesmal nehme ich die Eier im Glas und noch einen Champagner zum Kaffee. Die Pralinen, die dazu serviert werden, schlage ich in eine Serviette und schmuggle sie nach Hause zu Thea, die immer wild auf Süßes ist. Champagner und Pralinen kann ich mir natürlich niemals leisten und nur selten mit kleinen Tricks ergattern.

Doch mit nichts geht das Schreiben leichter, und nichts lässt mich die *Lindy Girls* deutlicher vor mir sehen als ein paar Gläser *Mumm* oder die Stimme von Al Jolson, wenn er aus dem großen Grammophon im Central-Restaurant singt, *I'm sitting on top of the world*. Da wär ich auch gern! Ganz oben über den Dächern der Welt, wo nichts mich erreichen kann, und über mir nur der weite Himmel. Wär doch gelacht, wenn wir da nicht noch hinaufkämen, ganz nach oben – ob mit oder ohne Männer!

Kapitel 12

Alice

Oktober 1928

Klappernd sprangen die Türen der Straßenbahn auf, und Alice stieg aus, Centralbahnhof Friedrichstraße. Es dämmerte bereits. Sie stand unter der Brücke, über die oben die Züge donnerten und unten die Kutschen und Automobile fuhren. Glasierte Klinker, Glas, Stahlviadukte, glänzende Tramschienen im herbstlichen Licht, das schräg unter die Brücke fiel. In einer Ecke an der Mauer drängten sich zwei Obdachlose zusammen und schienen zu schlafen, reglos lagen ihre ineinander verkeilten Körper auf dem Asphalt wie Treibgut an einer schmutzigen Meeresküste. Grauweiße Tauben watschelten durch Pfützen, und ein Zeitungsjunge auf Rollschuhen sauste so dicht an Alice vorbei, dass er sie streifte. Sie erschrak, drehte eine unfreiwillige Pirouette, rutschte auf etwas Glitschigem aus, das auf der Straße klebte, und fiel unsanft auf den Hintern, mitten aufs Trottoir.

»Knalltüte!«, rief sie dem Jungen hinterher, der sich noch einmal feixend umdrehte und dann mit seinen Zeitungen unterm Arm um den Bahnhof kurvte und außer Sichtweite verschwand. Eine hatte er verloren, sie schwamm in einer schillernden Benzinpfütze mit der Schlagzeile *Arbeitslosenzahlen nähern sich Zweimillionengrenze.*

Angewidert und schimpfend wischte Alice an ihrem Rock herum, an dem irgendwelche Obstreste klebten. Als sie sich gerade aufrappeln wollte, kam eine ausgestreckte Hand in ihr Blickfeld.

»Dit war ja fast 'n Salto mortale«, sagte ein äußerst langer junger Mann in der Uniform eines Straßenbahnschaffners, der ihr aufhalf. »Biste vom Zirkus?«

»Und selbst?«, fragte Alice und stand wieder auf beiden Füßen. »Kabarett?«

»Wie du willst«, sagte er achselzuckend. »Bisher fahre ich Tram. Aber was nicht ist, kann ja noch werden.«

Noch immer hielt er ihre Hand fest, doch sie zog sie fort und steckte sie in die Tasche. Ihre Finger klebten von der unbekannten Substanz, auf der sie ausgerutscht war. Der dichte Fußgängerstrom des Feierabendverkehrs zog an ihnen vorbei, und sie traten ein Stück an den Straßenrand, um den Lieferjungen auf Fahrrädern und den Männern mit Holzkarren auszuweichen. Sie sahen sich einen Moment lang an, dann grinste der junge Mann und rückte seine blaue Uniformmütze ein wenig schief. Er war mindestens einen Kopf größer als sie, so lang und dünn wie eine Bohnenstange. Doch seine braunen Augen hatten etwas Kluges, und um den Mund tauchten zwei Lachfältchen auf.

Auch Alice musste gegen ihren Willen lächeln.

»Haste 'n Namen?«, fragte er.

»Alice«, sagte sie.

Seine Augen leuchteten auf. »Schön«, sagte er mit entwaffnender Ehrlichkeit. »Ich heiße Jules.«

»Ach ja?«, fragte Alice amüsiert.

Seine Ohren liefen eine Spur rötlich an. »Na gut, eigentlich Julius«, gab er zu. »Aber so heißen doch nur alte Onkels. Und ich will mal nach Amerika.«

»Verstehe«, sagte Alice. »Und bis es so weit ist, lenkst du die Straßenbahn?«

»Die Linie hier auf der Friedrichstraße ist meine Stammstrecke«, sagte er stolz und deutete mit dem Daumen auf eine Bahn, die gerade bimmelnd vorüberfuhr. »Die beste der ganzen Stadt, wenn du mich fragst.«

»Wieso?«, fragte Alice.

»Das Schönste aus allen Welten«, sagte er stolz, »oben raues Pflaster rund um den Stettiner Bahnhof, dann die Theater, Hotels und Varietés, und unten die Linden.«

»Und du mittendrin«, stellte Alice fest.

»Worauf du dich verlassen kannst«, sagte er. Die Lachfältchen um seinen Mund spielten erneut, und er nahm die Mütze ab und fuhr sich durch eine sorgfältig frisierte Haartolle.

»Gerade war Schichtwechsel, und jetzt habe ich eine Stunde Pause«, sagte er. »Gehst du mit mir eine Erbsensuppe essen? Oder einen Kaffee trinken?«

Ganz schön frech, dachte Alice und schüttelte den Kopf, doch sie war überrascht, wie sehr sie es bedauerte, ihm einen Korb geben zu müssen.

»Geht leider nicht«, sagte sie. »Ich muss zur Probe. Und vorher hab ich noch was zu erledigen.«

»Probe? Also doch Zirkus?«

Sie schüttelte den Kopf. »Nein«, sagte sie. »Ich tanze.«

Jules zog die Augenbrauen hoch und fasste, ohne zu fragen, wieder nach ihrer Hand. Er drehte sie ein paarmal herum, dass ihr Rock flatterte. Ein Schuhputzer, der an der Ecke sein Abendgeschäft eröffnet hatte, hielt inne, applaudierte und widmete sich dann wieder seinem Kunden und dessen braunen Schnürern.

»Walzerkönigin oder Tango?«, fragte Jules.

»Charleston«, sagte Alice und zog wieder die Hand weg.

Jules riss die braunen Augen weit auf. Er pfiff leise durch die Zähne, eine Zahnlücke zwischen seinen Schneidezähnen wurde sichtbar.

»Donnerwetter«, stieß er hervor. »Das ist mal was!«

»Ich bin noch nicht lange dabei«, sagte Alice. »Eigentlich arbeite ich in den Sophienhöfen in einer Fabrik.«

»Nähmaschinen«, stellte er fest. »Kenn ich. Aber lieber willst du Tänzerin werden?«

Sie nickte. »Tanzen ist alles für mich«, sagte sie, »schon immer. Und neuerdings gehöre ich zu einer Gruppe Mädels, wir studieren eine Jazz-Choreographie ein. Unsere Leiterin ist ein strenges Biest, wir nennen sie nur *Der General.*«

Jules lachte leise.

»Streng ist gut«, sagte er und zog seine Jacke glatt. »Ich habe einen älteren Kollegen, der sieht immer so grimmig aus, als habe er eine Wut auf die ganze Welt. Aber er hat mir alles über Straßenbahnen beigebracht. Und eigentlich hat er ein Herz wie eine Kugel Erdbeereis.«

»Da bin ich mir bei der Kaluza nicht so sicher«, sagte Alice zweifelnd. »Ihr Herz mag aus Eis sein, aber schmelzen wird es nicht so schnell.« Sie zuckte die Achseln. »Macht nichts«, sagte sie. »Wenigstens lerne ich jeden Tag etwas Neues«.

»Und dort tretet ihr dann bald auf, oder?«, fragte er und deutete zur Fassade des Admiralspalastes hinüber, an der ein riesiges Plakat die neue Revue verkündete – *Schön und Schick, Direktion Herman Haller*, stand da unter der gigantischen Abbildung langer schlanker Frauenbeine, die ihre angedeuteten Spitzenröckchen schwangen.

»Kaum«, sagte Alice und verzog spöttisch den Mund. »Die großen Häuser gehören den berühmten Mädchengruppen wie den *Tiller Girls*.« Sie zuckte die Achseln. »Wir ziehen uns auch nicht nackt aus, falls du das wissen wolltest.«

Jules zog ein gekränkt unschuldiges Gesicht. »Wie kommst du darauf«, sagte er, »ich wollte nur rausfinden, wo man euch bewundern und für euch applaudieren kann, das ist alles.«

Alice warf die roten Zöpfe nach hinten.

»Demnächst haben wir eine Nummer im Esplanade am Potsdamer Platz, zum Fünfuhrtee«, sagte sie. »Unsere erste Bewährungsprobe.«

Jules pfiff erneut durch die Zähne.

»Da lassen die mich doch nie rein«, sagte er und blickte bedauernd an sich herunter. »Sagst du mir Bescheid, wenn ihr mal in einem kleineren Laden tanzt, wo nicht nur erlauchte Hoheiten und Filmschauspieler zu Gast sind?«

Alice nickte unbestimmt. Ihr Blick fiel auf die große Uhr am Giebel des Bahnhofs.

»Jetzt muss ich echt los«, sagte sie, »Unpünktlichkeit duldet *Der General* nämlich nicht. Und vorher …«

»Musst du noch was erledigen«, sagte Jules, »ich weiß.« Er musterte sie. »Was denn, wenn man fragen darf?«

Alice griff nach ihren Zöpfen. Sie steckte ein Haarbüschel in den Mund und kaute darauf herum. Das hatte sie schon als kleines Mädchen getan. Doch damit wäre es ab sofort vorbei.

»Ich will in den Kurzwarenladen, ehe sie schließen, und eine Schere kaufen«, sagte sie und deutete in eine Seitenstraße. »Die Zöpfe müssen ab.«

Jules riss die Augen auf. »Mach mal halblang«, sagte er. »Die langen Dinger willste einfach abschneiden? Das ist ja fast 'ne Sünde!«

»Die Kaluza verlangt es«, sagte Alice. »Sie sagt, mit Zöpfen kann man nicht Charleston tanzen. Und mach mal die Augen auf«, sie deutete eine Rundumbewegung zu den vielen Passantinnen an, die in stetem Strom an ihnen vorbeiliefen und zum Bahnhof oder in die umliegenden Büros eilten. »So sieht die Dame von Welt heute eben aus!« Tatsächlich waren unter den jungen Frauen viele, deren Haare nur bis zum Kinn, bei einigen sogar nur bis zu den Ohren reichten.

Jules prustete.

»Und du willst auch eine davon werden«, sagte er. »Aber die Zöppe willste dir selbst mit 'ner stumpfen Schere hinter 'ner Litfaßsäule absäbeln, oder was?«

»Was sonst?«, fragte Alice schnippisch. Was fiel dieser Bohnenstange ein, ihr ins Handwerk zu quatschen?

»Komm mit«, sagte er und griff nach ihrem Ärmel. »Ich hab ’ne bessere Idee.«

»Ach ja?«, fragte sie zweifelnd. »Willst *du* etwa Hand anlegen? Bist du jetzt nicht nur Komödiant, sondern auch noch Coiffeur?«

»Ich nicht«, sagte er und zog sie über die Fahrbahn, über die sich die Tramschienen in der schwindenden Abendsonne schlängelten wie glänzende Schlangenhäute. Ein Automobil hupte, und der zigarrenrauchende Chauffeur zeigte ihnen aus dem offenen Verdeck einen Vogel, ehe er knatternd weiterfuhr. »Aber mein Onkel Oskar. Hat ’nen piekfeinen Salon in der Georgenstraße, gleich hier um die Ecke. Mit etwas Glück erwischen wir ihn noch.«

Sie waren auf der anderen Straßenseite angekommen, wo sich die Georgenstraße die geschwungenen Steinviadukte entlangwand. Jules hielt inne, schob die Mütze hoch und deutete auf seine prächtige Tolle.

»Oder meinst du, das kommt von nichts?« Er zwinkerte. »Für Familie und Freunde natürlich gratis.«

Alice musste wieder lachen. Er war so stolz auf seine Frisur, und sie musste zugeben, dass er ihr immer besser gefiel in seiner schmucken Uniform, mit dem breiten Lächeln und seinem unerschütterlichen Selbstvertrauen.

»Worauf wartest du noch?«, fragte sie und hakte sich unter. »Bring mich in diesen Salon, und dann soll uns dein Onkel Oskar mal zeigen, ob er auch Bubikopf kann.«

Er zog sie so beschwingt weiter durch die Straße mit den

vielen kleinen Restaurants und Destillen, dass ein Grüppchen Spatzen erschrocken aus ihrer Badepfütze auffuhren.

»Selbstverständlich«, sagte er und sah sie schief von der Seite an, »du wirst schon sehen, wir machen einen ganz neuen Menschen aus dir ... Alice *im Wunderland*!«

Kapitel 13

Toni

Die Glut leuchtete noch einmal auf, ehe Toni die Zigarette nach einem letzten tiefen Zug auf den Asphalt warf und austrat. Er ließ seinen Blick an der Fassade des Großen Schauspielhauses hinaufwandern, über dem sich ein tiefblauer Septemberabendhimmel spannte wie das Vergnügungszelt, das hier einst gestanden hatte. Auch heute hieß die Adresse des größten Revuetempels der Stadt so: Am Zirkus 1. Und ja, ein Zirkus war es geblieben, auch wenn die Wände inzwischen nicht mehr eine rot-weiß gestreifte Plane waren, sondern aus Stein bestanden.

»Kommst du?«, fragte er Wally, die einen Schritt weiter auf dem Vorplatz in der Menge stand und ihre hellen Locken zwirbelte. Anerkennend betrachtete er einen Moment ihre Figur – die festen Waden, die unter dem Fransenkleid hervorsahen, das für eine Tänzerin vielleicht etwas zu runde, aber perfekt geformte Gesäß, das sich unter dem dünnen Stoff ihrer Abendgarderobe andeutete, und die schlanken Arme, die in seidenen langen Handschuhen bis über die Ellenbogen steckten. Wally war bildhübsch, und sie gefiel ihm nach all Jahren noch – auch wenn sie nicht so jung war wie die Mädchen, mit denen er ausging.

Leider war sie kompliziert, und das war eine Eigenschaft an einer Frau, die bei Toni wirkte wie ein rotes Tuch auf einen Stier – es weckte gleichzeitig Kampfeslust und Fluchtinstinkt. Er war nie ganz schlau aus dieser Frau geworden, hatte aber schon nach wenigen Wochen mit ihr gespürt, dass sich hinter ihrem herzförmigen Gesicht und dem beweglichen Körper ein Abgrund auftat, dessen Ende er nicht ausloten konnte. Schließlich hatte er lieber die Flucht angetreten, als da hineinzugeraten. Er hatte die Notbremse gezogen und die kleine, aber kochend heiße Flamme, die zwischen Wally und ihm seit ihrem ersten, eher zufälligen und ziemlich betrunkenen Kuss brannte, ausgeblasen. Und er war stolz, dass es ihnen gelungen war, nach einer Affäre, die nur wenige Wochen gedauert hatte, eine langjährige Freundschaft zu bewahren, auf die er um keinen Preis verzichten wollte.

Aber ihren Hintern sah er nur zu gern an, und kein Mensch – jedenfalls kein Mann – würde ihn wohl dafür verurteilen. Toni entgingen die Blicke der anderen Herren in Smoking und Knickerbockers nicht, die an ihnen vorbeieilten und ebenfalls Gefallen an der schönen Blonden an seiner Seite zu finden schienen. Beinahe stieg etwas wie Besitzerstolz in ihm hoch. Schließlich war Wally neuerdings seine Geschäftspartnerin und für den heutigen Abend auch seine Begleiterin. Selbst dann, wenn ihr gemeinsamer Revuebesuch in Charells berühmtem Laden vor allem der Recherche galt, wie er betont hatte, als er ihr vorgestern die Karte gegeben hatte. Sicher war sicher, er wollte nicht, dass sie sich Illusionen machte. Das wäre für sie nicht gut, und für ihn auch nicht. Denn Teufel! Er hatte sie schrecklich gern.

»Was die können, können wir auch«, hatte er zu Wally gesagt und mit den Eintrittsbilletts gewedelt, die er über einen Freund von der Oper billiger bekommen hatte. »Wollen doch mal sehen, was die Konkurrenz so treibt.«

Jetzt schlenderte sie zu ihm herüber. Ihr weiches Gesicht mit den kornblumenblauen Augen leuchtete andächtig.

»Hier ist ja heute Abend wirklich jeder!«, flüsterte sie und nickte zu einer Gruppe Leute hinüber, in deren Mitte Toni den dunklen Schopf der Sängerin Claire Waldoff erkannte. Laut lachend gingen die Berühmtheiten vorüber zum Eingang. Ein paar Meter weiter stand der Kritiker Alfred Kerr, strich sich über seinen Kinnbart und rauchte wie ein Schlot, während er jeden vorbeigehenden Gast scharf musterte und sich im Kopf wohl bereits eine seiner gefürchteten Kritiken zurechtlegte.

»Im Casanova gibt es angeblich eine brandheiße neue Nummer«, sagte Toni und hakte Wally unter. Er nickte zu dem riesigen gelben Plakat hinüber, das sich die Fassade herunterrollte. Darauf stakte ein lächelnder Gondoliere ein Liebespaar über den Lido. »Die *Comedian Harmonists*, eine Gruppe aus Sängern, die ganz auf Begleitung verzichten und nur auf Stimme setzen. Wahrscheinlich wollen alle hören, was es mit den Knaben auf sich hat.«

»Kennst du sie persönlich?«, fragte Wally und ließ sich zum Eingang führen.

»Ari, den ersten Tenor«, sagte Toni, »wir haben ein paarmal zusammen an der Oper gesungen.« Er grinste.

»Bin ich froh, dass ich nicht zu einer solchen Gruppe gehöre und nach dem Stöckchen eines größenwahnsinnigen Kapellmeisters tanzen muss.«

»Du tanzt ja gar nicht offiziell«, sagte Wally, »und außerdem hattest du auch schon den ein oder anderen Dirigenten über dir, der dich geknechtet hat. Wie du ja nicht müde wurdest zu betonen.«

»Aber zurzeit bin ich ein freier Mann«, sagte Toni beleidigt, »ich kann annehmen, wenn mir ein Engagement passt, und ablehnen, wenn nicht. Anders als die armen Jungs, die, wie man hört, seit Monaten wie Galeerensträflinge schuften, um sich für ihre Auftritte zu wappnen. Das ist fast wie beim Heer, aber die Zeiten sind zum Glück vorbei. So schnell kommt kein Krieg mehr.«

»Ohne Arbeit wird es eben nichts«, sagte sie und verzog ihren hübschen roten Mund. »Das müsstest gerade du wissen, Toni! Wir lassen unsere eigenen *Girls* bis zum Umfallen trainieren, damit sie endlich auftreten können. Und diese erste Nummer im Esplanade muss einfach gelingen!«

Er legte den Arm um sie und zeigte lässig die Karten beim Einlass vor.

»Aber glücklicherweise sind wir inzwischen die Dompteure«, sagte er gut gelaunt, »und die *Comedian Harmonists* sind noch immer die Äffchen, die durch den Reifen springen müssen.« Er stieß Wally spielerisch in die Seite. »Übrigens, ist das nicht knorke, wie ich das gedeichselt habe mit dem Esplanade?«, fragte er. »Du hast kaum etwas dazu gesagt. Ich hoffe, du glaubst mir endlich, dass ich nützlich sein kann?«

»Habe es nie bezweifelt«, sagte sie kühl. Das stachelte ihn nur noch mehr an.

»Ausgerechnet der große Barnabás von Géczy war mir was schuldig«, sagte er und warf sich in die Brust. »Der hat auch mal klein angefangen. Und heute leitet er das berühmteste Orchester der Stadt.«

Wally antwortete nur mit einem stummen Nicken, und Toni war fast verstimmt. Etwas mehr Bewunderung hätte sie für diesen Coup, den er ihr neulich auf dem Silbertablett präsentiert hatte, schon aufbringen können. Sie aber hatte kaum ein Wort darüber verloren und war bei jener Probe überhaupt in einer merkwürdigen, schroffen Laune gewesen. Er wurde nicht klug aus ihr, sie war wie Feuer und Eis zugleich. Doch er war nicht nachtragend.

Vor ihnen tat sich der Große Saal des Schauspielhauses auf. Wegen der unzähligen, von der Decke herabhängenden Zapfen wurde er die *Tropfsteinhöhle* genannt. Hießen die Stalaktiten oder Stalagmiten?, überlegte Toni zerstreut und suchte mit Wally ihre Plätze, solche Details konnte er sich nie merken. Seine Schulbildung war leider nur bescheiden zu nennen, doch er hatte sich daran gewöhnt, darüber nicht zu lange nachzudenken. Toni Lindberg hatte ein ganzes Arsenal an Ausflüchten, Tricks und kleinen Geschichten parat, um niemanden merken zu lassen, *wie* bescheiden. Merkwürdigerweise war er bis heute damit durchgekommen. Die Angst aufzufliegen saß ihm zeitlebens im Rücken, doch er hatte sich daran gewöhnt wie an einen steifen Nacken, mit dem man eben lebte.

Es gab eine unanständige Eselsbrücke für diese Zapfen, fiel ihm plötzlich ein, und er musste grinsen.

»Will ich wissen, worüber du dich so amüsierst, oder lieber nicht?«, fragte Wally, die sich nach ihm umdrehte. Sie war ihm wie gewöhnlich einen Schritt voraus, und sie kannte ihn ein bisschen zu gut, was ihm nicht immer gefiel. Vielleicht war auch das einer der Gründe gewesen, weshalb er damals die Freundschaft einem Verhältnis mit ihr vorgezogen hatte und sich in Liebesdingen bevorzugt mit seichteren Wassern vergnügte, die ihm nicht auf die Schliche kommen würden? Und die, vor allem, keine Ansprüche an ihn stellten?

»Vergiss es«, sagte er und lotste sie mit geübter Geste in die richtige Sitzreihe, »ich erfreue mich nur an den Wundern der Natur.« Sein Blick glitt über den tiefen Ausschnitt einer jungen Frau, die hinter ihnen saß.

»Alles klar«, sagte Wally und setzte sich mit einem sanften Hüftschwung in ihren samtenen Sitz, der Toni vom Dekolleté der Dame hinter ihnen ablenkte. Sie zog einen Fächer aus ihrem perlenbestickten Täschchen und begann, sich Luft zuzufächeln, dass ihre blonden Locken um ihr Gesicht flogen. Ihre Miene war glatt, mit Ausnahme der kleinen Sorgenfalte über ihrer Nase, die nie verschwand, aber Toni hätte schwören können, dass er unter der Fassade eine kleine Enttäuschung entdeckte. Er sollte besser aufpassen, sagte er sich, besonders seit diesem Tänzchen, das sie neulich in ihrer Tanzschule vor der Probe hingelegt hatten. Es hatte geknistert, ganz deutlich, und das war nicht gut. Die Funken mussten im Zaum gehalten werden, ehe sie ihren schönen gemeinsamen Traum von Erfolg und Geld in Brand steckten. Denn die sieben Mädchen, die Wally da zusammengesucht hatte, waren etwas Besonderes, das sah Toni sofort. Sie platzten nur so vor Talent und Charisma. Es wäre ein Jammer, wenn Wally und er daraus nicht bald Kapital schlagen könnten! Am besten, bevor sie alles wegen eines unbedachten Flirts, der doch ohnehin längst verjährt war, den Bach hinuntergehen ließen.

Er wusste selbst, dass es mehr gewesen war, doch in seinen Augen brachte es nichts, in der Vergangenheit zu stochern und Dinge aufzuwirbeln, die mit gutem Grund dort verborgen lagen.

Sieben Mädchen waren es. Eine achte brauchten sie noch. Doch das würde sich finden, sie hatten sogar eine Anzeige geschaltet. *Junge Tänzerin gesucht …*

Der Saal füllte sich, die Lichter strahlten auf sie herab, Wally fächelte, Toni steckte sich eine Zigarette an und paffte nachdenklich. Das Stimmengewirr um sie herum war ohrenbetäubend.

»Hast du die Waldoff gesehen?« – »Die Revuen sind heute auch nicht mehr das Gelbe vom Ei …« – »Wie findest du dieses Tenniskleid, einfach skandalös …« – »Hast du gehört, Willichen hat seine Olle betrogen …« – »Und der Männe mit'm Schießjewehr uff sie los …« – »Ich gäbe alles für ein Cognacsoda!«, so tönte es ringsum, dazu stieg der Qualm aus Hunderten Glimmstängeln hinauf zur Tropfsteinhöhlendecke, und im Orchestergraben stimmten die Musiker ihre Instrumente, was zur allgemeinen Kakophonie beitrug. Blecherne Trompeten und Posaunen, strichelnde Geigen, die zarten Töne einer Harfe, dazwischen eine klingende Celesta.

Toni lümmelte sich zufrieden in seinen Sessel. Er liebte nichts mehr als dieses Chaos und das aufgeregte Flimmern und Flirren kurz vor dem Beginn von etwas Großartigem. Selbst wenn es nur eine Revue-Operette mit dem zweifelhaften Titel *Casanova* war.

Endlich ertönte ein Tusch, der Dirigent kam herein, alles in diesem riesigen ausverkauften Saal brach in Klatschen und Jubeln aus, das Orchester begann zu spielen, und der Vorhang hob sich. Toni setzte sich aufrechter hin, auch Wally neben ihm hielt kurz mit dem Fächeln inne. Das erste Bild – Venedig, vor dem Palast der Barberina. Tatsächlich stand da ein ganzes italienisches Schloss aus Pappe, mit Türmchen, Zinnen und ziseliertem Balkon. Eine bunte Mischung aus Nummern entspann sich auf der Bühne – der Bariton Michael Bohnen als Casanova, der während seiner Suche nach der wahren Leidenschaft klassische Opernarien schmetterte. Ein Komikertrio, das ein williges Publikum mit derben Scherzen zu Lachkaskaden brachte. Die *Jackson Boys*, deren jazzige Musikeinlagen jede deutsche Operette sprengten, und die hinreißende Diva La Jana, die eigentlich, wie Toni genau wusste, Henny Hiebel hieß und fast nackt über die Bühne getragen wurde. Schrille Pfiffe begleiteten ihren Auftritt, doch Toni war nicht sehr angetan von ihr. Ihre Schönheit war trotz der nackten Haut zu sauber, zu kühl-süßlich und hatte mit wildem Jazz und Charleston nichts zu tun. Als aber eine Gruppe junger Tänzerinnen über die Bühne swingte, rappelte er sich wieder auf. Er stieß Wally in die Seite, die das Geschehen ebenso wie er mit einer Mischung aus Amüsement und Skepsis zu betrachten schien.

»Guck dir die an«, raunte er und deutete auf die federboaschwenkenden *Sunshine Girls* aus London, wie sie im Programmheft angekündigt wurden. »Endlich mal was anderes als die Walzerköniginnen eben.«

Tatsächlich waren zuvor einige Ballerinas im Dreivierteltakt vorübergedreht, was Toni so spießig fand, dass er ein demonstratives Gähnen nicht hatte unterdrücken können. Doch jetzt zog die Musik merklich an, der Rhythmus stachelte alle auf, die bereits in einen weinseligen Halbschlaf gesunken waren, und eine neue Energie ergriff den Saal. Die Mädchen aus London taten ihr Bestes und waren keine schlechten Tänzerinnen, sie stampften mit den Füßen, wirbelten herum und warfen ihre kaum vorhandenen Röckchen in die Luft. Aber je länger die Nummer dauerte, desto klarer wurde Toni, dass etwas fehlte.

»Zu maschinell«, murmelte Wally, und Toni musste ihr recht geben.

»So steril wie ein Krankenhaus«, sagte er und zuckte die Achseln. Er paffte nachdenklich, während das Johlen und Klatschen um sie her zunahmen. »Aber die Leute mögen es. Haben die etwa genug von all dem Schmutz und Tingeltangel der letzten Jahre, wollen die jetzt nur noch Gleichschritt und Aseptika? Oder besser, Beruhigungsmittel?«

»Die Zeiten sind hart, und alle sind müde«, sagte Wally, »wer lässt sich nicht gern einlullen?« Toni sah, wie nachdenklich sie wirkte. Das durchdringende Blau ihrer Augen leuchtete im Licht der unzähligen Lämpchen auf einmal dunkel wie ein Urzeitsee. »Glaubst du, wir sind doch auf dem Holzweg mit unseren *Lindy Girls*?«

Energisch schüttelte er den Kopf und zog einen Flachmann aus seiner Westentasche. Wally brauchte eine Aufmunterung, und er auch.

»Auf keinen Fall!«, sagte er und ließ ein paar Schlucke in sich hineinlaufen, ehe er den geschliffenen Flakon an sie weiterreichte. Sie betrachtete das Fläschchen einen Moment unschlüssig, genehmigte sich dann jedoch einen großen Schluck und schüttelte sich kaum merklich. Auf der Bühne warfen die *Girls* weiter die Beine, und jede ihrer Bewegungen wirkte, als seien sie alle die fest vernähten Glieder einer einzigen, hübschen, seelenlosen Puppe.

Toni leerte den Flachmann und steckte ihn weg. Er zündete sich die nächste Zigarette an und deutete mit der Glut auf die Bühne. »Das kriegen unsere Mädchen besser hin, anders. Wirst schon sehen, Wally. Die Leute wissen doch gar nicht von allein, was sie wollen, man muss es ihnen zeigen.«

»Psst! Haltet mal die Luft an, ihr Blubberköppe«, raunte es aus der Reihe hinter ihnen.

Toni verdrehte die Augen und ließ sich wieder in seinen Sitz zurücksinken. Unter einem letzten Applaus tänzelte die Gruppe oben auf Stöckelschuhen von der Bühne. Toni hatte den Anschluss an die Handlung dieser Operette inzwischen längst verloren, die Nummern wechselten so schnell und waren so unterschiedlich, dass man kaum erkennen konnte, wo ihr innerer Zusammenhang lag. Er zog das Programmheft aus der Westentasche und tat so, als studiere er es gründlich. Buchstaben waren ihm schon immer unheimlich gewesen, und er beherrschte das Lesen nur so weit, wie er es für die Partituren brauchte. Und dann kämpfte er sich auch nur äußerst langsam durch das Dickicht aus schwarzen Strichen und Zeichen. Nicht einmal Wally kannte seine Schwäche, und er hatte nicht vor, ihr ein Sterbenswörtchen davon zu verraten.

Inzwischen liefen sechs Männer in volkstümlichen, spanisch anmutenden Kostümen auf die Bühne und fläzten sich mit Sombreros und Gitarren unter den zierlichen Pappbalkon des Palasts. Toni stöhnte unterdrückt in Erwartung eines schrecklichen Klamauks und tastete nach seinem Flachmann, doch dann fiel ihm voller Bedauern ein, dass der schon leer war.

Die Männer begannen zu singen, und Toni rappelte sich hoch. Was war das?

Der ganze Saal war auf einmal still. Die Luft vibrierte, während die perfekten Stimmen der Sänger ineinandergriffen und wie Samt und Seide über die Köpfe der Zuschauer wehten. Es war, als würde einem geschmolzene Butter in die Ohrmuschel getropft, dachte Toni und erkannte jetzt seinen früheren Kollegen Ari. Er hieb sich auf den Schenkel und rempelte Wally an, die ebenfalls kerzengerade saß und auf die Bühne starrte.

»Sind das …?«, flüsterte sie.

»Ja«, sagte er. »Das sind die *Comedian Harmonists*. Ihretwegen ist dieser Kasten hier also Abend für Abend ausverkauft.«

»Ruhe«, zischte es wieder hinter ihnen, und beide zogen die Köpfe ein und lauschten der Gesangsnummer andächtig bis zum Ende.

Es war merkwürdig – man fand keine Worte dafür, was es eigentlich war. Die Sänger vereinten die makellosen Stimmen von Opernstars mit dem sanften Schmelz des Schlagers, und darunter bebte ein jazziger, wilder Puls wie ein Versprechen. *Lasst euch nicht täuschen*, schien er zu sagen, *wir sind nicht die albernen Gesellen mit Sombreros und Knabenchorstimmen, die wir zu sein scheinen.*

»Dolles Ding!«, riefen die Zuschauer, als die sechs ihre Nummer beendet hatten, »Bravo!«, schrien alle, »Zugabe!«, forderten andere. Manche Gäste waren aus ihren roten Samtsesseln aufgesprungen und applaudierten wie wild im Stehen, der Saal kochte, und auch Toni war begeistert. Das war etwas anderes als die kleinbürgerliche, spießige Revuenummer mit den tanzenden Mädchen zuvor. Dabei trennten die beiden Nummern nur Nuancen. Es waren genau diese Nuancen, auf die es in der Kunst ankam, und Toni war auf einmal sicher, dass hier das Geheimnis lag, wie Wally und er die *Lindy Girls* zu Ruhm bringen würden. Sie sollten seinetwegen perfekt tanzen und die Beine werfen wie die Mädchen aus London, sie würden auch solche glitzernden Kostüme tragen und ordentlich Haut zeigen. Doch in ihrem Tanz musste ein wilder, aufregender, neuer Puls liegen, genau der, den er im Savoy in Harlem wahrgenommen hatte und den er eben in der Musik des bisher unbekannten Sextetts gehört hatte. Er wollte nicht, dass die Leute still saßen und höflich applaudierten, wenn sie auftraten, sondern dass sie sich die Haare rauften und anfingen, auf ihren Stühlen mitzutanzen.

Als sie nach Ende der Vorstellung im Foyer standen und noch rasch einen etwas schalen Schaumwein herunterkippten, nahm er Wally beiseite und setzte ihr mit vor Aufregung heiserer Stimme auseinander, was er dachte. Um sie herum schoben und drängten sich die Gäste, die kleinen und großen Berühmtheiten und notdürftig abgeschminkten Künstler, und er und Wally träumten von der Zukunft.

»Wir müssen mehr proben«, drängte er sie, »wir dürfen nichts dem Zufall überlassen, hörst du?«

»Wie soll das gehen?«, fragte sie, »ich muss nebenher ja noch den Betrieb in der Tanzschule aufrecht halten. Ich muss die Miete bezahlen ...«

»Die *Lindy Girls* sollten aber absolute Priorität haben«, sagte er eindringlich. »Alles andere ist unwichtig! Nur so können wir in absehbarer Zeit Erfolg haben und endlich Geld verdienen, denn offen gestanden gehen meine Ersparnisse langsam zu Ende.«

»Du hast gut reden«, begann Wally, doch ehe sie weitersprechen konnte, rempelte sie ein riesiger Mann mit Glatze im Vorbeilaufen so an, dass sie stolperte und nur mit Mühe ihr Glas festhielt.

»Hoppla«, sagte er und streifte Wally mit einem flüchtigen Blick, »nischt für unjut, Puppe.«

Wallys Mundwinkel krümmten sich nach unten, doch der Mann schien es gar nicht zu bemerken. Er sah an ihr vorbei zu Toni.

»Lindberg?«, fragte er zweifelnd, und Toni erkannte das Bulldoggengesicht von Eugen Krone, dem Besitzer eines Varietés in der südlichen Friedrichstraße.

»Mensch, Krone«, rief er und hieb dem Bekannten auf die Schulter, »wie lange isses her?«

»Ewig«, sagte Eugen Krone und rieb sich die schlecht rasierte Wange. Seine Augen waren leicht entzündet, in der Hand hielt er ein Bierglas. »Lässt dir ja kaum noch blicken, Kumpel!«

»Das können wir ändern«, sagte Toni sofort, der eine Chance witterte. »Ich habe da neuerdings eine Girlsgruppe. Sie tanzen Charleston. Wunderhübsch, jung, verführerisch. Der letzte Schrei, sage ich dir!«

»*Du* hast eine Girlsgruppe?«, fragte Wally mit hochgezogenen Brauen von der Seite, doch er beachtete sie nicht, genauso wenig wie Krone, der mit einem Schluck sein ganzes Bierglas leerte.

»Hättest du nicht ein Programmplätzchen für den echten Geheimtipp eines alten Freundes?«, fragte Toni mit Schmeichelstimme.

Krone musterte ihn zwischen seinen geröteten Lidern hindurch.

»Kannse mir ja mal ankieken, deine Tanten«, sagte er ohne große Begeisterung. »Wat willste'n haben für eine Nummer?«

»Ach, über das Honorar können wir doch reden«, sagte Toni jovial und hieb Eugen wieder auf die Schulter. »Nebensache unter alten Kumpels, oder?«

Aus den Augenwinkeln sah er, wie Wally zusammenzuckte, doch erneut ignorierte er sie. Er wusste, dass Krone nicht mit Frauen sprach, es sei denn, er gab Anweisungen oder hatte bestimmte Absichten. Ansonsten waren sie für ihn Luft. Aber es wäre eine echte Chance, wenn er die *Lindy Girls* in seinem Lokal auftreten ließe, noch besser als dieses lächerliche Nümmerchen im spießigen Hotel Esplanade – auch wenn er Wally gegenüber so tat, als sei dies ein Hauptgewinn. Krones Varieté war zwar, erinnerte er sich, schmutzig und düster, aber es zog viele Künstler an. Und Chancen, wusste Toni, musste man immer beim Schopf packen. Hier war eine direkt vor seine Füße gefallen.

»Komm morgen Abend zu mir«, sagte Krone und trank sein restliches Bier mit zwei gewaltigen Schlucken aus. »Männerabend! Dann reden wir.«

An seinem vernarbten Hals tanzte der Adamsapfel. Leutselig boxte er Toni gegen den Arm, tat noch immer so, als sei Wally Luft, und verschwand im Gewühl.

»Hast du mir nicht eben noch gesagt, wir müssten erst bis zur Perfektion proben?«, fragte Wally, und an ihrer mühsam verhaltenen Stimme hörte er, wie wütend sie war. »Und nun wirfst du dich diesem Großkotz an den Hals, ohne mit mir vorher zu sprechen?«

»Komm schon, Schätzchen«, sagte er und legte einen Arm um ihre Schultern, doch sie schüttelte ihn ab und funkelte ihn an. Er versuchte, an ihre Vernunft zu appellieren. »*Du* hast doch gesagt, du brauchst Geld für die Miete. Und ich auch – oder willst du, dass ich mein Talent wieder in der Komischen Oper an irgendeine Nebenrolle verschwenden muss? Nein! Das war der Wink des Schicksals.«

»Na, danke«, sagte sie und rieb sich die Stelle am Ellenbogen, gegen die Eugen zuvor gestoßen war. »Eher ein Schlag des Schicksals… Ich bekomme einen blauen Fleck, und du verkaufst unsere Mädchen unter Wert.«

»Noch ist nichts verkauft«, wehrte er ab. »Außerdem haben wir doch drüber gesprochen – Verhandlungen von Engagements sind meine Sache.«

Die Stimmung war dahin, beide tranken ihren Sekt schweigend aus. Wally warf ihm einen giftigen Blick zu und drückte ihm das leere Glas in die Hand.

»Ich verschwinde«, sagte sie. »Wir sehen uns morgen Abend in der Tanzschule – ach nein, du gehst ja zu deinem *Männerabend.*«

Toni sah ihr nach, wie sie mit wehenden Locken aus dem Schauspielhaus eilte. Das roch nach Ärger, dachte er bekümmert, während er zur überfüllten Bar schlenderte, um sich Nachschub zu besorgen.

Kapitel 14

Thea

»Du musst einfach mit!«, bettelte Gila, die bäuchlings auf dem Bett lag und sich räkelte wie eine Katze, das Kinn in die Hände gestützt. Die geschnitzten Löwenpranken, die die Pfosten über ihrem Bubikopf zierten, rissen ihre Mäuler auf, und aus Gilas Zigarette stieg eine feine graue Rauchspur zur Decke. »Du warst letzte Nacht die Königin! Wer hätte gedacht, dass du *so* tanzen kannst?«

Thea verkroch sich noch tiefer in den staubigen Flanellsessel, der in Gilas Schlafzimmer neben dem Bett stand, und knabberte an ihren Fingernägeln. Sie ahnte, dass Gila ihr leichtes Humpeln beim Gehen bemerkt hatte. Doch das war beim Tanzen wie weggeblasen. Sobald sie und ihre neue Freundin spätnachts die Tanzfläche in diesem zwielichtigen Kellerlokal in der Sophienstraße betreten hatten, war wie immer eine wunderbare Verwandlung mit Thea vor sich gegangen. Sie wünschte sich in diesen Augenblicken, nie wieder zu Fuß gehen zu müssen, immer nur tanzen zu dürfen. Der Tanz wehte ihren Makel einfach so fort und gab ihr das Gefühl, dass dieser Körper ihr gehörte. Nur ihr, nicht den unzähligen Ärzten, die ihre verwachsenen Knochen anstarrten, oder ihrer Mutter, die bei jedem Stolpern von Thea bekümmert aufseufzte und Mutmaßungen anstellte, was aus ihrer versehrten Tochter werden solle. Nur im Tanz war Thea wirklich sie selbst, war ganz und heil und frei.

Im Tanz – und in Gilas Gegenwart, dachte sie. Die neue Freundin war ihr schon nach kurzer Zeit nah wie sonst kaum ein Mensch.

»Ich weiß nicht«, sagte sie trotzdem zweifelnd, »können wir einfach so an zwei Abenden hintereinander ausgehen? Schon wieder?«

Gila hieb fröhlich aufs Kissen und robbte näher an Thea heran.

»Wer soll es uns denn verbieten?«

»Keine Ahnung«, sagte Thea leise und deutete mit dem Kopf zur Wand. »Dein Vater vielleicht? Er war immerhin schon so freundlich, mir zu erlauben, noch eine Weile hier zu übernachten.«

Gila schnaubte. »Vati geht um neun Uhr schlafen«, sagte sie, »und selbst wenn er wach ist, bekommt er kaum mit, was um ihn herum geschieht.« Sie tat unbekümmert und wackelte mit dem Kopf. »Er war schon früher nicht besonders auf der Höhe, und die Franzosen haben ihm den Rest gegeben.«

Tatsächlich hatte Thea bei ihren wenigen Begegnungen mit Herrn Neumann auch nicht den Eindruck gehabt, dass er sie richtig wahrgenommen hatte. Gila und sie hatten sich bei ihrem ersten gemeinsamen Tanzabend in der Sophienstraße schrecklich betrunken und waren im Morgengrauen durch die nächtlichen Straßen getorkelt. Als Thea unten vor der Haustür ihrer Pension im schwachen Laternenschein ihren Schlüssel nicht gefunden hatte, war das Fenster aufgestoßen worden und ihre grimmige Wirtin hatte, den Kopf voller Lockenwickler, herausgesehen.

»Asoziales Pack dulde ich hier nicht!«, hatte sie angesichts des desolaten Zustands ihrer Untermieterin durch die Dunkelheit gekeift und Theas Habseligkeiten kurzerhand aufs regennasse Pflaster geworfen.

Da hatte Gila den Vorschlag gemacht, Thea solle erst einmal mit zu ihr kommen, der Rest werde sich finden.

So hatte Thea mit in Gilas Bett geschlafen. Und der Hausherr, der das Wohnzimmer mit Rokokobuffet und verstaubten Teppichen für sich beanspruchte, hatte ihr Erscheinen am nächsten Morgen nur mit einem Kopfnicken quittiert.

»Warum nicht, Kinderchen«, hatte er gemurmelt und sich mit zitternder Hand immer wieder über den abgetragenen Morgenrock aus Samt gestrichen. »Hauptsache, du bist glücklich, Gisela.«

Gila hatte ihn auf die Halbglatze geküsst und mädchenhaft gekichert, doch Thea meinte, in der Miene der neuen Freundin eine Traurigkeit gesehen zu haben, die mit energischem Schwung ihrer kurzen Haare weggewischt worden war. Herr Neumann war im Krieg gewesen, genau wie Theas Vater. Während dieser aber niemals zurückgekehrt war, hatte Gilas Vati die Schlachten an der deutsch-französischen Front überlebt. Doch es schien Thea angesichts der heruntergekommenen Wohnung, der vielen leeren Likörflaschen rund um das Kanapee und der toten Augen von Herrn Neumann nicht sicher, wer in dieser ganzen Sache das größere Pech gehabt hatte.

»Sei keine trübe Tasse«, holte Gilas Stimme sie zurück in die Wirklichkeit. »Komm, wir takeln uns auf und schwingen das Tanzbein.« Sie lächelte mit Verschwörermiene. »Ich kenne noch viele tolle Läden, wir haben die Auswahl. Wozu sind wir jung und leben in Berlin?«

»Na gut«, sagte Thea, »warum nicht?« Sie stand auf, und Gila klatschte begeistert in die Hände und rutschte vom Bett. Sie eilte zu einem schweren eichenen Kleiderschrank und öffnete die quietschende Tür. Dahinter kam ein ganzes Meer von Kleidern mit einer Lavendelwolke zum Vorschein.

Noch hatte Thea nicht ganz verstanden, ob Gila eigentlich über nennenswertes Kapital verfügte oder in Wahrheit so mittellos war wie sie selbst, seitdem sie ihr gemachtes Nest verlassen hatte. Die Einrichtung der Wohnung zeugte von einer gewissen Bürgerlichkeit, aber es fehlte die weibliche Hand, und jeder Gegenstand in den engen Zimmern war uralt und abgestoßen. Wenn es hier einmal einen Glanz gegeben hatte, so war er längst durch die Zeit, durch Not und Krankheit verblasst.

Gila hatte angedeutet, dass ihre Mutter vor acht Jahren verstorben war. Thea hatte sich ihren Teil gedacht, weil sie die ungeheure Zahl der Todesopfer kannte, die die Spanische Grippe nach dem Ende des Krieges gefordert hatte. Herr Neumann war offenbar arbeitsunfähig oder zumindest arbeitslos. Er ging stempeln, wie so viele, und Gila hatte zwar ein festes Gehalt als Sekretärin, doch üppig dürfte das kaum sein, und es wurde vermutlich fast zur Gänze von der Miete verschlungen. Es blieb Thea bisher ein Rätsel, wie Gila ihren städtischen Schick finanzierte.

»Das hier«, bestimmte Gila und hielt Thea ein grünseidenes Fransenkleid an die Brust. »Zu deinen dunklen Haaren und braunen Augen wird es hinreißend aussehen.« Sie musterte Thea durch zusammengekniffene Lider und lächelte spöttisch. »Und es wird Zeit, dass du etwas gegen dieses Vogelnest machst«, sagte sie und deutete auf Theas dichten, schweren Haarknoten im Nacken. »Das sieht aus wie anno Zopf. Aber wir haben schon lange keinen Kaiser mehr, Süße.«

Thea fasste sich ins Haar. Sie hatte es, als sie noch zu Hause gelebt hatte, jeden Abend hundertfach gebürstet und zweimal in der Woche mit duftendem Veilchenshampoo gewaschen und mit Zitronensaft gespült, damit es glänzte. Was hatte Gila denn dagegen?

»Meinst du, ich sollte auch so eine … Jungenfrisur tragen?«, fragte sie zweifelnd und betrachtete wiederum Gila, deren helles Haar wie mit dem Rasiermesser abgeschnitten knapp überm Kinn endete und in frechen Spitzen ausschwang. Es stand Gila fürchterlich gut, aber wie würde sie selbst aussehen, wenn sie sich nicht unter ihrer Haarpracht verstecken konnte?

»Ach, wie herrlich du bist, Thea!«, rief Gila und begann, sich aus ihrer Bluse zu schälen, bis sie nur noch in Unterwäsche vor der neuen Freundin stand. Ihre Haut war makellos. »Du bist wirklich hoffnungslos altmodisch! Wir sind schlau wie Jungen, schnell wie Jungen und haben sogar neuerdings dieselben Rechte in der Politik. Warum sollten wir dann nicht auch die Haare tragen dürfen wie Jungen – und dabei trotzdem bildhübsch sein?« Sie zerrte an Theas Rockbund. »Mach schon«, sagte sie, »ich gucke dir nichts weg.«

Schüchtern schlüpfte Thea aus ihren – wie sie jetzt in Gilas vergilbtem Spiegel erkannte – biederen Kleidern und ließ stattdessen das Grünseidene über ihren Kopf und den Körper gleiten. Sie hatte sich nie sehr für Kleidung interessiert, obwohl das in ihrer Familie nahegelegen hätte. Doch vielleicht gerade weil es am Abendbrottisch andauernd um Kattunqualität, Karo oder Streifen und Schnittmuster gegangen war, wollte sie selbst nicht groß darüber nachdenken, was sie trug. Es war, als würde sie sich dadurch ein wenig von den Menschen abheben, die zwar ihre nächsten Verwandten waren, ihr jedoch oft wie Fremde erschienen.

Doch das grüne Kleid gefiel ihr. Der kühle glatte Stoff glitt wie Wasser über ihre Haut, die Fransen strichen neckend über ihre Beine, und Thea bekam eine Gänsehaut. Gila stürzte sich mit einem Lippenstift auf sie und zog ihr danach mit einem Kohlestück die Brauen nach. Plötzlich zeigte der Spiegel nicht mehr eine Höhere Tochter vom Stadtrand, sondern einen Flapper aus New York.

»Knorke«, stellte Gila fest, bemalte auch ihre Lippen und zog ein silberdurchwirktes Charlestonkleid an, das ihre tadellose Figur eng umspannte und sie am ganzen Körper funkeln ließ wie ein Bonbon in Stanniolpapier. Für den Bruchteil einer Sekunde musste Thea an den Engel denken, den ihre Mutter früher daheim in der Königstraße ganz oben an die Spitze des Weihnachtsbaums geklemmt hatte, und die langen goldenen Lamettafäden in den duftenden Tannenzweigen. Etwas würgte sie in der Kehle, doch sie biss die Zähne zusammen, und der Moment ging vorüber. Diese Tage waren für immer vorbei, und das schon seit vielen Jahren. Heute musste Thea für sich allein strahlen wie einst der Engel aus Rauschgold.

»Und jetzt Musik«, rief Gila und trat zum Koffergrammophon, das auf der Fensterbank stand. Sie legte eine Schellackplatte auf, und schon klangen die ersten Takte von *Tea for Two* etwas blechern durch das Schlafzimmer. Mit weichen Händen fasste Gila nach Theas Fingern und zog sie eng an sich, sie schwenkte sie herum und sang lauthals mit. »*Picture me upon your knee, with tea for two, and two for tea …*«

Thea schloss die Augen und ließ sich mitziehen, die sanften Musiktöne flossen ihr samtig ins Ohr, über die Haut, in die Brust und den Bauch, und sie lehnte sich an Gila und summte mit, *nobody near us to see us or hear us …* Es war schön, dachte sie ein wenig scheu, schön, jemandem so nah zu sein, sich so ungewohnt lebendig zu fühlen. Schön, Gilas Duft zu riechen, ihre Wärme zu spüren.

»Warte mal«, sagte Gila und hielt inne, »ich habe noch etwas für uns.« Sie ließ Thea los, und Thea öffnete die Augen und wunderte sich über den Anflug von Bedauern, als Gilas Finger sich ihren entzogen. Neugierig sah sie zu, wie Gila zur Tür huschte, an der ihr Mantel hing, und ein kleines Döschen aus der Tasche zog.

»Zaubermehl«, sagte sie geheimnisvoll und schraubte das Döschen auf. »Macht glücklich, jedenfalls kurz.«

Theas Herzschlag beschleunigte sich.

»Das ist verboten«, flüsterte sie und sah hastig zur Tür, ob niemand sie belauschte.

Gila lachte, schraubte den Deckel auf und schüttete etwas von dem weißen Pulver auf ihren Handrücken. Sie hielt die Nase darüber und zog kräftig hoch, rieb sich die Nasenflügel und wiederholte die Prozedur mit dem anderen Nasenloch. Einen Moment schloss sie die Augen, und Thea dachte, dass es aussah, als horche Gila auf etwas, das tief in ihr zu ihr sprach, das aber nur sie wahrnehmen konnte. Dann öffnete sie die Augen, sie hatten jetzt einen feuchten Glanz.

»Komm schon«, sagte sie. »Alle tun es. Eigentlich ist es ja zu teuer für Mädchen wie uns, aber mein Chef hat heute ein Scheinchen springen lassen.« Sie lächelte versonnen. »Bananen sollte ich mir dafür kaufen, hat er gesagt, und Apfelsinen, für die Vitamine. Aber glaub mir, das hier ist besser. Ich habe es von einem Bekannten, Jo aus dem Central-Hotel. Er kennt sich aus und besorgt nur astreines Zeug.«

Sie hielt Thea das Döschen hin.

»Traust du dich?«, fragte sie.

Durch Theas Bewusstsein zogen in rascher Folge Bilder. Ihr Großvater, wie er wieder einmal am Abendbrottisch – Lammschulter auf Meissner Rose – seine Tiraden über Nichtsnutze und Schmarotzer vom Stapel ließ, die dem Staat auf der Tasche lägen und sich in den Tod saufen oder spritzen würden. Ihre Mutter, wie sie das Weinglas so fest umklammerte, dass Thea fürchtete, es werde sogleich unter ihren manikürten Fingern zerspringen. Die ewig flackernde Totenkerze unter dem Porträtfoto ihres Vaters im Flur. Das schwere Vorrücken der Zeiger in der Standuhr aus Mahagoni.

Sie schluckte.

»Also gut«, sagte sie, als sei es selbstverständlich, dass sie mitmachte, und räusperte die Heiserkeit weg. Gilas Lächeln vertiefte sich, ihre Bewegungen waren noch fließender als sonst, als sie dicht zu Thea trat und ihr den Handrücken mit einer feinen weißen Spur darauf unter die Nase hielt. Thea atmete langsam aus, nahm allen Mut zusammen und zog das Pulver dann mit Kraft in die Nase. Es kitzelte, und einen Moment lang spürte sie gar nichts. Gila hielt ihr eine weitere Dosis hin, und auch diese sog Thea auf und ließ sich dann aufs Bett sinken.

Sie fühlte sich nicht anders als zuvor. Oder?

Langsam spürte sie, wie eine unverschämt gute Laune in ihr aufstieg, eine Leichtigkeit und Ausgelassenheit, die sie nicht kannte. Ihre ganze Kindheit und Jugend über war Thea die Ruhige gewesen, die Verlässliche, die Brave. Oft auch nachdenklich, ja eingesponnen in ihre kleine, innere, stille Welt. Auf einmal wollte da etwas in ihr herausspringen, sie wollte auffahren und tanzen, wollte rennen und singen, alles in ihr war Kraft und Lust und Freude. Sie hörte ein lautes Lachen, es hallte durch Gilas düsteres Schlafzimmer, und mit Verwunderung erkannte Thea, dass sie selbst es war, die gelacht hatte. Sie konnte gar nicht mehr aufhören. Lag das alles etwa an den paar Krümeln Kokain?

Auch Gila kicherte und ließ sich neben Thea aufs Bett plumpsen. Flüchtig küsste sie die Freundin auf die Wange. Dann sprang sie schon wieder auf, rannte zum Grammophon, legte erneut die Nadel auf die Rille, und zum zweiten Mal erschallte blechern *Tea for Two*.

Gila kam zurück zu Thea, ein einziges Energiebündel in dem dünnen silbernen Stoff, und wieder zog sie Thea hoch und begann, mit ihr zu tanzen. Sie schmiegten sich aneinander, drehten sich wie Irrwische im Kreis, legten die verrücktesten Verrenkungen hin und konnten beide nicht aufhören zu lachen und zu singen. Eben noch hatte Thea ängstlich auf Schritte von Gilas Vater gehorcht, doch nun war jede Sorge wie weggeblasen. Sie ließ sich in den Tanz mit ihrer neuen Freundin fallen, genoss noch mehr als zuvor die Weichheit von Gilas Händen und den Duft ihres Haars, das bei jeder Drehung in ihr Gesicht peitschte. *Day will break and I'm gonna wake and start to bake a sugar cake* … Oh, wie herrlich war die Musik, wie herrlich der Tanz, wie wunderbar, eine Freundin wie Gila zu haben und am Leben zu sein, jung und stark und unverwundbar! Längst hatte Gila eine neue Platte aufgelegt, mit schnelleren, wilderen Rhythmen, quakendem Blech, trommelndem Schlagwerk. Längst tanzte Thea nicht mehr mit der Freundin, sondern allein, stampfte, schüttelte sich, warf den Kopf mit dem schweren langen Haar nach hinten. Ihr Knoten hatte sich gelöst, und die dunklen Wellen fielen lang über ihren Rücken, hüpften wie hypnotisierte Schlangen über ihre halb nackten Schultern. Thea betrachtete sich selbst beim Tanzen in Gilas angelaufenem Spiegel, sah ihre erhitzten Wangen und nackten Beine und fand sich zum ersten Mal in ihrem Leben schön.

Als die Musik abbrach, weil die Platte zu Ende war, blieb sie schwer atmend stehen. Gila hatte sich katzenhaft im Sessel aus Flanell zusammengerollt und beobachtete sie mit einem versonnenen Lächeln auf den tiefroten Lippen. Man hätte meinen können, dass sie leise schnurrte.

»Du bist wunderschön«, sprach sie das aus, was Thea heimlich selbst von sich gedacht hatte, »und du tanzt wie ein Profi. Du müsstest etwas daraus machen, Schätzchen.«

Sie griff sich in den Ausschnitt und beförderte einen Papierschnipsel aus ihrem spitzenbesetzten Unterhemd.

»Hier«, sagte sie und hielt ihn Thea hin. »Lies mal!«

Thea schnappte sich den Zettel. Einen Moment erfasste sie Schwindel, und schnell ließ sie sich rücklings aufs Bett fallen und hielt den Papierausschnitt mit erhobenen Armen vor ihre Augen.

Achtung, selten: Junge Tänzerin (nicht über 23) für achtköpfiges Charleston-Ensemble gesucht, sehr beweglich und modern, klassische Ausbildung nicht erforderlich. Antworten unter Angabe der tgl. verfügbaren Zeit zwecks Vortanzen erbeten an Kennzeichen Ej 23, Am Weidendamm 5.

Thea ließ das Papier sinken und rollte sich auf den Bauch. Wie herrlich sie sich fühlte, als könne ihr heute alles gelingen. Als sei alles möglich – und das enge, vollgestellte Zimmer mit der Einrichtung aus verstaubter Eiche und Teakholz in Wahrheit die Nussschale, in der die große weite wunderbare Welt zu Hause war.

»Woher hast du das?«

»Aus der Redaktion, ich sollte das heute für die Anzeigenabteilung tippen.« Gila zuckte die Schultern. »Aber als ich es gelesen hatte, dachte ich, ich zeige es erst mal dir, ehe ich zulasse, dass die Anzeige bei uns geschaltet wird.«

»Du bist verrückt«, prustete Thea, »hast du keine Sorge, dass dein Chef dich rausschmeißt?«

»Nicht die Bohne«, war Gilas unbekümmerte Antwort. »Erich frisst mir aus der Hand, der lässt nichts auf mich kommen.«

»Erich?«

»Egal«, Gila winkte ab, »also sag schon, wie findest du das? Ist es nicht genau das, was du suchst?«

Thea starrte wieder auf die tanzenden Buchstaben vor ihren Augen. *Klassische Ausbildung nicht erforderlich.* Gila wirbelte schon wieder hoch, als sei sie flüchtiger Rauch, fegte zum Grammophon und legte eine andere Platte auf.

I'm sitting on top of the world, sang Al Jolson schnarrend durch das Zimmerchen, und Thea spürte das Vibrieren der Posaunen in der Matratze, auf der sie lag. Die Vorstellung, zu einem Vortanzen gehen zu müssen, hätte sie normalerweise mit Schrecken erfüllt, dachte sie verwundert, doch nicht heute Abend. Im Gegenteil, auf einmal schien es ihr bitternötig, sich endlich zu beweisen und zu zeigen, was sie konnte. War sie nicht deswegen von zu Hause fortgegangen? Hatte sie nicht eben darum das schützende und erstickende Gewebe zerrissen, das sie zurückgehalten hatte, um endlich die zu werden, die sie sein wollte?

Just like Humpty Dumpty, I'm getting ready to fall, hörte sie die männliche Stimme aus dem Trichter. Ja, wie Humpty Dumpty war sie aus dem Zimmer ihres Elternhauses gesprungen, und genau wie dieses wagemutige Ei würde sie sich erneut in die unbekannte Tiefe stürzen, egal, was die Konsequenzen wären.

»Ich mach's«, sagte sie, und Gila schrie vor Freude auf und fiel ihr um den Hals. »Wusste ich's doch«, rief sie, »du bist aus härterem Holz geschnitzt, als man es dir ansieht. Du wirst berühmt, mein Schatz, berühmt in Berlin! Wo sonst? Und dann, wenn es so weit ist, schreibe ich einen Zeitungsartikel über dich!«

»Bist du nicht nur Sekretärin?«, fragte Thea neckend und kniff Gila spielerisch in die Seite.

»Noch, Liebes, noch!«, sagte Gila geheimnisvoll. »Wir kommen beide groß raus, wirst schon sehen. Und jetzt los, schwing deinen Hintern hoch. Wir beide gehen tanzen. Schließlich musst du üben!«

Arm in Arm schwebten sie die Treppe hinunter, silbern und grünseiden und leichtfüßig, wie sie waren. Auf dem Grammophon drehte sich noch die Platte und schickte ihnen ihren Abschiedsgruß durch den Duft nach Bohnerwachs und den Gestank der Toiletten auf halber Treppe hinterher – *I'm sitting on top of the world, just a rolling along, just rolling along.*

Kapitel 15

Wally

Rundherum drehte sich die schwarze Platte auf dem *Monochord*, rundherum ohne Pause. Das junge *Duke Ellington Orchestra* aus New York war Tonis erklärte Lieblingsband. Er hatte die Platte aus Harlem mitgebracht, und Wally musste zugeben, dass die unbekannten Musiker auch sie begeisterten. Das Lied *East St. Louis Toodle-Oo* eignete sich hervorragend für die Proben, denn der Takt war nicht zu schnell und bot genug Zeit für die Mädchen, ihre Choreographie wie ein Gummiband zu dehnen und jede kleinste Bewegung verlangsamt auszuführen. Dennoch rissen die dunklen, verzerrten Klänge der Säbelzahnmelodie und das flotte Posaunensolo einen sofort mit und wurden von den dumpfen Basstönen vorangetrieben.

»Es geht los«, rief Wally den Mädchen durch den Saal zu, und alle sieben nahmen Aufstellung – dicht hintereinander in einer Reihe, die Augen in dieselbe Richtung zum Spiegel gewandt. Wally ließ ihren geübten Blick über die jungen Gesichter und die schwarzen Trikots gleiten und prüfte, ob alles richtig saß. Der Stoff endete knapp am Beinansatz, schmale Träger liefen über die muskulösen Schultern der Tänzerinnen, denen man das Training ansah.

In den vergangenen Wochen hatten sie hart gearbeitet,

teilweise bis tief in die Nacht – und weit über die Schmerzgrenze hinaus. Tagsüber musste sich Wally zwingen, die Augen während der Tanzstunden offen zu halten, die sie weiterhin für die zahlenden Kundinnen gab, und sie wusste, dass es ihren Mädchen ähnlich ging, wenn sie ihrem Tagwerk nachgingen. Doch seit einiger Zeit hatte sie das Gefühl, dass die Arbeit wirklich Früchte trug. Jutta und Hedi hatte endlich der Ehrgeiz gepackt, keine von beiden klagte mehr über wundgetanzte Zehen oder Zeitmangel. Stattdessen arbeiteten sie beide Abend für Abend verbissen an ihrem Spagat, an ihrer Haltung, ihren Drehungen und Kicks. Auch Margot, Gertrud und Marie, die am Anfang eher unscheinbar gewesen waren, hatten sich gemausert. Wally betrachtete anerkennend Margots muskulöse Waden und Gertruds schlanke Glieder. Marie war die Kleinste, aber zäh wie Leder und Clementine eindeutig die Hübscheste von allen mit ihrer weichen Babyhaut und den sanftgelockten honigblonden Haaren.

Und Alice? Immer, wenn Wally den Neuzugang ansah, musste sie sich ein Lächeln verkneifen. Sie überragte alle um einen halben Kopf, ihr Gesicht war mit Sommersprossen übersät, genau wie die weiße Haut an Schultern, Brust und Armen. Sie sah aus, als sei der Sternenhimmel über ihr explodiert und auf sie niedergesunken. Und endlich hatte sie die langen feuerroten Zöpfe abgeschnitten und sich einen raspelkurzen Garçonne-Schnitt verpasst, der wirkte, als trage sie einen Bronzehelm auf dem Kopf. Die neue Frisur stand ihr ausgezeichnet und ließ ihren Hals unendlich lang wirken. Ja, wenn Clementine die Hübscheste war, dann war Alice ohne Zweifel die Interessanteste der *Lindy Girls*, fand Wally. Ihr Tanz war eckig und ließ vermuten, dass sie nie eine Tanzausbildung genossen hatte, doch er hatte etwas Ursprüngliches, Unverfälschtes, das eher von Vorteil als von Nachteil war. Aus Alice konnte man etwas machen, sie war unfertig, aber vielversprechend und formbar. Genau so liebte es Wally.

»*Tanz der Pinguine*«, forderte sie, und die Mädchen legten die Arme dicht an ihre Körper, spreizten die Handgelenke ab, drückten die Knie zusammen und watschelten in einer Reihe durch den Saal, während Tricky Sam Nantons Posaune sie mit seinem unverwechselbaren *Growl* antrieb.

»Flappergang, vorwärts«, rief Wally, und die Tänzerinnen spreizten die Arme an den Ellenbogen zur Seite, schüttelten wie wild die aufgefächerten Hände und liefen leichtfüßig, im *Tap Step* des Viervierteltakts, über die Holzdielen. Die Musik schwoll an, riss mit, die Trompeten jaulten auf, das Piano hämmerte, die Posaune quakte grollend dazwischen.

»*Scarecrow*«, schrie Wally, und die sieben *Girls* hoben die Arme waagerecht, knickten die Ellenbogen ab, so dass ihre Unterarme und Hände herabhingen, kreuzten die Knie, als seien sie wirklich Krähen mit gebrochenen Flügeln, die dennoch mit sanften *Slides* der Füße in einer Reihe durch den Saal glitten. Es sah mühelos aus, obwohl Wally wusste, wie viel Körperbeherrschung es bedurfte, die untere und die obere Körperhälfte so unabhängig voneinander zu bewegen. Doch die Nummer saß, und den Mädchen gelang es sogar die ganze Zeit, strahlend zu lächeln, als hätten sie den Spaß ihres Lebens. Dies war zum Teil wirklich so, zum Teil gespielt, denn so war der Tanz – man wusste nicht, wo die Wahrheit endete und die Lüge begann. Doch in jedem Fall war es eine Lüge, die schön anzusehen war.

Wally dirigierte das Trüppchen in den schwarzen Trikots durch den Raum, ließ die Mädchen hüpfen und mit den Beinen treten, ließ sie sich in die Knie hinschrauben und wieder aufspringen wie Gummibälle. Sie befahl ihnen, herumzuspringen und zu tanzen, bis das Lied zu Ende war und alle sieben in einem Spagat landeten, wobei immer abwechselnd eine mit dem Oberkörper nach links, die dahinter nach rechts in einem Halbkreis über den Boden floss und liegen blieb.

Wally blickte auf die Mädchen hinunter, die auf den Dielen lagen, die Gesichter auf den Knien, die Arme lang über die Köpfe in Richtung Zehenspitzen gestreckt. Sie sah die schweißglänzende Haut, den schweren Atem, der ihre Oberkörper auf und ab trieb, und spürte, wie sie eine große Zufriedenheit durchströmte. Voller Euphorie dachte sie an ihren ersten Auftritt im Esplanade, und ihre Vorfreude und Aufregung machten sich bemerkbar. Das war etwas! Sie hatte etwas geschaffen, das sich sehen lassen konnte. Der Tanz der *Lindy Girls* hatte eine Energie, die den Vergleich mit anderen Tanzgruppen nicht scheuen musste. Schon gar nicht den mit solch seelenlosen Gleichschritt-Mädels, wie sie und Toni sie neulich im Großen Schauspielhaus erlebt hatten.

»Gut gemacht«, rief sie und erlöste die Mädchen, die eine nach der anderen aus dem Spagat aufsprangen und strahlten. Auch sie mussten gespürt haben, wie außergewöhnlich ihre Leistung gewesen war, der Stolz in ihren Augen verriet es.

»Wir machen zehn Minuten Pause«, sagte Wally, doch in diesem Moment klopfte es an die Tür.

Doch bitte nicht Frau Dünnbier, dachte Wally ahnungsvoll, sie waren sicher zu laut gewesen. Oder hatten die Ankommenden vorhin etwa den Hausflur mit ihren schlammigen Schuhen verschmutzt? Sie öffnete.

Draußen stand eine junge Frau, die sie noch nie gesehen hatte. Ihr dunkles Haar schimmerte im Gaslicht der Flurfunzeln, sie trug es im Nacken zu einem schweren Knoten zusammengesteckt. Auf der winzigen Nase saß eine goldgeränderte Brille mit runden Gläsern, die sie sich mit verlegener Geste hinaufschob, während sie Wally aus vergrößerten braunen Rehaugen ansah.

»Verzeihung«, sagte sie leise, und ihre melodische Stimme hallte im Hausflur, »ich komme zum Vortanzen.«

Wally sah sie verdutzt an. »Sie haben die Anzeige gelesen?«, fragte sie überrascht. »Ich dachte, die Zeitung hätte einen Fehler gemacht, in den letzten Ausgaben habe ich unsere Annonce gar nicht gesehen.«

»Ja, ich habe sie gelesen«, bestätigte die junge Frau und räusperte sich. »Ich wollte schreiben, aber dann war ich heute Abend in der Gegend …« Ein rötlicher Hauch flog ihr auf Stirn und Wangen. »Ist die Stelle noch frei?«

Wally trat einen Schritt zurück und ließ sie ein.

»Es ist streng genommen keine Stelle«, sagte sie, »unsere Mädchen werden pro Auftritt bezahlt, mehr nicht.«

»Das geht in Ordnung«, sagte die junge Frau hastig und sah sich um. Wally schloss die Tür. Die anderen Mädchen standen in Zweier- und Dreiergruppen zusammen und aßen ihre mitgebrachten Brote. Wally bemerkte, dass alle aufblickten und zu ihnen herübersahen, doch keine kam näher.

»Wie heißen Sie?«, fragte sie den Neuankömmling.

»Theodora Brehm«, sagte die junge Frau schüchtern. »Aber alle nennen mich Thea.«

»Können Sie Charleston tanzen?«, fragte Wally.

Sie musterte das Mädchen. Ihr schien es, als zöge es beim Gehen ein wenig den Fuß nach. Nur eine Winzigkeit, doch es ließ sie stutzen.

»Ich habe eine Ausbildung in Gymnastik und modernem Tanz«, sagte Thea, »und ich beherrsche auch die Grundschritte von Swing und Charleston. Aber in der Anzeige stand doch …«

»… dass Sie keine klassische Ausbildung brauchen. Das ist richtig«, beendete Wally ihren Satz. »Dennoch ist es von Vorteil, wenn Sie nicht bei null anfangen. Wir wollen bald zum ersten Mal auftreten. Sie könnten natürlich nur mittanzen, wenn Sie den Anforderungen von Anfang an genügen.«

Theas Brille rutschte hinunter, sie schob sie wieder hoch auf die zarte Nase. Zaghaft nickte sie und blickte sich nach der Tür um, als suche sie sicherheitshalber schon einen Fluchtweg.

»Also los«, sagte Wally und ging zum Grammophon. »Legen Sie den Mantel ab, dann wollen wir mal sehen.«

»Wie?«, fragte Thea und wurde erst blass, dann rot. Sie sah unsicher zu den anderen Mädchen hinüber, die noch immer kauend und schwatzend herumstanden. »Jetzt sofort … vor allen?«

»*Wenn* Sie tanzen können, dann auch vor allen«, sagte Wally. »Wenn nicht …«, sie zuckte die Schultern, drückte auf den Knopf und schwenkte den Tonarm. Die Musik setzte ein.

Thea zögerte eine winzige Sekunde. Dann ging sie zu einem freien Stuhl, nahm ihre Brille ab und legte sie darauf. Sie schlüpfte aus dem Mantel und kam zu Wally zurück. Wieder meinte Wally, in ihrem Gang etwas Schleifendes zu bemerken, doch sie war nicht sicher. Eine Chance hatte jede verdient, dachte sie achselzuckend, und schnippte in Richtung Hedi und Jutta.

»Kommt mal her«, sagte sie. »Tanzt es ihr einmal vor, ja?«

Die Mädchen sahen sich an und eilten herbei. Hedi schluckte gerade noch den Rest ihres Butterbrots herunter und wischte sich die Krümel vom Mund. Dann nahmen die beiden hintereinander Aufstellung, gaben einander durch Klatschen ein Zeichen und begannen zu tanzen. Sie vollführten den Grundschritt, den Gang der Pinguine, die Krähe mit den hängenden Armen und alle anderen Figuren, schüttelten die Hände und Köpfe und sprangen schließlich exakt gleichzeitig in den Spagat – eine nach links, die andere nach rechts geneigt.

Wally beobachtete Thea, die mit zusammengekniffenen Lidern kurzsichtig zugesehen hatte. In ihrer Miene schienen zwei Kräfte miteinander zu kämpfen, dachte Wally. In ihren sanften Augen hing nackte Angst. Doch um den sanft geschwungenen Mund zuckte Begeisterung.

Wally bedankte sich bei ihren beiden Tänzerinnen, die unter dem Beifall der anderen zurück zu ihren Kameradinnen eilten.

»Und jetzt Sie«, sagte sie zu Thea und ließ die Platte erneut anlaufen. Musik jaulte auf, Rhythmus pochte, Posaunen jammerten, die *Growls* des *Duke Ellington Orchestra* dröhnten durch den Tanzraum.

Die junge Frau schloss kurz die Augen. Sie atmete tief ein, als bereite sie sich auf einen Sprung ins Wasser vor. Dann hob sie die Arme und fing an. Wally sah sofort, dass sie eine gute, ja eine sehr gute Tänzerin war. Ihre Bewegungen waren grazil und gleichzeitig voller Kraft, sie beherrschte jeden Muskel ihres Körpers, als spiele sie auf einer Klaviatur. Der Fuß, der bei den wenigen Schritten durch den Saal ein wenig plump gewirkt hatte, wirbelte jetzt, da sie tanzte, ebenso leicht und frei durch die Luft wie der andere. Jeder Tritt saß, jeder *Slide* floss, ihre Hüften kreisten, als sei ihre Taille ein locker geflochtenes Seil. Nur selten machte sie einen Fehler, und dann lag es sicher daran, dass sie die Choreographie zum ersten Mal tanzte. Doch das meiste war gut, sogar mehr als das! Sie sah aus wie eine Krähe, dann wie ein Pinguin, wie eine Gans, die sich zum Abflug bereit machte, wie ein Flapper, der mühelos seine Zuschauer verführte. Ihr Körper verwandelte sich bei jedem Tanzschritt, bei jeder Verbeugung und jeder Drehung wie Wasser, das immer neue Formen annahm, und Wally ertappte sich dabei, dass ihr der Mund offen stand.

Endlich setzte Thea zu einem letzten Sprung an, stieß sich ab, rutschte auf den glatten, abgetanzten Dielen aus – und fiel wie ein Stein zu Boden. Nicht in einem eleganten Spagat, wie sie es zweifelsohne vorgehabt hatte, sondern unsanft auf den Hintern. Da lag sie japsend, beide Beine von sich gestreckt und die Arme abgewinkelt wie ein Käfer auf dem Rücken.

Ein vielstimmiger Aufschrei war zu hören, doch ehe eines der Mädchen oder Wally der gestrandeten Tänzerin zu Hilfe eilen konnten, war schon jemand anderes an ihrer Seite. Wally sah, wie sich die muskulöse Gestalt von Toni zu der Neuen hinunterbeugte und sie stützte. Wann war er hereingekommen?, fragte sie sich verwirrt.

»Sind Sie verletzt?«, fragte er und forschte besorgt in Theas Gesicht.

Thea schüttelte den Kopf. Sie ließ sich von ihm aufhelfen, klopfte sich den Staub vom Kleid und sah Wally ängstlich entgegen, die zu den beiden hinüberging. Die Musik war verstummt, und es war ganz still im Tanzsaal.

»Es tut mir so leid«, sagte Thea, die Tränen in den Augen hatte, »ich weiß nicht, wie das passieren konnte.« Sie biss sich auf die Lippen. »Trotzdem danke, dass ich es versuchen durfte. Ich gehe jetzt.«

»Moment«, sagte Wally, doch da fiel ihr Toni ins Wort. Er hatte, wie Wally irritiert bemerkte, noch immer einen Arm um die junge dunkelhaarige Frau gelegt, als fürchte er, sie würde ohne seine Stütze erneut zu Boden gehen.

Etwas an seiner Haltung und in seiner Miene störte sie, es war, als erinnerte sie sich an etwas, das sie lange vergessen hatte. Ein Gefühl, eine Hoffnung, einen süßen Schmerz?

»Sie gehen nirgendwohin«, sagte er und tätschelte Thea sanft die Schulter. »Erst einmal erholen Sie sich von diesem Sturz. Und dann dürfen Sie, wenn Sie möchten, gleich den Vertrag unterzeichnen.« Er sah Wally an und strahlte. »Oder, Wally?«, fragte er. »Wir lassen sie nicht wieder gehen? Sturz hin oder her!«

»Nein«, sagte Wally und streckte die Hand nach Thea aus, die sich endlich aus Tonis Umarmung löste und zu ihr trat. »Das war fabelhaft, Thea.«

»Wirklich?«, fragte die junge Frau ungläubig. Ihre Wangen glühten, und sie schniefte leise, während sie sich unauffällig die Augenwinkel wischte. Marie kam herbei, sie hatte Theas Brille vom Stuhl geklaubt und hielt sie ihr hin, und Thea setzte sie sich wieder auf. Ihre runden braunen Augen hinter den Gläsern spiegelten Erleichterung. »Ach, da bin ich aber froh. Ich war schrecklich nervös.«

»Dazu gibt es wirklich keinen Grund«, sagte Wally. »Wir stürzen alle einmal. Wichtig ist nur, dass man wieder aufsteht.«

»Wie recht du hast!«, rief Toni und zog eine Flasche Schaumwein unter seinem Mantel hervor. »Das müssen wir feiern! Wally, wo sind die Gläser?«

»Ich habe keine«, sagte sie. Immer noch störte sie seine ungeheure Euphorie, die ihn offenbar beinahe zum Platzen brachte. Ja, diese Neue hatte wirklich gut getanzt, und sie war wohl genau der Diamant, der ihnen gefehlt hatte.

Doch sie, Wally, hatte hier die Leitung, jedenfalls die künstlerische. Und was fiel Toni ein, einfach so einer Fremden einen Vertrag anzubieten, ehe er mit ihr Rücksprache gehalten hatte?

Die übrigen fünf Mädchen kamen näher, sie standen jetzt alle dicht zusammen und umringten Toni und Thea.

»Das war eine ganz schöne Bruchlandung«, piepste Marie, und Thea lächelte verlegen.

»Aber du hast umwerfend getanzt«, sagte Hedi auf ihre ernste Art, und alle nickten zustimmend. Margot lief zum *Monochord* und legte eine neue Platte auf. Wally erkannte das Lied, es war *I Can't Give You Anything but Love*. Ausgerechnet, dachte sie, das letzte Mal hatte sie das Jazzstück in der Diana-Bar gehört, als sie wegen dieses Mistkerls Toni Lindberg wieder einmal bittere Tränen vergossen hatte. Da stand er und strahlte, als sei er ein Kind, das ein verfrühtes Weihnachtsgeschenk bekommen hatte.

»Auf unsere acht *Lindy Girls*«, rief er und öffnete mit einem lauten Knall die Flasche. Der Korken schoss durch den Raum, der Sekt schäumte über, und Toni trank schnell zwei Schlucke, ehe er die Flasche nicht an Wally, sondern an Thea weitergab. Die lächelte schüchtern, trank ebenfalls und reichte sie dann Wally.

Vorsichtig nippte Wally am Sekt und gab die Flasche ans nächste Mädchen weiter. Nachdenklich betrachtete sie Toni, der seine Augen nicht von Thea nahm und das neue Mädchen ansah wie eine Erscheinung.

Der Schaumwein, der auf Wallys Zunge perlte, schmeckte säuerlich schal.

Kapitel 16

Friedrich

Die Luft roch nach Holzkohle und Herbst, und die Dunkelheit wich an diesem Morgen nur zögerlich. Friedrich trat schwer von einem Bein aufs andere und sog an seiner Zigarette, während er die Leute beobachtete, die an ihm vorbei in die erleuchtete Halle des Stettiner Bahnhofs eilten oder herauskamen. In dieser Novembernacht hatte es zum ersten Mal leichten Frost gegeben, und eine zarte Schicht Raureif lag auf dem Pflaster und benetzte das Metall der Straßenbahnschienen. Unzählige Fahrradreifen und Räder von Karren, Fuhrwerken und Automobilen hatten wirre Spuren hineingeprägt, so dass es aussah, als stehe man in dem etwas planlosen Netz einer riesenhaften Spinne.

Fröstelnd zog Friedrich den wollenen Umhang mit dem Pelzbesatz enger um die massigen Schultern. Darunter trug er eine dunkelblaue Schaffneruniform, doch seine freiliegenden Ohren froren unter der Schirmmütze. Bald, sobald der Winter endgültig nach Berlin gekommen war, würde er wieder die Wattegaloschen, Eigentum der Straßenbahn-Betriebs-GmbH, über die Stiefel ziehen müssen, um während seiner langen Schicht Erfrierungen an den Zehen vorzubeugen.

Ringsum an den Passanten, die im Licht der Straßenlaternen auftauchten, sah er ähnliche Vermummungen. Die Berliner hatten ihre Kleidertruhen und Schränke geöffnet und die Winterkluft herausgeholt. Überall sah Friedrich Umhänge aus Schaffell, riesige Pelzhauben, Lodenmäntel und Wollmützen, und er roch den Duft von Mottenkugeln und Tiertalg. Man wusste hier, was einem blühte, man kannte den eisigen Ostwind, dem die Stadt in der kalten Jahreszeit schutzlos ausgeliefert war. Er schien direkt aus Sibirien zu kommen und fegte, gemischt mit Graupel und Schnee, in Höchstgeschwindigkeit über die flachen märkischen Felder, die Berlin vorgelagert waren. Er tobte durch die Höfe der Mietskasernen, wirbelte fauchend das welke Laub in den Alleen auf und ließ die Seen ringsum zu Eis gefrieren. Selbst die Havel bedeckte er schließlich mit einer eisigen Schicht, auf der die Mutigen spazieren gingen und die nachts geheimnisvoll knackte. Noch war es nicht so weit, doch wenn der Winter erst da war, wich er lange nicht mehr.

Ja, die Berliner, jedenfalls diejenigen, die nicht erst im vergangenen Sommer in der Stadt angelandet waren, ahnten, was auf sie zukam. Und niemand, da war Friedrich sicher, freute sich auf den langen, dunklen Winter. Tagsüber versuchte man, dem Wind und der Kälte, so gut es ging, zu entkommen, man verschanzte sich in den Büros, hinter den Verkaufstischen der Kaufhäuser, in den Fabriken. Nach Feierabend dagegen blühte das Nachtleben im Herbst und besonders im tiefsten Winter auf. Es war allemal verlockender, zwischen anderen Menschen, deren Körper einen wärmten, in den Kneipen, Theatern und Kinosälen den Abend zu verbringen, als allein in den ungeheizten, zugigen Wohnungen, die das Zuhause der meisten Menschen waren.

Die Tanzwut, die Berlin schon lange fest im Griff hatte, nahm überwältigende, ja erschreckende Ausmaße an. Friedrich konnte es jeden Abend erleben, wenn sein *U-Boot*, wie er seinen tief liegenden Straßenbahnwagen Bauart 1928 mit Mitteleinstieg nannte, gefüllt war mit Nachtschwärmern, die in die Theater und Varietés zwischen der Prachtallee Unter den Linden und dem Oranienburger Tor fuhren oder noch etwas weiter nördlich in eine der vielen kleinen Spelunken rund um den Stettiner Bahnhof einkehrten. Je später der Abend, desto betrunkener waren die Fahrgäste, desto lauter grölten und sangen sie, kotzten auch ein ums andere Mal neben die Holzbänke im Wagen und wurden von den Mitreisenden nach dem Ziehen der Notbremse mit viel Hallo auf die Straße geworfen.

Friedrich steuerte in der geschlossenen Fahrerkabine seinen Wagen, betätigte im Stehen den Fahrschalter, den Weichensteller und den Scheibenwischer per Hand, hielt an den Stationen, beobachtete im Rückspiegel, wie sich die Türen öffneten und schlossen, und ließ dann die Bahn weiter über die Gleise rumpeln. Der eisige Wind pfiff im Winter durch die Ritzen zwischen den Fensterscheiben, nicht selten wurde Schnee hereingeweht und fror in seinem Bart fest. Doch im Sommer genoss er das milde Lüftchen und den Blütenduft, der ihn, stets gemischt mit Benzingeruch, bei seiner Arbeit umfing. Wenn ihm das Treiben in der Passagierkabine einmal zu bunt wurde, hielt er an, stieg aus, richtete sich in seiner Uniform zur vollen Größe auf und blaffte am Mitteleinstieg die Störenfriede an, die es wagten, seine Fahrt nach Norden oder Süden unnötig aufzuhalten. Notfalls rief er die Schutzpolizei, die einen allzu Betrunkenen zum Ausnüchtern mit auf die Wache nahm. Dann war wieder Ruhe, und das *U-Boot* konnte weiter seiner Wege durch die Stadt holpern.

Manchmal wurde er auch Zeuge richtiger Dramen, so wie neulich, als diese hochschwangere Frau während der Fahrt Wehen bekommen hatte und nicht mehr rechtzeitig ins Krankenhaus gebracht werden konnte. Friedrich hatte die Bahn gestoppt, auf die Sanitäter gewartet und zugesehen, wie die Ärmste auf der Holzbank drinnen im hinteren Teil des Wagens entband. Kind und Mutter waren zum Glück wohlauf gewesen, und erleichtert hatte er die Fahrt mit einem nunmehr leeren Abteil zu Ende gebracht, damit es gereinigt werden konnte, ehe die nächste Fuhre Fahrgäste wieder darin Platz nahm.

Schlechter ergangen war es dem jungen, abgerissenen Mann mit den hohlen Wangen, der letzte Woche an der Station Oranienburger Tor auf der Plattform zusammengebrochen war. Auch da hatte Friedrich anhalten und aus dem Fernsprecher einen Krankenwagen rufen müssen, doch dieser hatte nur noch die Leiche des Mannes abtransportieren können. Einer der vielen Morphiumtoten, hatten die Leute gesagt, und Friedrich hatte in dieser Nacht nicht gut geschlafen, weil er immer wieder die aufgerissenen Augen und die aschfahle Haut des Toten vor sich gesehen hatte. Manchmal war Berlin so hart und endlos wie eine steinerne Wüste, und nicht jedem bekamen die unendlichen Möglichkeiten der Metropole. Viele zog sie in den gähnenden Abgrund, aus dem es kein Entrinnen gab.

Er sah hinauf zur Uhr auf dem Bahnhofsvorplatz, in einer Viertelstunde begann seine Schicht. Der Himmel spannte sich dunkelgrau über dem Koloss des Bahnhofsgebäudes, das mit den drei gewaltigen gemauerten Bögen in der Morgendämmerung dalag wie ein gestrandeter Wal an einer steinernen Küste. Eine junge, verfroren aussehende Frau kam mit einer Sammelbüchse zu ihm, sie wollte Geld für den sozialistischen Frauenverband, und brummend ließ Friedrich eine Münze hineinfallen. Dann steckte er sich an der Glut seiner Kippe eine neue Zigarette an, rieb sich die stopplige Wange und schlurfte paffend ein paar Schritte weiter in der Hoffnung, dass ihm durch die Bewegung etwas wärmer würde, ehe er in die Fahrerkabine einstiege und dort für Stunden stillstehen musste. Den linken Fuß zog Friedrich nach – diese scheußliche Kälte ließ seine alte Verletzung aufmucken und verstärkte sein Hinken. Noch ein Grund mehr, den Winter zu fürchten. Er wich dem Straßenreiniger aus, der mit grauem Gesicht und mechanischen Strichen den Bahnhofsvorplatz kehrte, und sah den beiden jungen Frauen nach, die in ihren Stiefelchen über das glatte Pflaster schlitterten. Sie trugen stadtfeine Kluft und je einen Tennisschläger auf dem Rücken – nach der Achtstundenschicht im Büro würden sie in die Tennishalle gehen und sporteln. Seitdem nach amerikanischem Vorbild endlich auch in Berlin die Vierzigstundenwoche eingeführt worden war, hatten die Berlinerinnen nach Feierabend ein Freizeitleben.

»Du Aas!«, hörte Friedrich plötzlich in der Nähe eine jugendliche Stimme schreien und sah mit zusammengekniffenen Augen in die Richtung, aus der der Tumult kam. Im düsteren Schatten eines parkenden Omnibusses sah er mehrere Gestalten, die miteinander rangen. Im mühsamen Näherkommen bemerkte er, dass einer der Schatten am Boden lag, während drei andere auf ihn eintraten. In Friedrich kochte Wut hoch. Er hinkte, so schnell er mit seinem bösen Bein und dem massigen Körper konnte, hinüber zu den Unruhestiftern.

»Weg da!«, brüllte er, »ihr Feiglinge. Seid ihr wahnsinnig – drei gegen einen?«

»Willste ooch wat aufs Maul, Opa?«, gab einer der drei Angreifer zurück, ein stämmiger Zwerg, und ging feixend auf Friedrich los. Er trug eine Stoffbinde mit einem Hakenkreuz am Ärmel, bemerkte Friedrich, ebenso wie seine beiden Kumpane. Einer davon fiel seinem kleineren Freund in die Arme und hielt ihn fest, bevor er Friedrich erreichen konnte.

»Mach keinen Mist, Atze«, zischte er, »wir sind hier fertig.«

Der Zwerg blieb stehen, sah Friedrich geifernd an und spuckte in hohem Bogen aus.

»Kannst von mir aus verrecken«, sagte er gleichgültig und wandte sich ab.

»Lass uns abhauen«, sagte der dritte Halbstarke und gab dem am Boden liegenden Jungen einen letzten Tritt in die

Seite, so dass dieser erneut aufstöhnte und sich krümmte. Ehe Friedrich etwas sagen oder sie aufhalten konnte, verschwanden die drei in der Dämmerung und wurden von der Dunkelheit jenseits der schimmernden Kreise, die die Bahnhofslaternen aufs Pflaster malten, verschluckt.

Kopfschüttelnd trat Friedrich zu der gekrümmten Gestalt am Boden.

»Bist du verletzt?«, fragte er und ging ächzend in die Knie. Jetzt erst sah er, wie jung das Opfer der drei war, fast noch ein Kind. Der Junge hatte die Augen zusammengekniffen und stöhnte wieder. Er hielt sich die Seite und versuchte, sich aufzurichten, doch ein Schmerzschrei entfuhr ihm, und er sank wieder zurück aufs eisige Straßenpflaster. Seine Mütze war in den Rinnstein gerollt, sein linkes Auge nur noch eine blutige Masse, und sein feuerrotes Haar klebte in zerzausten, feuchten Strähnen an der Schläfe.

»Wie heißt du?«, fragte Friedrich.

»Benjamin«, murmelte der Junge undeutlich, vielleicht hatte er einen Zahn eingebüßt. »Margoniner.«

Friedrich dachte an die Hakenkreuze auf den Ärmeln der Schläger, und erneut stieg Wut in ihm hoch. Besorgt sah er auf den geschundenen Körper in den zerfetzten Kleidern.

»Ich hole Hilfe«, knurrte er, »hab keine Angst, Benjamin.« Ächzend stemmte er sich von der Straße hoch und humpelte zum Bahnhofsplatz zurück, wo ein Schupo im Graupel stand und eine Leberwurststulle aß.

»Herr Wachtmeister«, rief Friedrich, »da liegt einer und verblutet.« Er deutete auf den Jungen, der sich noch immer im Schatten des wartenden Omnibusses vor Schmerzen krümmte.

Der Schupo schluckte den letzten Bissen seines Frühstücks herunter, rückte seinen Helm zurecht und setzte sich ohne großen Enthusiasmus in Bewegung.

»Machen Sie schon, Mann!«, rief Friedrich eindringlich und sah wieder hinauf zur Uhr. In wenigen Minuten musste er in die Straßenbahn steigen. Er erkannte, dass sich ein paar Meter weiter an der Haltestelle bereits eine kleine frierende Schar um seinen Wagen gebildet hatte und darauf wartete, dass er die Türen öffnete und das Licht anmachte, damit man einsteigen konnte.

Friedrich überlegte. Er traute der Reaktionsschnelligkeit dieser Schnarchnase von Schupo nicht recht. Am Eingang des Stettiner Bahnhofs hing ein Fernsprecher, und so schnell er konnte, humpelte er hinüber, ließ sich verbinden und verlangte einen Krankenwagen. Der Stimme am anderen Ende der Leitung nannte er den Namen des Verletzten und seinen eigenen, verabschiedete sich dann aber hastig. Er war ein Straßenbahnschaffner der Berliner Straßenbahn-Betriebs-GmbH im Dienst, und er konnte seinen Wagen nicht einfach im Stich lassen. Die Fahrgäste zählten auf ihn.

Doch noch lange nachdem er den Stettiner Bahnhof im inzwischen zögerlichen Morgenlicht hinter sich gelassen hatte und mit geübten Griffen die Straßenbahn über den Asphalt steuerte, ging ihm das zerschlagene Gesicht dieses armen Rotschopfs nicht aus dem Kopf. Er nahm sich vor, später herauszufinden, wo der Junge wohnte und ob er einen Zeugen brauchte. Wo kamen sie denn hin, wenn jedes hergelaufene Braunhemd meinte, es könne einfach jüdischen Kindern die Fresse polieren?

Nicht mit ihm, Friedrich Wenzel, dachte er und knurrte, während er die bimmelnde Glocke betätigte und die ersten Fahrgäste an der Station Invalidenstraße aussteigen ließ. Dichter Niesel klatschte gegen die Scheiben seiner kleinen Fahrerkabine, während er immer wieder die Gesichtszüge dieses Fieslings durchging, die sich in sein Gedächtnis eingebrannt hatten. Verrecken sollte er also? Friedrich fröstelte, er schaltete den Scheibenwischer ein, betätigte behutsam den Fahrschalter, auf dem Hochspannung lag, und setzte sein Fahrzeug rumpelnd wieder in Gang. Das könnte denen so passen. Nein, lieber würde er dafür sorgen, dass dieser Kretin die Behandlung bekam, die ihm zustand.

Kapitel 17

Alice

Das Wasser in der Waschschüssel war eisig, aber Alice schüttete sich dennoch ein paar Handvoll davon ins Gesicht, wusch sich hastig und rubbelte sich mit dem abgenutzten Handtuch trocken, ehe sie es wieder vor das Öfchen hängte. Im Raum roch es muffig, und sie zerrte an der Dachluke und ließ ein wenig frische Morgenluft herein. Draußen watschelte eine müde Taube durch die Regenrinne und gurrte vorwurfsvoll, weil Alice sie aufgeschreckt hatte.

Seufzend drehte sie sich wieder ins Zimmer zurück. Ihr Blick fiel auf die leere Matratze ihres Bruders, und Sorge wallte in ihr hoch. Wo steckte Benjamin nur? Er kam oft spät nach Hause, doch niemals war er die ganze Nacht weggeblieben. Als sie heute im Morgengrauen erwacht war und seinen vertrauten Atem nicht gehört hatte, war es ihr nicht mehr gelungen einzuschlafen, und sie hatte in die Finsternis ihrer Kammer gestarrt, bis das Licht des Novembermorgens langsam hereinkroch und sie zum Aufstehen zwang.

Aus der Wohnung unter ihr schallte blecherne Musik, die Nachbarn besaßen einen Radioapparat. Alice hatte ihn nie gesehen, doch die älteste Tochter hatte es ihr stolz im

Treppenflur erzählt. Nicht viele Menschen in der Sophienstraße konnten so ein Ding ihr Eigen nennen, und es erschien Alice wie der Inbegriff von Luxus – jederzeit Musik empfangen zu können, die große weite Welt mithilfe eines kleinen Holzkastens in die eigenen vier Wände zu holen. Es war eine allzu verlockende Vorstellung. Die Melodie des Schlagers klang durch den dünnen Zimmerboden zu ihr hinauf, und rasch machte sie ein paar Tanzschritte. Sie wischte mit den bloßen Füßen über den abgetretenen Flechtteppich und hob die Arme über den Kopf, wackelte mit gespreizten Fingern, lächelte über das ganze Gesicht – so, wie Wally es ihr in der Probe gezeigt hatte.

Alles tat ihr weh, jeder einzelne Muskel schmerzte, und doch konnte sie es kaum erwarten, wieder zu tanzen. Heute Abend sollte also endlich der erste Auftritt sein, im Esplanade. Noch nie war Alice auch nur in die Nähe einer solchen Adresse gekommen, doch heute würde sie nicht nur eintreten, sondern ganze dreieinhalb Minuten lang zusammen mit den anderen *Lindy Girls* auf der Bühne tanzen. Alles hing davon ab, wie es lief, das wusste sie. Es musste ihr erster Erfolg werden, dann würde der nächste nicht ausbleiben.

Doch erst einmal musste sie in die Fabrik. In den vergangenen Wochen hatte sie sich beide Beine ausgerissen, um ihre Pflichten bei der Arbeit nicht zu vernachlässigen und trotzdem die aufreibenden abendlichen Proben zu absolvieren. Es war meistens gut gegangen, aber nicht immer, denn manchmal probten sie die halbe Nacht, und Alice hörte das Rasseln des Weckers nicht und verschlief am Morgen danach. Auch Ben kam deswegen immer öfter zu spät zur Schule, weil sie ihn nicht rechtzeitig zum Aufstehen antrieb, und ihr Gewissen war rabenschwarz. Doch es ließ sich nicht ändern. Oft war sie so erschöpft, dass sie meinte, keinen Finger rühren zu können, und es dauerte, bis sie es endlich schaffte, sich in die Sophienhöfe zu schleppen. Weitere Verspätungen aber würden dazu führen, dass nicht einmal mehr der Direktor der Nähmaschinenfabrik seine Hand über sie hielte, das wusste sie. Behnkes Miene war über die Wochen immer saurer geworden, und Alice spürte geradezu, wie sich ein Gewitter zusammenbraute. Sie musste jetzt schnell machen, damit der übelmeinende Vorarbeiter nicht noch mehr Grund zur Klage hatte.

Als sie gerade ihren zerschlissenen Wollrock mangels eines Gürtels mit einer Strippe um die Taille festzurrte, klopfte es an die Tür. Im ersten Moment dachte Alice, Ben sei endlich nach Hause gekommen. Doch der würde nicht klopfen, sondern entweder mit der Tür ins Haus fallen – oder sich später hereinschleichen, wenn er wusste, dass sie nicht mehr daheim war und keine Gefahr einer Tirade drohte.

Draußen stand der Sohn des Hausmeisters. Seine abstehenden Ohren waren rot vor Kälte und vor Aufregung.

»Komm schnell«, keuchte er, »Ben is im Krankenhaus. Übelst vermöbelt, sacht Vadder. Sie ham ihn eben anjerufen, ick soll dir holen.«

»Was?«, fragte Alice und spürte, wie ihr das Herz ins Stolpern geriet. »Wo?«

»St. Hedwig«, sagte der Junge. »Ick muss wieder los, zur Schule. Allet Jute, Ali!«

Er polterte die Treppen hinunter, der Tornister auf seinem Rücken hüpfte. Alice starrte ihm eine Sekunde lang nach. Dann fuhr sie in den Mantel, band sich mit zitternden Fingern die Schnürstiefel zu und raste hinter ihm her. Die Tür zur Mansarde knallte zu, doch Alice machte sich nicht die Mühe, sie abzuschließen. Niemand würde in ihr Armutsloch einbrechen, und wenn doch – na bitte, er konnte die trostlosen Habseligkeiten haben! Alles, was ihr wirklich etwas bedeutete, lag *vermöbelt* nur wenige Minuten von hier im Krankenhaus in der Großen Hamburger Straße.

Als sie endlich im Männerschlafsaal des St.-Hedwig-Krankenhauses an Bens Bett stand, hätte sie beinahe aufgeschrien. Ihr Bruder war kaum wiederzuerkennen. Teile seines Körpers waren in weiße Bandagen gewickelt, eine lange, blutverkrustete Naht zog sich über seine Stirn. Und sein linkes Auge war dick mit Kompressen verbunden.

»Ben«, hauchte Alice und sank auf einen Besucherstuhl. »Was machst du denn für Sachen?«

Sie griff vorsichtig nach seiner Hand und drückte die Finger, die an den Knöcheln aufgeschürft waren. Ben stöhnte, öffnete jedoch das unversehrte Auge nicht. Er schien sich in einem Halbzustand zwischen Schlafen und Wachen zu befinden, wälzte sich hin und her und murmelte ab und zu etwas, das sie nicht verstehen konnte. Seine Lippen waren aufgesprungen, das Blut in seinen Mundwinkeln eingetrocknet. Am liebsten hätte Alice einen Waschlappen und warmes Wasser geholt und es ihm fortgewaschen, doch sie wagte es nicht, sich zu rühren. Die Menschen in dem großen Saal voller Verletzter und Kranker kamen und gingen, ihre Stimmen hallten an der hohen Decke und zerschellten in dumpfer Kakophonie in Alices Ohren. Doch niemand beachtete das rothaarige Arbeitermädchen mit den kurz geschnittenen Haaren am Bett ihres Bruders, niemand kam, um ihr zu erklären, was geschehen war. Eine Pflegerin ging mit einer Bettpfanne vorbei, und Alice hielt sie am Ärmel fest.

»Verzeihung«, flüsterte sie, »kann ich mit jemandem sprechen, bitte?«

Doch die Frau machte sich los.

»Keine Zeit«, blaffte sie und eilte weiter, und Alice konnte es ihr nicht einmal verdenken. Es waren viel zu viele Patienten und längst nicht genug Personal, und die wenigen Krankenschwestern mussten sich schier zerteilen, um allen gerecht zu werden. So saß Alice nur stumm an Bens Bett, hielt seine Hand und kämpfte mit den Tränen. Der Geruch von Aseptika hing beißend in der Luft, weiße Kittel wirbelten umher und verschwammen vor ihren Augen, und sie hatte sich schon lange nicht mehr so gefühlt, wie ein verwundbares Kind anstatt wie die selbstbewusste, findige Alice Margoniner, die mühelos für ihren jüngeren Bruder sorgte. Doch *er* war das verletzte Kind, um das sie sich kümmern musste. Während sie verloren und ratlos an seinem Bett saß und die schlaffe Hand hielt, wusste sie mit einem Mal überhaupt nicht mehr, wie sie das bewerkstelligen sollte.

Und noch viel weniger fand sie sich jetzt in der Rolle einer gefeierten Charleston-Tänzerin wieder. Gestern Abend hatte Wally ihr einen goldenen Haarreif ins rote Haar gedrückt und ihr ellenbogenlange seidene Handschuhe übergestreift, die Toni Lindberg heimlich aus dem Kostümfundus der Oper stibitzt hatte, wo er zum Hintereingang hereinkam. Viel Geld besaßen die beiden Leiter der Tanzgruppe nicht, das war Alice schnell klargeworden, und in dem Vertrag, den Toni Lindberg ihr gegeben hatte, stand, dass die Tänzerinnen nur im Fall von Gewinn eine Gage ausgezahlt bekommen würden. Doch beim Blick in den Spiegel schien das alles nicht mehr so wichtig. Alice war zum ersten Mal bewusst geworden, dass sie wie eine Dame von Welt aussah, wenn sie eine von den *Lindy Girls* war. Sie hatte sich betört von ihrem eigenen Spiegelbild hin und her gedreht und die Aussicht genossen, am nächsten Tag in einem Luxushotel von den Gästen angehimmelt zu werden, während sie gemeinsam mit den anderen sieben Mädchen ihre Drehungen und Figuren vortanzte. Sie hatte das Glitzern des Konfettis vor sich gesehen, das geheimnisvolle Klingeln der Gläser gehört und den Rhythmus der Instrumente gespürt, der ihr durch den Körper fuhr und ihn elektrisierte.

Doch hier, im weißen Licht des zugigen Schlafsaals, das durch die hohen Sprossenfenster fiel, mit dem zerschundenen Gesicht ihres kleinen Bruders vor Augen, zerstob das Bild, und zurück blieb nur Alice. Keine gefeierte Tänzerin, kein verruchter Flapper, keine Dame von Welt. Nur ein armes, verängstigtes Mädchen, mit dem niemand sprach und das fern wie nie von irgendeiner Form des Geldsegens war.

Endlich – es war Alice wie eine Ewigkeit vorgekommen, doch die große Wanduhr zeigte ihr, dass sie nur eine Stunde hier gesessen hatte – kam doch ein Arzt zu ihnen. Er machte sich nicht die Mühe, sich vorzustellen.

»Sie sind die ältere Schwester?«, fragte er barsch. »Sieht übel aus«, fuhr er fort, ohne ihre Antwort abzuwarten. »Mehrere Frakturen der Rippen, Quetschungen, eine Platzwunde an der Stirn. Und das linke Auge …«

»Was ist damit?«, fragte Alice mit brüchiger Stimme.

»Ihr Bruder könnte das Augenlicht verlieren«, sagte der Arzt. »Hornhaut und Sehnerv sind verletzt.«

Alice schwindelte es, sie sank tiefer in ihren Stuhl. »Aber wie?«, fragte sie. »Wer?«

»Das ist Sache der Polizei«, sagte der Arzt, »Ihr Bruder kann Anzeige erstatten, wenn er will – aber was das bringt, weiß ich nicht.« Er zuckte die Schultern. »Wir haben ihn zusammengeflickt, jetzt muss er noch eine Nacht hierbleiben, zur Beobachtung.« Er nickte ihr zu. »Morgen früh können Sie ihn abholen.«

Ohne ein weiteres Wort wandte sich der Arzt ab und trat zum Nebenbett, wo ihn schon eine aufgelöste Familie erwartete, um von ihm Neuigkeiten über die Krankheit ihres Vaters zu erfahren, der blass und schwer atmend im Bett lag.

Alice konnte jetzt nicht mehr verhindern, dass ihr die Tränen die Wangen herabrollten. Es war ihr egal, wer es sah. So schlecht stand es um Bens Auge, dass der Arzt nicht einmal sicher sagen konnte, ob ihr Bruder wieder damit sehen könnte? Und auch alles andere machte ihr Angst – gegen wen sollten sie denn Anzeige erstatten? Und wo? Würden die Polizisten ihnen überhaupt zuhören? In den Augen der Beamten waren solche wie sie doch nur Abschaum, der es sich selbst zuzuschreiben hatte, wenn er etwas abbekam. Man durfte sich eben nicht auf offener Straße prügeln, sonst musste man die Folgen tragen.

Aber sie wusste ja gar nicht, was genau geschehen war! Erst einmal musste Ben aufwachen, dann würden sie weitersehen, entschied Alice, wischte sich die Tränen mit einem Zipfel der Bettdecke ab und umklammerte Bens Hand, während sie wie gelähmt zusah, wie die schwarzen Zeiger der Wanduhr unerbittlich voranrückten. Längst hatte ihre Schicht in der Fabrik begonnen. Bald schon war Mittag, ihr wiederholtes Fehlen war sicher bemerkt worden und dem Direktor gemeldet. Und um fünf Uhr am Nachmittag musste sie außerdem schon im Hotel Esplanade sein. Die Vorstellung, Wally Kaluza sagen zu müssen, dass sie nicht käme, war ungleich unangenehmer als ihr schlechtes Gewissen wegen der Fabrik, Alice hatte weitaus mehr Respekt vor *Dem General* als vor dem Direktor. Dabei ernährte sie die Lohntüte der Fabrik und nicht die strenge Tanzlehrerin. Doch die Kaluza hatte etwas an sich, dem man sich nur schwer entziehen konnte, ein Feuer, das man fürchtete und bewunderte zugleich. Alice wollte sie auf keinen Fall enttäuschen. Und bei der Vorstellung, man könne sie bei den *Lindy Girls* rausschmeißen, zog sich alles in ihr zusammen. Nein, so weit durfte sie es nicht kommen lassen – nicht jetzt, da eine so einmalige Chance in ihr Leben geweht war.

Langsam klärten sich ihre Gedanken. Sie würde hier so lange sitzen bleiben, bis Ben – hoffentlich bald – aufwachte. Dann würde sie rechtzeitig zur Probe erscheinen und gute Miene zum bösen Spiel machen. Sie durfte sich nichts anmerken lassen, denn wenn ihre Tanzleiterin ihnen eines beigebracht hatte, dann das – dass sich die Gäste unterhalten fühlen mussten und dass das Lächeln einer Tänzerin unter keinen Umständen, nicht einmal unter größten Schmerzen, ins Wackeln geraten durfte. Sie hatten zu lachen, zu tanzen, grenzenlos leicht und glücklich zu sein, solange sie auf der Bühne standen. Danach durften sie abtreten und in ihre kunstseidenen Handschuhe schluchzen, wenn sie wollten, doch erst, wenn der Vorhang gefallen war. Alice verstand das. Es ging um ihre Zukunft und um die Freiheit, von der Kunst zu leben. Nicht zuletzt ging es um Geld für sie und Ben, wenn die Engagements sich häuften, woran die Kaluza und Herr Lindberg beide zu glauben schienen. Und Alice durfte sich das nicht vermasseln. Jetzt erst recht nicht, da Ben so schwer verletzt war und vielleicht in Zukunft noch einmal einen Arzt brauchte. Der würde Geld kosten, das sie nicht hatte.

Klack, klack, machten die Zeiger der großen Uhr, noch immer schlief Ben seinen unruhigen Fieberschlummer, und Alice hielt seine Hand und schmeckte bitteres Salz auf den Lippen.

Kapitel 18

Gila

Manchmal muss ein Mädchen Tango tanzen, auch wenn es eigentlich lieber Charleston tanzt. Manchmal muss ein Mädchen nett sein, selbst wenn es gern kühl wäre. Was wär ich denn ohne meine Stelle in der Redaktion, ohne Herrn Meier? Ach, Armut und Not taugen mir nichts, und ich bin es leid, jeden Groschen umzudrehen und jeden Abend mit der Angst im Bauch einzuschlafen, was morgen wird. Jahrelang wusste ich nicht aus noch ein, nachdem Mutti gestorben war und Vati so komisch wurde, dass er nicht mehr in die Bank gehen konnte. Er verlor seine Stelle, ehe wir piep sagen konnten, und auf einmal war ich, keine siebzehn, für uns beide verantwortlich. Zu allem Übel kam dann noch die Inflation. Ja, was soll man da machen?

Ich habe schon immer geglaubt, dass ein Mädchen alle Talente einsetzen muss, wenn sie den Kopf über Wasser halten will. Was soll ich denn da unten bei den Fischen, auf dem Grund des Kanals unter der Weidendammer Brücke? Ich wäre nicht die Einzige … Aber das ist nichts für mich! Ich bin eine Gummiente, die niemals untergeht, ich schwimme immer oben. Wie die Fettaugen auf der Suppe, sagte Mutti früher, und dann hatte sie ihr fröhliches Blitzen in den Augen und strich mir übers Haar. Das habe ich immer so gern gehabt. Es war eine schöne Zeit, ehe der Krieg kam, und danach diese elende Grippe. Aber ich sehe nicht oft zurück, wozu auch? Ich lebe heute!

Also manchmal eben Tango. Herr Meier lud mich gestern ins Central-Hotel zum Tanztee ein, und welches Mädchen sagt dazu Nein? Krabbencocktail und Eiercreme und Champagnersoda, das hat man nicht alle Tage. Ein bisschen zierte ich mich, als er in der Redaktion zu mir schlich und mir das Briefchen mit der Einladung zusteckte – er tut immer so gewandt, ganz alte Schule und Kavalier –, weil ich eigentlich geplant hatte, abends weiterzuschreiben. Ich habe schon über fünfzig Seiten zusammen in meinem Notizheftchen, das ich oben im Küchenschrank verstecke. Thea muss nichts davon wissen, noch nicht. Vater bekommt ohnehin nicht mehr viel mit, aber sicher ist sicher. Das fehlte noch, dass sie zu Hause über mich lachen. Ich komme erst damit heraus, wenn es fertig und so gut ist, dass es jemand drucken will.

Jedenfalls sagte ich erst *Vielleicht* zum Chef, aber dann besann ich mich und sagte *Ja*. Ich könnte ja nachts schreiben, dachte ich, Thea schläft ohnehin wie ein Murmeltier, und ich schleiche mich dann manchmal nach Mitternacht mit dem Notizbuch in die Küche. Dort ist es nachts jetzt grässlich kalt, aber mit der Wärmflasche an den Füßen und in zwei Wolldecken gehüllt geht es, auch wenn mir weißer Atem aus dem Mund kommt. Es hat außerdem etwas Erhabenes, ich fühle mich dann wie eine richtige Dichterin. So wie die Dichter in Paris, die in den ungeheizten Dachkammern schreiben und sehnsüchtig über die verschneiten Dächer schauen.

Ich war noch nie in Paris. Aber das lässt sich ändern. Herr Meier spricht andauernd davon, dass er mich einmal in die Eifel mitnehmen möchte, es gebe da so ein entzückendes Landgasthaus, in dem man ganz privat sei. Na, was das bedeutet, schwant mir, aber was hilft es, zimperlich zu sein? Und Reisen ist Reisen, oder? Es wäre ein Anfang, und nach Paris komme ich auch irgendwann.

Aber erst mal der Tanztee. Das Orchester ist wirklich fabelhaft, um Längen besser als diese Kammbläser und Tamburinschläger in den kleinen Kneipen, in die Thea und ich sonst gehen, wo man die Hand nicht vor Augen sieht vor lauter Qualm. Und die Leute sind alle so fein gekleidet und distinguiert, dass einem schwindlig wird, weil man sich seiner Kleinheit und Unbedeutendheit bewusst wird wie sonst nirgendwo. Die Musiker spielten das Lied von Elisabeth. *Ich weiß so viel von dir*, sang der Sänger am Mikrophon, *und du bist so kühl zu mir …*

Im Central ist alles Licht und Glanz und Musik. Herr Meier tanzt leidlich, jedenfalls Walzer und Tango, beim Charleston muss er passen. Er ist ja sehr alt, schon über vierzig. Um ihn nicht zu kränken, behaupte ich, ich machte mir nichts aus der Dschungelmusik, dabei zuckt es mir in den Beinen, und ich denke an Thea und Alice und die anderen, wie sie über die Bühne fliegen. Aber ich nippe nur artig an meinem Glas und lasse Herrn Meier meine Hand halten, wie er es gern hat, während die Musik um uns herum schmeichelt. *Ich weiß, wie gern du küsst, wenn du bei den anderen bist*... Küssen lasse ich mich nicht in der Diana-Bar, dafür muss er ein Zimmer nehmen, und das tut er auch, wenn seine Gattin verreist ist und er nicht Gefahr läuft, dass ein fremdes Damenparfüm sie aufstört. Er selbst hat es mir geschenkt, *Charme de Femme*. Ich konnte es erst nicht richtig aussprechen, Scharm de Femm, habe ich gesagt, und Herr Meier hat gelacht und behauptet, ich sei entzückend in meiner Unschuld und ich besäße genau diesen Charme der Frauen, den der Flakon verspricht.

Unschuldig? Wenn er wüsste! Dank der Geldscheine, die er mir immer zusteckt, kann ich mich zwischen zwei Walzern fortschleichen in das marmorglänzende Bad des Hotels, mich in einer Kabine einschließen und ein wenig Kokain nehmen, um die kommende Stunde besser zu überstehen.

Die Zimmer im Central sind furchtbar teuer, wie Herr Meier nicht müde wird zu betonen, und ich kann gar nicht aufhören, die samtene Überdecke mit den schönen goldenen Quasten zu streicheln, die auf dem Bett liegt, bis er lacht und sagt, gleich werde er eifersüchtig. Die Männer machen immer ein solches Gewese um diese Dinge! Ich versuche, die ganze Sache nüchtern zu betrachten, es hat ja keinen Zweck, deswegen trübsinnig zu werden. Noch nie hat mich ein Mann so angefasst, dass es mir gefallen hat, und wenn ich im Lichtspielhaus sitze und einen Liebesfilm sehe, frage ich mich immer, warum die Frauen so leidenschaftlich sind und unheimlich wonnevoll aussehen, wenn der Kavalier sie umarmt. Ich fürchte, ich sehe nicht sehr wonnevoll aus, ich betrachte lieber die Zimmerdecke mit dem zierlichen Stuck und denke an meinen Roman. Aber Herr Meier hat die Augen ohnehin immer fest zusammengekniffen und sieht mir gar nicht ins Gesicht, was ein Segen ist. An der richtigen Stelle seufze ich ein wenig, und dann flüstert er mit zusammengepressten Augen, ich machte ihn verrückt und ich sei eine ganz Ausgekochte. Ich denke wieder an das Lied von Elisabeth, *du lockst mich mit Blicken, die mich berücken, wiegst dich und drehst dich … quälst mich entsetzlich …* Später, wenn es vorbei ist, streichelt er mich, als sei ich ein Kätzchen, und behauptet, ich sei wunderschön. Danach bestellt er uns ein Glas Champagner und Zigaretten aufs Zimmer. Herr Meier ist ein Kavalier, dagegen kann man nichts sagen.

Ich bin nicht undankbar, ganz sicher nicht. Nur manchmal frage ich mich, ob das alles ist? Das soll also die Liebe sein? Sie tut nicht sonderlich weh, aber sie ist doch trostlos und im Ganzen vor allem ein wenig ärgerlich. Und dazu die ständige Sorge um die Folgen. Natürlich weiß ich, was zu tun ist, anders als Herr Meier, der offenbar denkt, die kleinen Kinder würden vom Storch gebracht. Aber auch, wenn ich alles so mache, wie ich es gelesen habe, bin ich doch die folgenden Wochen angespannt, bis ich endlich Gewissheit habe, dass es kein unangenehmes Nachspiel geben wird. Denn da mache ich mir keine Illusionen – für ein wenig Parfüm und neue Kleider reicht es, für so ein kleines Nebenleben, das der Chef als Hobby betreibt, wie andere Männer Tennis spielen oder zum Verein gehen. Aber ein Leben ist es nicht, und ein Leben wird es auch nicht. Wenn es zum Äußersten kommt, geht er reuig – und ein klitzekleines bisschen erleichtert – zurück zu Frau Meier und kennt mich auf der Straße nicht mehr.

Kapitel 19

Wally

Oktober 1928

Wo waren nur diese verdammten schwarzen Federn? Wo der linke Handschuh von Gertrud, die Stirnquaste von Jutta? Wally hetzte durch die enge, fensterlose Garderobe zwischen den Mädchen hindurch, die aufgeregt durcheinanderredend auf den Stühlen saßen und sich die kunstseidenen Strümpfe anzogen, verteilte hier Schuhcreme, da Lippenstift. Die kleine blonde Marie aß ein Wurstbrot, das durchdringend roch. Jutta, die dunklen Locken mit Pomade an den Schädel gestriegelt, klebte sich falsche Wimpern an, Hedi sprühte sich über und über mit einem süßlichen Parfüm ein, dessen Duft in Schwaden durch den kleinen Raum zog. Clementine bürstete sich zum zehnten Mal ihre weichen hellbraunen Strähnen und klagte über Kopfschmerzen, und Wally fand in den Tiefen ihrer Tasche ein Aspirin.

Margot, die mit Jammermiene auf einem Schemel hockte, war unter ihrem schwarzen Bubikopf so weiß wie die Wand, und besorgt fragte sich Wally, ob sich das Mädel gleich übergeben würde.

Himmel, war sie denn nur von Dilettantinnen umgeben? Dabei war ihr selbst übel vor Nervosität, und am liebsten hätte sie das Weite gesucht, wäre in den herrlichen Innengarten des Hotel Esplanade gelaufen und hätte dort die kühle Herbstluft eingeatmet, anstatt hier im Puderdunst herumzufuhrwerken wie das schlimmste Klischee eines Zirkusdirektors. Die Gasleuchten entlang der Wände über den Spiegeln glommen bedrohlich und schienen zu summen, überall lagen Schminkdöschen, Trikots, goldene Haarreifen und zerrissene Strümpfe in heillosem Durcheinander herum, und das Schwatzen und Kichern der Mädchen schwoll an, wurde lauter, schien sie einzuhüllen …

»Fräulein Kaluza«, sagte da Margot auf ihrem Schemel und verzog das Gesicht, »ich glaub, ich muss …«

»Hier«, rief Toni, rannte an Wally vorbei und hielt Margot eine Schüssel unters Kinn, woraufhin sich das Mädchen krümmte und leise würgte. Wally wandte sich ab, sah zur Decke und zählte bis zehn, wie immer, wenn sie sich beruhigen wollte. Sicherheitshalber zählte sie weiter bis zwanzig.

Dem Himmel sei Dank für Toni, dachte sie dann und sah aus den Augenwinkeln zu ihm. So kompliziert es war, mit einem Gernegroß wie ihm zusammenzuarbeiten, so sehr sie sich manchmal damit schwertat, ihm neutral und entspannt gegenüberzutreten – im richtigen Moment bewies er Stärke und Zuversicht. Sie waren ein gutes Team, trotz allem. Es war besser als nichts.

»Soso«, hörte sie ihn in beruhigendem Ton sagen und sah, wie er Margot den Rücken tätschelte. »Das ist nur das

Lampenfieber, alles wird gut.« Er beförderte ein Döschen aus seiner Hosentasche – Riechsalz, dachte Wally –, nahm eine Prise und hielt sie Margot unter die Nase, die gehorsam schnupfte. Langsam bekamen die Wangen der jungen Tänzerin wieder Farbe.

»Wo ist eigentlich Alice?«, fragte Marie, deren Lippen von der Leberwurst auf ihrer Stulle glänzten.

Wally tauschte einen Blick mit Thea. Die dunkelhaarige Schönheit, die nach so kurzer Zeit kaum Teil der Gruppe geworden war, lehnte etwas abseits neben der Tür an der Wand. Ihr Mund bewegte sich, als singe sie sich tonlos eine Melodie vor. Wally hatte Thea während der wenigen Proben, die ihnen geblieben waren, beobachtet. Sie war sehr selbstbeherrscht, beinahe professionell, und auf jeden Fall weitaus weniger kindlich als zum Beispiel Marie und Margot. Etwas Aristokratisches beherrschte ihre Züge, ihre ganze Haltung. Die Choreographie, die sie für heute geprobt hatten, meisterte sie schon nach wenigen Stunden perfekt. Aber in den Pausen hielt sie sich am liebsten im Hintergrund. Wally wurde aus ihr nicht recht schlau – warum hatte sie ihre zweifelsohne privilegierte Welt verlassen, um sich bei ihnen für einen Hungerlohn zu verdingen? Doch es musste ihr reichen, dass das Mädchen tanzen konnte wie keine Zweite. Thea hatte von allen acht Tänzerinnen die fundierteste Ausbildung, das sah man sofort, und sie war trotz ihres Greenhornstatus bereits eine Stütze der Gruppe.

»Ich bin sicher, dass sie gleich kommt«, sagte Thea jetzt und öffnete die Tür einen Spaltbreit, um hinauszusehen.

Und tatsächlich stolperte im nächsten Moment Alice herein. Sie war blass, beinahe so blass wie Margot. Ihre Sommersprossen standen dunkel gegen die bleiche Haut ab.

»Entschuldigung«, murmelte sie, »der Boy am Eingang wollte mich erst nicht reinlassen.«

Wally betrachtete sie und dachte, dass sie es dem Hotelpagen nicht verdenken konnte. Alice trug einen abgetragenen Wollrock, der um ihre knochige Hüfte schlotterte, schlammige Stiefel, bei denen sich die Sohlen lösten, und sie hatte etwas Wildes, Ungezügeltes in der Miene. Sie sah nicht aus wie ein gefälliges Charleston-Girl, sondern eher so, als wisse sie, wie man Tresore knackte und über hohe Gefängnismauern kletterte.

»Mach, dass du in dein Kostüm kommst«, sagte Wally ungewollt scharf zu ihr und hielt ihr das Trikot und die Strümpfe hin. »Und tauch nicht wieder so spät auf, das rate ich dir. Wenn doch, hab wenigstens eine gute Ausrede parat.«

Alice öffnete den Mund, schloss ihn jedoch wieder und griff wortlos nach den Kleidern. Sie begann, sich auszuziehen, und Wally bemerkte die Flohbisse an ihren nackten Beinen, sagte aber nichts. Die Kunstseide der Strümpfe glitt darüber und verbarg jeden Makel. Wenig später stand ein etwas magerer, etwas zu großer Flapper vor Wally, mit unendlich langem Hals, blitzenden grünen Augen und einem aufsehenerregenden Garçonneschnitt, der am Kinn in spitzen Strähnen auslief. Alice wirkte so verwandelt, dass selbst Wally staunte, was ein Kleiderwechsel bewirken konnte. Doch Alices Miene blieb finster, etwas schien sie zu beschäftigen. Wally hatte aber keine Zeit mehr, der Sache auf den Grund zu gehen.

»Auf mit euch«, sie klatschte in die Hände, »kommt mal alle her, es ist gleich so weit.«

Die Mädchen sammelten sich um sie. Es wurde still im Raum, und Wally spürte, wie eine große Ehrfurcht über sie kam. Dies war der erste Auftritt der *Lindy Girls*, und er musste einfach großartig werden. Aus der Ferne klang die Musik des Orchesters herüber, der Fünfuhrtee hatte begonnen. Sicherlich war jeder weiß gedeckte runde Tisch im prächtigen Kaisersaal mit elegant gekleideten Gästen besetzt, die tanzen wollten und sich zwischendurch gern an kleinen, geschmackvollen Nummern erfreuten. Das Hotel am Potsdamer Platz war beliebt bei Adligen und Industriellen, und Wally konnte sich in etwa vorstellen, wer alles da draußen saß. Nun galt es!

»Ihr schafft das!«, sagte sie knapp zu den Mädchen und spuckte jeder einzelnen über die Schulter. »Hals- und Beinbruch.«

Sie wechselte einen Blick mit Toni, der gleich in den Saal gehen und Platz nehmen würde, um den Auftritt aus der Perspektive der Zuschauer zu verfolgen. In seinem schwarzen Smoking und dem blütenweißen Hemd war er schwer zu übersehen. Seine Lippen formten ein *Toi, toi, toi* und lächelten ihr zu, und das gab ihr Kraft. Energisch scheuchte sie die leichtbekleideten Mädchen hinaus, kontrollierte bei jeder noch einmal den Kopfschmuck mit den wippenden Federn, den tadellosen Sitz der tiefschwarzen Trikots, und eilte ihnen dann voraus in den Flur, von dem aus eine

Tür direkt hinter die Bühne führte. Dort wartete ein Inspizient des Hotels auf sie.

»Zwei Minuten«, flüsterte er und hob Daumen und Zeigefinger.

Wie festgefroren standen Wally und die acht Mädchen im dämmrigen Flur. Gedämpft klangen ein Klarinettensolo und der aufbrandende Applaus zu ihnen heraus, dann das Schluchzen der Geigen und Celli. Margot hatte sich wieder gefangen, schien es, ihre Augen waren aufgerissen, sie wirkte hellwach und konzentriert. Ihre Füße scharrten auf dem Boden wie bei einem Rennpferd, das es kaum erwarten konnte, aus der Box gelassen zu werden. Wally dachte an das Döschen, das Toni der jungen Frau zuvor unter die Nase gehalten hatte, und ein Verdacht keimte in ihr auf. Sie hieß es nicht gut, aber andererseits schien es geholfen zu haben. Ehe sie weiter darüber nachgrübeln konnte, rauschte neuerlicher Applaus über sie hinweg, und der Inspizient gab ihr ein Zeichen.

»Raus mit euch!«, sagte er und öffnete die Tür. Grelles Scheinwerferlicht gleißte in den Flur, eine mikrophonverstärkte Stimme kündigte »eine ungeheure Attraktion, die wunderschönen *Lindy Girls*« an, und die Mädchen liefen wie acht Perlen auf einer Schnur hinauf auf die Bühne, genau so, wie sie es geprobt hatten. Wally folgte ihnen, blieb aber hinter dem Vorhang und verbarg sich in dessen Samtfalten. Der Inspizient tat es ihr gleich einen Meter entfernt von ihr, beide lugten auf die Bühne. Die Band spielte, wie verabredet, einen Tusch und fiel dann in den schnellen Rhythmus des Chicago Jazz.

Wally hörte die Gäste aufjohlen, als die Mädchen ins Licht liefen, und ein Schauder fuhr ihr über die Haut. Es war, als sei sie wirklich eine Dompteurin und habe die Wildkatzen in die Manege gelassen, dachte sie. Heute Abend mussten sie sich zum ersten Mal ohne sie bewähren.

Von ihrem Beobachterposten aus sah sie nur die Hälfte der Bühne, doch was sie sah, ließ sie aufatmen. Es funktionierte, die Mädchen tanzten perfekt aufeinander abgestimmt zu den pulsierenden Klängen des Orchesters. Sie warfen die langen schimmernden Beine exakt im Rhythmus hoch, drehten sich synchron, sprangen gleichzeitig ab, landeten in voller Eleganz. Wally sah die Gäste in Cocktailkleidern und Dinnerjackets, die an den vorderen Tischen saßen, tranken, rauchten und die jungen Mädchen betrachteten, die den *Flapper Walk* hinlegten und voller Lebensfreude ihre Hände und Beine schüttelten. Sie tanzten die Pinguine, die lahmen Krähen, den Tanz der Federboas. Hinter ihnen schimmerten die reichen Stuckaturen an der Decke des Saals, darüber glänzten und funkelten die Kristalltropfen des riesigen Kronleuchters. Die Posaunen töteten, das Schlagwerk dröhnte, der Pianist legte sich schweißtriefend ins Zeug. Wally konnte die Gesichter der Tänzerinnen nicht sehen, doch sie stellte sich vor, wie sie lächelten, flirteten und scheinbar mühelos in der Musik aufgingen.

Schneller, als sie es sich gewünscht hätte, kam die Nummer zu ihrem Ende, und die Mädchen gingen in die letzte Position, sprangen eine nach der anderen in den Spagat und sanken mit gebeugten Schwanenhälsen zu Boden. Nur an ihrem bebenden Federschmuck erkannte man, welche ungeheure Anstrengung sie der kurze Tanz gekostet hatte, wie hoch der Preis für diese Energie war. Doch obwohl die Darbietung in Wallys Augen makellos gewesen war, kam ihr der Applaus verhalten vor. In das freundliche Klatschen schienen sich sogar ein paar ungehaltene Rufe und ein mürrisches Murmeln zu mischen, oder irrte sie sich?

Die acht Mädchen sprangen auf, knicksten und liefen in einer Reihe von der Bühne. Stumm legte Wally jeder einzelnen kurz die Hand auf die Schulter und schob sie hinaus, zurück in den düsteren Flur. Dort erwartete sie bereits der Inspizient, einen jungen Trompeter neben sich, der nervös an seinem Ohr zupfte. Er hatte sich das glänzende Instrument unter den Arm geklemmt und trat von einem Bein aufs andere.

Der Hotelangestellte schloss die Tür und nickte Wally barsch zu.

»Na, immerhin geschafft«, brummte er leise.

»Was war denn nur los?«, fragte sie ebenso leise zurück, während die Tänzerinnen sich in die Garderobe schlichen.

»Sie haben da ein paar nette Mädchen«, raunte der Inspizient und deutete mit dem Daumen nach hinten, »sind aber wohl nicht ganz die passende Kragenweite für das Esplanade.«

»Aber warum?«, fragte Wally. Ein eiserner Ring zog sich um ihre Brust, und die Freude, die sie eben noch erfüllt hatte, zerfiel zu Asche. »Die Nummer war gut, richtig gut.«

»Die Herrschaften haben es lieber sauber«, sagte der Mann und kratzte sich unter der Schirmmütze, »jedenfalls hier bei uns.« Er nickte mit dem Kopf in Richtung Bühne, wo jetzt hörbar ein Wiener Walzer gespielt wurde. »Wir dürfen nicht mal die Flagge der Republik aufziehen, wissen Sie? Unsere Gäste warten auf die Rückkehr des Kaisers.«

»Aber was hat das mit meiner Tanztruppe zu tun?«

»Zu amerikanisch«, knurrte er. »Zu wild, zu ungezügelt, zu modern. Die Leute wollen Ordnung sehen, Gleichschritt und liebe Mädels.«

Wally starrte ihn an. Sie hatte so etwas gefürchtet, als sie mit Toni im Schauspielhaus bei Charell gewesen war. Aber sie hatte dennoch gehofft, dass gerade die Art, wie die *Lindy Girls* tanzten, die Leute mitreißen würde, dass es der frische Wind wäre, den man in Berlin brauchte. Anscheinend war das Gegenteil der Fall.

»Glauben Sie, der Direktor sieht das ähnlich?«, fragte sie zaghaft. »Oder wird er uns noch einmal eine Chance geben?«

Der Inspizient zwirbelte sich den Schnauzbart.

»Hier werden keine Chancen vergeben«, sagte er leise, und Wally sah, wie der kleine Trompeter zusammenzuckte und bang auf die geschlossene Tür starrte, hinter der die letzten Takte des Walzers verklangen. »Einmal Misserfolg und ab die Post, ohne Retoure!«

Der Walzer war zu Ende, und der Mann riss die Tür zur Hinterbühne auf, nickte dem Musiker zu, der sich straffte, sein Instrument vor die Brust nahm und mit einer Miene, als ginge es zum Schafott, durch die Tür auf die Bühne schlich.

Wally sah ihm nach. Sie hatte Mitleid mit ihm, und sie hoffte auf einmal inständig, dass er keine Nummer von Louis Armstrong zum Besten geben würde, sondern lieber etwas wie *Die Forelle* von Schubert vorbereitet hatte, womit er das konservative Publikum im Rokoko-Saal des Esplanade milde stimmen konnte.

Kapitel 20

Thea

Noch immer trug Thea die schwarzen Federn auf dem Kopf, deren weiche Spitzen ihr bei jeder Bewegung über die Stirn strichen. Sie hatte sich für den Auftritt dichte schwarze Wimpern angeklebt, und die trübten ihren Blick zusätzlich, alles wirkte hinter der Brille, die sie sich wieder aufgesetzt hatte, verschattet und gedämpft. Doch viel Licht gab es hier in der verrauchten Kellerbar im Scheunenviertel ohnehin nicht, in die Gila sie geschleppt hatte. Vorhin war sie wie ein Häuflein Elend nach Hause in die Wohnung der Neumanns geschlichen und war von Gila buchstäblich vom Boden gekratzt worden, als diese nach Hause kam. Warum sie so spät dran war – die Redaktion war längst geschlossen gewesen –, hatte sie nicht gesagt, und Thea war zu betrübt und nachdenklich gewesen, um nachzufragen.

Alle acht *Lindy Girls* hatten sich nach ihrem ersten Auftritt wie begossene Pudel in der Garderobe des Esplanade umgezogen, schweigend und voller Hast. Dann waren sie aus dem Hinterausgang des Hotels in den beginnenden Abend gestürmt, um sich in alle Winde zu zerstreuen.

Thea war noch einen Moment in der Tür der Garderobe stehen geblieben. Wally Kaluza hatte, aschfahl im Gesicht, die letzten Reste zusammengeräumt, während Toni Lindberg eine Zigarette nach der anderen geraucht und dabei wie ein Mahnmal an der Wand gelehnt hatte. Als Thea sich umgedreht hatte, um *Gute Nacht* zu sagen, hatte er sie mit traurigen Augen angesehen, war dann mit zwei Schritten bei ihr gewesen und hatte sie in seine Arme gezogen.

»Mach dir nichts draus, Schätzchen«, hatte er gesagt und sie sanft auf beide Wangen geküsst. »Ihr wart großartig, und das werden auch noch diese Holzköpfe da drin verstehen.« Er hatte sie ein Stück von sich weggehalten und lange angesehen. »Und du, Theodora Brehm«, er hatte schmerzlich gelächelt, »warst die Beste von allen!«

Thea hatte gehört, wie Wally Kaluza sich in ihrem Rücken räusperte, und sich schnell aus Tonis Umarmung befreit.

»Danke«, hatte sie geflüstert und war in den Flur gelaufen. Es war freundlich von ihm gewesen, doch etwas an der Art, wie er sie berührt hatte, ließ in ihrem Inneren alle Alarmglocken schrillen. Jedes der acht Mädchen wusste, dass Fräulein Kaluza und Herr Lindberg alte Bekannte waren, und man musste blind sein, um zu übersehen, dass da zwischen den beiden mehr war als nur eine alte Freundschaft. Es wäre äußerst unklug, in dieses Wespennest zu stechen. Sie konnte allerdings nicht verleugnen, dass es ihr schmeichelte. Der Manager hatte augenscheinlich einen Narren an ihr gefressen, und sie bemerkte, dass sie ihn auch anziehend fand. Das verwirrte sie umso mehr, da die Gefühle, die sie in seiner Gegenwart hatte, denen ähnelten, die sie neuerdings auch für Gila empfand. Konnte das sein, konnte man zwei Menschen zugleich gernhaben, noch dazu, wenn das eine ein Mann, das andere eine Frau war? Thea nahm sich vor, auf der Hut zu sein und keine Dummheit zu begehen. Sie war schließlich nicht auf der Suche nach einem Verhältnis, und schon gar nicht mit dem Leiter der Tanzgruppe, in der sie endlich ein neues, besseres Zuhause gefunden hatte.

Was bei ihrem kurzen Auftritt so schiefgegangen war, wusste Thea nicht genau, obwohl sie es ahnte. Die Herren und Damen, die sie ohne Brille nur verschwommen an den Tischen ringsum sitzen sah, erinnerten sie an die Geschäftsfreunde ihres Großvaters. Eine Mädchengruppe, die diesen fröhlichen Schütteltanz namens Charleston vorführte, war nicht ganz das, wonach sie sich verzehrten, wenn sie eine Eintrittskarte für den Fünfuhrtee in einem so exklusiven Hotel wie dem Esplanade lösten. Aber weshalb hatten Toni Lindberg und Wally Kaluza das nicht vorausgesehen und sie einfach so in die Höhle des Löwen geschickt?

»Mit dir ist ja heute überhaupt nichts los«, beschwerte sich Gila und zog sie am Arm zur Bar. »Schnaps«, bestellte sie beim Barmann, »zweimal.«

Sie kippten die Gläser mit einer einzigen Bewegung herunter, Thea schüttelte sich unmerklich, genoss jedoch das brennende Gefühl in Kehle und Magen. »Noch einen«, verlangte Gila, und wieder stürzten sie das Getränk herunter. Theas Ohren begannen zu glühen.

»Schon besser«, sagte Gila und lachte. »Kommst du mit aufs Klo?«

Thea wagte es nicht einmal vor sich selbst, zuzugeben, dass sie auf diese Frage gewartet hatte. Es war inzwischen zur festen Gewohnheit geworden, dass Gila das weiße Zauberpulver von ihrem Kontakt im Central-Hotel mitbrachte und sie es schwesterlich teilten, ehe das Tanzen und Feiern losging. Und je öfter sie es taten, desto stärker spürte Thea das Verlangen nach diesem leichten, wachen, fliegenden Gefühl, das die Droge ihr bot. Natürlich ging es auch ohne, aber es machte mehr Spaß, wenn sie davon geschnupft hatte. Das Kokain brachte die beste Seite in ihr zum Vorschein, eine fröhliche, frische, hellwache Thea, und vielleicht war es überhaupt diese Person, die Thea vermisste, sobald die Wirkung abebbte.

Arm in Arm verschwanden Gila und Thea auf die Damentoilette. Sie waren nicht die einzigen Mädchen, die sich hierher zurückzogen, eine kleine Schar hatte sich in dem engen, muffigen Raum versammelt. Die vornehmlich leichtbekleideten Frauen zogen sich die Lippen nach, rauchten und erzählten von ihren neuesten Eroberungen oder nahmen ebenfalls eine Prise der ein oder anderen Substanz.

Thea fiel eine großgewachsene, ältere Frau auf, die sich gerade zum angelaufenen Spiegel beugte und mit einer Puderquaste die Nase bestäubte. Die Frau fiel in diesem schmuddligen Toilettenvorraum aus dem Rahmen. Sie trug ein exquisit aussehendes schwarzes Kleid, das über und über mit schimmernden Pailletten besetzt und nach dem neusten Schrei geschnitten war. Theas geübtes Auge sah das sofort – so wenig sie sich um ihren eigenen Stil scherte, so genau wusste sie, was diesen Herbst modern war. Die Augen der Frau richteten sich im Spiegel auf Theas bebrilltes Gesicht, und jetzt erkannte sie Barbara Bergmann, eine Bekannte ihres Großvaters.

»Ich komme gleich nach«, sagte sie zu Gila, die in einer der freien Toilettenkabinen verschwand.

Es war so überraschend, diese Frau an einem solchen Ort zu treffen, dass Thea zögerte, sie zu begrüßen. Doch da drehte sich Frau Bergmann um, klappte die Puderdose zu und reichte Thea die Hand, die in einem zartrosa Satinhandschuh steckte.

»Fräulein Brehm«, sagte sie mit der vertrauten rauchigen Stimme, »das ist aber eine Überraschung.« Sie runzelte die Stirn, dann leuchteten ihre Augen auf. »Richtig, ich hörte bereits, Sie seien kürzlich … in die Stadt gezogen.«

Natürlich hatte es in Zehlendorf und Umgebung die Runde gemacht – die Enkelin von Theodor Brehm hatte das Nest im Dunkel der Nacht verlassen, die Verlobung mit dem braven Doktor Fischer in den Wind geschlagen und Schande über die Familie gebracht. Es musste einen ungeheuren Aufruhr gegeben haben. Thea fröstelte. Doch sie ließ sich nichts anmerken.

»Und was führt Sie heute Abend hierher nach Mitte?«, fragte sie liebenswürdig, wobei ihr die jahrelange Übung in Konversation zugutekam, auf unzähligen sterbenslangweiligen Abendgesellschaften erprobt. Sie wunderte sich, was die schwerreiche Bekannte ihrer Familie in einer solchen Kaschemme im Scheunenviertel zu suchen hatte. Ihresgleichen hätte Thea eigentlich eher vorhin beim Fünfuhrtee im Hotel erwartet.

»Ich höre mir diese neue Band an, die heute hier spielt«, sagte Frau Bergmann, »sie sollen angeblich etwas ganz Besonderes sein. Ein unbeschriebenes Blatt, wie man so sagt.«

Ihr Blick glitt über das schäbige Innere des Vorraums und die billigen Kleider der anderen Frauen.

»Es ist erstaunlich«, sagte sie, »aber die größten Talente findet man immer in diesen kleinen, heruntergekommenen Läden. Wie ein Goldstück in der Gosse, sagt mein Mann.«

Thea fiel ein, dass der Mann von Frau Bergmann ein betuchter Geldgeber für Theater, Varietés und Luxushotels war. Früher hatte sie nie wirklich zugehört, wenn er und ihr Großvater über Aktienkurse und Teilhaberschaften bei großen GmbHs gesprochen hatten. Sie war zu sehr damit beschäftigt gewesen, ihre Nervosität wegen des bevorstehenden Klaviervorspiels zu unterdrücken und den bittenden Blicken von Hannes Fischer zu entgehen, der lange um sie geworben hatte, ehe ihr Großvater einer Verlobung zugestimmt hatte. Doch jetzt wurde sie hellhörig.

»Sucht Herr Bergmann neue Talente?«, fragte sie.

»Ja, immer«, bestätigte Frau Bergmann und zog einen tiefroten Lippenstift hervor. Sie drehte sich wieder zum Spiegel. »Er hat kürzlich eine große neue Bühne übernommen, am Ku'damm.« Sie verzog die frischbemalten Lippen. »Wenn Sie mich fragen, ist alles im neuen Westen der Stadt furchtbar ordinär. Ein Haus am Kurfürstendamm ist protziger als das andere, und alles voller Anwälte und neureicher Piefkes.« Sie zuckte die Schultern. »Aber was soll man machen? Die Leute zahlen dort, besonders die Touristen. Und sie wollen was sehen für ihr Geld.«

Sie verstaute ihren Lippenstift im Täschchen und warf einen letzten verächtlichen Blick in die Runde. »Ich muss wieder rein. Mein Mann ist heute verhindert, und so darf ich Klinken putzen. Aber länger als eine halbe Stunde bleibe ich nicht, der Wagen wartet draußen.« Sie musterte Thea. »Sie wirken ganz verändert, Kindchen«, sagte sie, »irgendwie richtig … verrucht. Ihre Mutter wäre außer sich, wenn sie Sie so sähe.«

Darauf wusste Thea nichts zu erwidern. Vermutlich hatte Frau Bergmann recht. Doch sie hatte keine Lust, darüber nachzudenken, ihr gingen ganz andere Dinge durch den Kopf.

Sie nahm allen Mut zusammen.

»Dürfte ich Sie einmal anrufen?«, fragte sie und schob sich die goldgeränderte Brille hoch, die hinuntergerutscht war. »Ich hätte da vielleicht einen geheimen Tipp für Ihren Mann.«

»So?« Frau Goldmann zog ihre gezupften Brauen hoch. »Natürlich, Kindchen. Hier ist meine Durchwahl.« Sie zog eine cremefarbene Karte aus ihrem Täschchen und hielt sie Thea hin. »Sie sind immerhin die Enkelin meines alten Freundes«, sagte sie, »wenn ich Ihnen behilflich sein kann, melden Sie sich. Und auch, wenn ich Ihnen aus der Patsche helfen soll! Das bin ich Ihrem Großvater schuldig.«

»Keine Sorge, ich bin nicht in der Patsche«, sagte Thea.

Frau Bergmann musterte sie ein letztes Mal spöttisch. Thea konnte sehen, dass sie ihr nicht glaubte.

»Wie Sie meinen«, sagte sie. »Auf bald, Fräulein Brehm.« Und sie rauschte aus der schummrigen Toilette in den dunklen Barraum, aus dem laute Musik quoll.

»Thea, wo bleibst du?«, tönte Gilas Stimme aus der Kabine. Sie hatte diesen hellen, sich leicht überschlagenden Ton, der Thea verriet, dass Gila in ausgelassener Feierlaune war. Nichts hörte sie lieber!

»Ich komme«, sagte sie und zwängte sich zu der Freundin in den engen Verschlag. Diese saß auf dem geschlossenen Toilettendeckel und hielt Thea ein Stück Papier hin, auf dem sie eine feine, saubere Linie gezogen hatte. Geübt sog Thea das Pulver in die Nase, schloss die Augen und wartete. Seit ein paar Wochen nahm sie das Zeug jetzt, und schon spürte sie, dass die Wirkung länger auf sich warten ließ als am Anfang. Doch das machte nichts, sie hatte Geduld. Endlich kribbelte es im Körper, endlich wurden Arme und Beine leicht, dann der Kopf.

»Macht mal schneller«, rief eine weibliche Stimme draußen, und Gila und Thea sahen sich an und lachten. Gila ergriff Thea bei der Hand und eilte mit ihr hinaus, zurück in die Bar, die jetzt von ohrenbetäubendem Jazz erfüllt war. Das musste diese neue Band sein, von der Frau Bergmann gesprochen hatte. Doch es interessierte Thea plötzlich kein bisschen mehr.

»Tanz mit mir«, flüsterte Gila ihr ins Ohr und zog sie eng an sich. Schon oft hatten sie miteinander getanzt, in Kneipen wie dieser und in Gilas Zimmer, und jedes Mal war etwas in Thea vor sich gegangen, das sie erschütterte und beglückte zugleich. Nie hatte sie sich einem anderen Menschen so nah gefühlt wie dieser jungen Frau, die sie bei sich aufgenommen und ihr neue Wege gezeigt hatte. Sie genoss jede Berührung von Gila, schmiegte sich eng an die Freundin, ließ sich halten und im Schutz der Dunkelheit auf der Tanzfläche streicheln und liebkosen. Gilas Hände waren weich und warm, und Thea fühlte sich Herz an Herz mit ihr so aufgeregt wie geborgen.

Im Alltag ließ sie sich das natürlich nicht anmerken. Sie beide schliefen sittsam getrennt auf verschiedenen Seiten von Gilas Bett, sie gingen bei Tageslicht kameradschaftlich miteinander um und zogen Arm in Arm wie Freundinnen durch die Straßen. Doch im Tanz kamen sie sich nah wie nie, es war eine stillschweigende Übereinkunft zwischen ihnen, dass das, was sie tanzend miteinander teilten, nicht zählte. Jede Berührung war im Namen des Tanzens erlaubt, auch wenn diese Liebkosungen, wie Thea sehr wohl wusste, weit über das hinausgingen, was man noch kameradschaftlich hätte nennen können. Und immer öfter ertappte sie sich dabei, dass sie sich heimlich wünschte, Gila zu küssen. So zu küssen, wie es die Liebespaare rund um sie her nun auch taten, hemmungslos, angestachelt vom Alkohol und den stampfenden, durchdringenden Rhythmen, die nicht nur durch die Ohren drangen, sondern durch ihre Haut flossen und sich weiter durch den ganzen Leib pflanzten. Männer küssten Frauen, und Frauen küssten Männer, und manchmal, sah Thea, küssten auch Frauen Frauen und Männer Männer. Hier, im Niemandsland der kleinen Kneipen jenseits des Bahnhofs Börse, wo die Straßen zu Gassen wurden und die Nacht zum Tag, herrschten eigene Gesetze. Doch sie wagte es nicht, auch wenn sie ahnte, dass Gilas Lippen weich wären wie Samt.

Eines Tages vielleicht, dachte sie und summte das Lied mit, das die Band spielte. Eine Sängerin sang am Mikrophon, schmelzend und zart klang es, und die Tanzenden ringsum sangen begeistert mit. Das Lied war bekannt, man hörte es jetzt immer wieder in den Tanzdielen der Stadt, doch erst heute ging Thea auf, was sie da sangen. *Wenn die beste Freundin mit der besten Freundin …* Gila kicherte in ihren Armen und schmiegte sich enger an sie, Thea schloss die Augen und legte ihr Gesicht an Gilas Haar. Ihr Herz klopfte zum Zerspringen. *Meine beste, meine beste Freundin*, Gila hob das Gesicht zu Thea empor und sah sie mit leuchtenden Augen an, *o meine treue Freundin, o meine süße Freundin …*

Das Leben ist kurz, dachte Thea und schloss die Augen. Sie beugte sich zu Gila hinab und küsste sie, während die Welt in einem Strudel aus Melodien, Farben und Zigarettendunst versank.

Kapitel 21

Jo

Im Mondlicht leuchteten seine Handschuhe weiß auf, dabei standen hier unten am Reichstagufer nur wenige Gaslaternen. Ihr Licht zuckte auf der schwarzen Wasseroberfläche der Spree. Oft kam Jo nach seinem Dienst in der Hotelbar hier herunter ans Wasser, um in Ruhe ein paar Zigaretten zu rauchen und seine Ohren vom Dröhnen der Musik zu erlösen. Die Stadt war am Ufer, jenseits des großen Bahnhofs, ganz still bei Nacht, und man hatte das Gefühl, der einzige Mensch zu sein, der in Berlin noch wach war. Die dunklen Häuser ringsum schienen sacht wie schlafende Tiere zu atmen, und nur selten zog eine S-Bahn über die Spree wie der Schweif eines vergessenen Kometen, der gleich darauf in der Ferne verglühte.

Einzig die rote Glut seines Glimmstängels leuchtete vor Jos Nase, während er mit knirschenden Sohlen Slalom um die benzinschillernden Pfützen lief, auf und ab, auf und ab, wie ein Raubtier im Käfig. Er konnte ohnehin nicht schlafen, ehe sich das erste graue Morgenlicht zeigte, das war schon lange so – seit er die ewige Finsternis im Graben des Schlachtfelds kennengelernt hatte, wo sie im Granatenhagel hockten und längst nicht mehr wussten, zu wem sie noch beten sollten. Über Wochen hatte in dieser kalten, ohrenbetäubenden Hölle niemand geschlafen, und als der Krieg schließlich vor zehn Jahren zu Ende gegangen war, hatte Jo es ein für alle Mal verlernt.

Erst bei Sonnenaufgang zog es ihn daher in sein möbliertes Zimmer in der Bunsenstraße hinter dem II. Chemischen Institut, und im Schutz des Tageslichts sank er dann irgendwann in einen unruhigen Schlummer, bis er gegen Nachmittag aufstand, seinen schwarzen Anzug aufbügelte, eine Kleinigkeit bei Helga im Nassen Eckchen aß und wieder seinen Dienst als Eintänzer in der Diana-Bar antrat. Es war eigentlich ein Glück, dass er einen Beruf gefunden hatte, in dem er das Leben eines Nachttiers leben konnte und damit sein Geld verdiente. Obwohl *Glück* nicht das Wort war, das Jo für seine armselige Existenz verwendete. Ein Tag war wie der andere, manche schlechter als der vorhergehende, wenige besser. Man musste immer weiter durch diesen Tunnel, dessen Ende Jo schon lange nicht mehr ausmachen konnte. Manchmal stand Wasser darin, und er musste knietief hindurchwaten, manchmal rutschte er aus und fiel. Fiel tief und tiefer, schier ohne Boden, klaubte sich dann erst Tage später aus seinem quietschenden Bettgestell und fing sich eine Abreibung vom Hoteldirektor ein. Doch wenige tanzten so gut wie Jo, wenige machten die Damen so glücklich wie er, und so verlor er trotz mancher Nachlässigkeit nicht seine Stelle. Welche Ironie!, dachte er bitter und sog an der Zigarette. Er, Jo, der Traum der Frauen! Nein, das konnte man wirklich niemandem erzählen.

Schöner Gigolo, armer Gigolo, tonlos flüsterte er wieder

eine Zeile des Gedichts, das so gut auf sein eigenes Leben zu passen schien, *denke nicht mehr an die Zeiten …*

Eine Ratte huschte an ihm vorbei, doch er zuckte nicht einmal zusammen. Ratten fürchtete er nicht, höchstens menschliche. Davon gab es in Berlin mehr als genug. Aber ihn kriegten sie nicht! Er lief ein Stück am Ufer entlang, lehnte sich ans Geländer und sah hinunter. Wie Teer floss der Fluss unter ihm, eher ein Kanal in steinernem Gefängnis. Die Wellen waren undurchdringlich, leise schwappten sie an das Becken. Linker Hand sah Jo den Reichstag mit seinen vier Türmen liegen, mit dem Giebel über den Säulen des Portals und der Kuppel, die in der Mitte thronte. Schräg gegenüber lagen die großen Theater am Schiffbauerdamm, ein sanftes Schimmern ging von der nächtlichen Beleuchtung der Werbeplakate aus. Von irgendwo wieherte ein Pferd im Schlaf, in der Nähe befanden sich die Remisen der Kutschen.

Jo zündete sich eine neue Zigarette an. Er hörte von weit entfernt Schritte, sie kamen von der Weidendammer Brücke her, doch er drehte sich nicht gleich um. Er wusste nicht, ob er sich Gesellschaft in dieser stillen Einsamkeit wünschen sollte, die er mehr genoss als die Nähe anderer Menschen. Manches Mal hatte er freilich hier am Reichstagufer einen Anderen getroffen, der so war wie er. Es war nie derselbe, das Personal wechselte. Man nannte keine Namen, es war ein idealer Ort für ein paar hastige, verschwiegene Berührungen. Auch sie hatten für Jo nichts mit dem Wort *Glück* zu tun, aber sie linderten manchmal, für einen Augenblick, seine Not. Sie gaben ihm die Kraft, wenige Stunden später wieder selbst eine Glücksquelle für einsame Frauen zu sein, *ihre* Not und Einsamkeit zu lindern. Ein ewiger Kreislauf, in dem er gefangen war und zu dem er doch keine Alternative sah. Für immer im Tunnel, und es gab nur eine Richtung: voran.

Wie lange noch?

Wenn das Herz dir auch bricht, Jo ging das Gedicht des Unbekannten nicht aus dem Kopf, das für ihn geschrieben schien, *mach ein lachendes Gesicht. Man zahlt, und du musst tanzen.*

Die Schritte kamen näher, doch noch immer wandte Jo nicht den Kopf. Er warf den Zigarettenstummel ins Wasser, sah zu, wie er von den schwarzen Wellen fortgetrieben wurde. Eine S-Bahn, eingehüllt in Qualm, fuhr rechts über die stählernen Viadukte vorbei und in den Bahnhof ein, nur wenige dunkle Köpfe waren im gelben Licht hinter den Fenstern zu erkennen. Sie sahen aus wie Holzkegel, Puppen in einem Filmset. Mit der einzigen Funktion, ihm vorzugaukeln, es gebe noch menschliches Leben auf diesem ausgestorbenen Planeten.

Erst, als das Rattern wieder verstummte, hörte Jo etwas anderes. Jemand weinte in der Dunkelheit hinter ihm.

Endlich drehte er sich um und sah eine große, dünne Gestalt wie einen Scherenschnitt gegen das Licht des Bahnhofs. Sie lief an ihm vorbei, bemerkte ihn in der Schwärze nicht, sondern trat ein paar Meter weiter links ans Geländer, lehnte sich genau wie er darüber und weinte in die Tiefe. Erst dachte er, es sei ein junger Mann, die Gestalt hatte kurzes Haar, das undeutlich rötlich schimmerte.

Doch als sie das Gesicht in den Schein einer der schwachen Laternen drehte, erkannte Jo, dass es ein Mädchen war. Sie hatte lange, schlaksige Glieder und schmale Wangen, als habe sie jahrelang nicht genug gegessen. Aber in ihrer Haltung war etwas Athletisches, ja Tänzerisches.

Jetzt sah sie ihn und fuhr zusammen. Er hob beschwichtigend die weißen Handschuhe.

»Keine Angst«, sagte er, »ich bin nur ein Nachtschwärmer, der niemandem etwas tut. Beachten Sie mich einfach nicht.«

Einen Moment beobachtete sie ihn, misstrauisch, schien ihm. Dann nickte sie und wandte den Kopf zur Seite. Geräuschvoll zog sie die Nase hoch und wischte sich mit dem Mantelärmel übers Gesicht.

Jo zündete sich eine neue Zigarette an. Die Sorgen der feinen Damen, mit denen er im Central-Hotel tanzen musste, berührten ihn selten. Er hatte deswegen oft ein schlechtes Gewissen, denn er wusste, dass es herzlos von ihm war. Doch er konnte einfach kein Mitleid mit Menschen haben, denen es so viel besser ging als den meisten, die er kannte. Diese Frauen konnten sich alles kaufen, schöne Kleider, edlen Wein und teure Speisen, einen Tanzpartner, sogar einen Liebhaber. Und es ließ ihn kalt, wenn sie klagten und manchmal in seinen Armen weinten, auch wenn er sich selbst für diese Kälte verachtete.

Aber das hartnäckige Schluchzen und Schniefen dieses dürren Mädels da am Geländer rührte ihn. Und nachdem er ihr noch eine Weile rauchend zugehört hatte, gab er sich einen Ruck.

»Verzeihen Sie«, sagte er leise durch die Dunkelheit, »brauchen Sie vielleicht Hilfe?«

Sie schüttelte stumm den Kopf. Er sah, wie sie mit beiden Händen das Geländer umklammerte, und langsam ging er zu ihr hinüber, Schritt für Schritt, als nähere er sich einem scheuen Tier, das er nicht aufschrecken wollte. Endlich stand er neben ihr. Sie war mindestens so groß wie er selbst, und im Schein der Laterne sah er jetzt, dass ihr Haar glänzte wie ein Kupferhelm, der ihren Schädel umschloss.

Jo fasste in seine Brusttasche und zog ein Taschentuch heraus. Es war an den Rändern mit Spitze gesäumt und von ihm gebügelt worden. Er brauchte stets eines, das er den Frauen mit den feuchten Augen an der Bar reichen konnte, wenn sie ihr Herz bei ihm ausschütteten. Doch heute Nacht hatte keine bei ihm geweint. Das Taschentuch war blütenweiß geblieben.

Das Mädchen griff danach, sie schien sich nicht zu wundern, dass ein Wildfremder ihr hier am Spreekanal eine solche Kostbarkeit reichte, versenkte nur ihre Nase hinein und schnäuzte sich kräftig. Jo unterdrückte ein Schmunzeln. Ohne sie zu kennen, ahnte er, dass sie aus hartem Holz geschnitzt war, härter als das Material, aus dem er selbst war. Er machte sich keine Illusionen darüber, wie schwach er war, weich und nachgiebig. Nur so war es zu erklären, dass er in diesem Tunnel blieb. Dass er sich nicht am eigenen Schopf aus dem Morast zog, sondern stattdessen immer weiterging, dem Untergang entgegen, der am Ende auf ihn wartete. Nur ein Schwächling würde sich so verhalten, dachte er bitter und sog so heftig an seiner Zigarette, dass sie in wenigen Sekunden zu Asche zerfiel. Er war kein richtiger Mann, sondern ein Irrtum der Natur, mehr nicht. Das hatte schon sein Vater gesagt, und später die Kameraden beim Heer, die ihn durchschaut hatten. Wann aber hatte Jo angefangen, es selbst zu glauben?

»Möchten Sie rauchen?«, fragte er die junge Frau neben sich, die sein Taschentuch in den Händen knüllte.

Sie schüttelte den Kopf. »Nein«, krächzte sie, es war das erste Wort, das er von ihr hörte. »Ich kann den Geschmack nicht leiden.«

Jo klopfte eine neue Zigarette aus dem Etui und steckte sie sich an, aber diesmal gab er acht, dass er dem Mädchen den Rauch nicht ins Gesicht blies.

»Was machen Sie hier so allein, mitten in der Nacht?«, fragte er.

»Dasselbe könnte ich Sie fragen, oder?«, gab sie trotzig zurück.

»Dann fragen Sie doch«, sagte er achselzuckend.

»Es geht mich nichts an, was Sie hier tun«, sagte sie, »und genauso wenig hat es Sie zu interessieren, was ich tue.«

»Das mag sein«, sagte er, »aber was schadet es denn, wenn Sie es mir erzählen?«

Darauf wusste sie offenbar keine Antwort, sie schwieg. Dann räusperte sie sich und glättete das Taschentuch in den Händen.

»Ich komme von einer Probe«, sagte sie.

»Ach ja?«

»Wir sind eine Tanzgruppe und proben abends am Weidendamm.«

Jo sah überrascht zu ihr. »Etwa bei Wally?«

Sie zuckte zusammen. »Woher wissen Sie das?«

»Wally Kaluza und ich kennen uns schon seit sehr langer Zeit«, sagte er. »Und sie hat mir neulich erzählt, dass sie eine Tanzgruppe gegründet hat, zusammen mit Anton Lindberg.«

»Das sind wir«, sagte das Mädchen, »die *Lindy Girls*.«

Jo lachte leise.

»Das sieht Toni ähnlich«, murmelte er.

»Was denn?«

»Dass er sich mit seinem Namen verewigt. Dabei würde ich wetten, dass Wally eigentlich das Rückgrat dieser ganzen Sache ist, oder?«

Das Mädchen hob die Schultern. »Kann sein«, sagte sie, »ich bin noch nicht lange dabei. Aber Herr Lindberg scheint mir nicht das größte Licht zu sein. Er kann ja nicht einmal richtig lesen.«

»Woher wissen Sie das?«, fragte Jo erstaunt.

Sie hob die Schultern. »Ich erkenne so was«, sagte sie, »hab selbst lange gebraucht, bis ich den Dreh raushatte. Wobei, hab ihn nie ganz rausbekommen. Und Lindberg tut so, als sei er ein wichtiger Mann, aber eigentlich …«, sie winkte ab. »Ist ja seine Sache«, sagte sie.

Einen Moment schwiegen sie beide.

»Wie heißen Sie?«, fragte Jo dann.

»Alice«, sagte sie und fuhr sich durchs kurze Haar. »Und Sie?«

»Ich bin Jo«, sagte er. Wieder schnaufte eine S-Bahn vorüber, und für einen Moment war das schmale Gesicht des

Mädchens erhellt, ehe es wieder im Nachtschatten verschwand.

»Haben Sie etwa deswegen geweint?«, fragte er. »Wegen der Probe? Wally kann manchmal hart sein, nicht wahr?«

»Das ist es nicht«, sagte Alice. »Ich habe nichts gegen harte Arbeit, und ich glaube, sie holt das Beste aus uns raus.« Sie zuckte mit den Schultern. »Ich wurde gefeuert«, sagte sie leise. »Eigentlich arbeite ich in der Fabrik, der Lohn war gering, aber regelmäßig. Und ich brauche das Geld dringend.«

»Tun wir das nicht alle?«, fragte Jo und sah herunter auf seine weiß behandschuhten Hände, die auf dem eisernen Geländer lagen. Der kalte Wind hatte aufgefrischt, und er zog seinen Mantel enger um sich. Alice, sah er, trug nur einen viel zu dünnen Jumper und ein wollenes Tuch um die Schultern. Doch sie schien nicht zu frieren. Wieder spürte er diese Stärke, ja Unbeugsamkeit – obwohl auf ihrem Gesicht noch immer Tränenspuren waren, wirkte sie wie eine Kriegerin.

»Ich war keine zuverlässige Arbeiterin in letzter Zeit«, sagte sie, »ich kann es dem Direktor nicht einmal verdenken, dass er mich an die Luft gesetzt hat.«

»Aber was werden Sie jetzt machen?«

Sie hob die knochigen Schultern und starrte geradeaus aufs Wasser. »Wir werden sehen«, sagte sie. »Es geht mir nicht nur um mich, wissen Sie, mein Bruder …«, sie brach ab. »Unwichtig«, sagte sie schnell und machte eine Handbewegung, als wische sie fehlerhafte Schrift von einer Tafel. »Vielleicht wird es ja bald was mit unseren Gagen.

Obwohl wir uns erst einmal nicht mit Ruhm bekleckert haben.« Sie grinste schief. »Aber wie ich die Kaluza kenne, wird sie nicht lockerlassen.«

»Das glaube ich auch«, sagte Jo. »Wally kann man nicht so schnell kleinkriegen.« Er dachte an den Abend in der Diana-Bar, wie sie mit Tränen in den Augen Toni Lindberg angesehen hatte. »Sie hat ihre Schwachstellen, aber sie gibt niemals auf.«

»Ihre Schwachstellen?« Alice sah ihn an. »Meinen Sie unseren Manager?«

»Sie sind auf Draht«, sagte er anerkennend.

»Dafür muss man nicht sehr helle sein«, sagte sie. »Allerdings verstehe ich nicht, was sie an ihm findet. Sie ist doch ein ganz anderes Kaliber als er, und sie braucht ihn eigentlich gar nicht.« Erschrocken legte sie sich eine Hand auf den Mund. »Oh … sind Sie etwa auch mit Herrn Lindberg befreundet?«

Jo lächelte. »Ja«, sagte er, »und genau deswegen gebe ich Ihnen recht – die beiden sind ein seltsames Paar. Aber die Liebe ist ein merkwürdiges Gewebe. An der einen Stelle so dünn, dass es reißt, aber woanders, wo man es am wenigsten erwartet, unzerstörbar.« Er sah in den schwarzen Nachthimmel, an dem ein paar blasse Sterne hingen, und schnippte seine fertig gerauchte Zigarette übers Geländer. »Manchmal fällt es uns schwer, das loszulassen, was wir einst liebten, auch wenn wir längst vergessen haben, was uns daran fesselt.«

»Ist das bei Ihnen auch so?«, fragte Alice.

Jo wusste auf einmal nicht mehr, weshalb er hier mit

einem wildfremden Mädchen in der Kälte stand und philosophierte, aber ihm ging auf, dass es das erste echte Gespräch war, das er seit Wochen führte. Kein Geplauder, kein seichtes Gewäsch, wie er es sonst in der Bar mit Unbekannten betrieb, sondern etwas Wahrhaftes. Der kalte Wind zerrte an seinen Hosen.

»Ich weiß es nicht«, sagte er. »Ich habe vor langer Zeit aufgehört, mich an Dinge – oder Menschen – zu klammern.«

»Dann sind Sie wenigstens frei«, sagte sie.

Jo horchte ihren Worten nach. »Oder einsam«, sagte er so leise, dass er nicht sicher war, ob sie es gehört haben konnte. Er dachte an die Spritze, die in seinem Schlafzimmer lag. Sie musste nur noch aufgezogen werden.

Stumm standen sie nebeneinander, während erneut eine S-Bahn über die Eisentrasse ratterte. Einen Moment lang gab es sie doppelt, sie fuhr oben durch den schwarzen Himmel und unten durchs schwarze Wasser. Drei Wagen mit gelbem Licht, darüber eine weiße Qualmwolke.

Dann verlöschte ihre Spur.

Kapitel 22

Gila

An meinem freien Tag habe ich mich ins Romanische Café gewagt. Da sitzen wir unentdeckten Literaten brav im vorderen Saal und kritzeln verbissen in die Notizbücher, während die echten Schriftsteller – die schon veröffentlicht sind – mit erhobener Nase nach hinten gehen, ins *Bassin der Schwimmer*, wie sie es nennen. Sie grüßen nur Auserwählte und verschwinden mit Augenrollen. Wir anderen, Halbseidenen, müssen hier im flachen Wasser paddeln, mit uns reden die echten Künstler kein Wort. Oben auf der Galerie spielen ein paar Herren Schach, von dort ist nur Grübeln und leises Seufzen zu hören, wenn wieder jemand mattgesetzt wird. Für die Terrasse ist es zu kalt, sie liegt verwaist da draußen und friert im Schatten der Gedächtniskirche, während Flaneure über den breiten Kurfürstendamm laufen und neugierige Blicke durchs Fenster werfen.

Hier drinnen ist alles grell und bloß. Ich hatte mir vorgestellt, dass es kleine, warme Lampen und viele Bücher gibt, dazu tiefe Lesesessel, in denen man versinkt und ganz belesen und romantisch tut. Aber unter diesem Licht gibt es keine verschwiegene Romantik oder auch nur Behaglichkeit, der Raum ist kalt und nackt, mit düsteren Säulen und einer schweren hölzernen Theke, hinter der sich die Kellner verstecken. Aber weil alle rund um einen so schwer arbeiten und ächzen und schreiben und ausradieren, kommt man gar nicht umhin, selbst auch fleißig zu sein und den Kellnern zu beweisen, dass man ein Recht auf das armselige Plätzchen am Marmortisch hat.

Also trinke ich den scheußlichen Tee in kleinen Schlucken und schreibe. Eine Szene, in der die *Lindy Girls* ihren ersten Erfolg haben – was in Wirklichkeit leider in weiter Ferne scheint. Von Thea habe ich natürlich gehört, was für eine Bescherung der Auftritt im Esplanade war. Hoffen wir, dass es besser läuft im Varieté Krone in der südlichen Friedrichstraße, gleich um die Ecke der Redaktion. Es geht nicht gerade fein zu in den Lokalen dort in der Gegend, das muss man zugeben. Aber Auftritt ist Auftritt. Ich gehe hin, Ehrensache. Und wenn ich es geschickt anstelle, schleppe ich auch Herrn Jäger aus der Redaktion hin, das wird sie freuen. Überhaupt sind Thea und ich jetzt fast unzertrennlich, wir sind ein Kiek und ein Ei, wie man in Berlin sagt. Auch wenn es nicht leicht ist.

Aber was ist schon leicht für ein lediges Mädchen in Berlin, geschweige denn für zwei, die sich lieb haben? Wir hüten unser Geheimnis, sogar voreinander. Und ich muss höllisch aufpassen, dass Herr Meier nichts mitbekommt, er hat Antennen, du liebes Lieschen! Und wenn er schon eifersüchtig ist, weil ich eine feine Bettwäsche zärtlicher streichle als ihn, dann will ich nicht wissen, was er sagen würde, wenn er Thea und mir beim Tanzen zusähe.

Eben noch war ich philosophisch, was die Liebe angeht, und jetzt plötzlich weiß ich, wie es sich anfühlt. Mehr als zwanzig Jahre alt muss man werden, um es zu verstehen, ist das nicht verrückt? Da geht man nichts wissend durch die Welt, küsst den einen, küsst den anderen, ziert sich und gibt sich dann doch hin, ohne ein Gefühl zu bekommen. Wundert sich, warum man so wenig spürt, und wenn, dann Abscheu. Und dann stolpert man in einer Regennacht über so ein dummes Ding vom Stadtrand, das aussieht, als würde es sich jeden Moment in die Spree stürzen, und etwas knallt laut in der Brust, wie eine Fehlzündung beim Automobil. Drollig, könnte man sagen, wenn es nicht tragisch wäre, dass man blind durchs Leben tappt und nur durch Zufall die Augen geöffnet kriegt.

Ich versuche zu schreiben, und langsam geht es ganz gut. Seite um Seite fülle ich mit meiner Geschichte über die *Lindy Girls*. Mich fasziniert der Zusammenhalt der Frauen, ihr Kampf um Erfolg, und ich stelle mir vor, wie sie in ihren glitzernden Kostümen auf einer Kinoleinwand aussehen würden …

Ein Herr steht plötzlich an meinem Tisch, sein Schatten fällt auf meinen Notizblock.

Ob das Fräulein frei sei?

»Frei wofür, ist die Frage.«

»Für einen Kaffee?«

Ich deute auf meine Teetasse. »Ich bin versorgt, sehr freundlich.«

»Vielleicht ein Korn?«

Na, ich danke für Obst! Will der mich gleich betrunken machen? Der Mensch ist hartnäckig, aber ich schüttle den Kopf. »Meine Freundin kommt gleich«, behaupte ich.

Er zieht die Brauen hoch.

»So eine sind Sie also?«

Die Frage hängt noch ewig wie ein schlechter Geruch über meinem Darjeeling, als er längst fort ist.

Ob er aber recht hat? Bin ich wirklich *so eine*? Darüber muss ich nachdenken. Aber vorerst muss ich schreiben, muss etwas aus mir machen. Muss aus dem Nichtschwimmerbereich ausbrechen, mir meinen Weg bahnen ins Nebenzimmer, wo die richtigen Leute sitzen. Ich will aus dem Wenigen, was ich habe, mehr schaffen, will sparen und hinaufkommen ins Licht, endlich hinauf, damit kein Schatten mehr auf meine Arbeit fallen kann. Damit niemand mehr einfach neben mir stehen bleiben darf und mich fragen, ob ich, die kleine Dame, vielleicht einen Kaffee möchte, einen Korn oder ein kleines Helles? Und danach ein bisschen Zärtlichkeit, was sei denn schon dabei? Nicht so ein fremder Mensch in Knickerbockers soll das fragen dürfen, und auch nicht ein Herr Meier.

Ich will keine Mark und ein paar Zerquetschte, ich will ein Bankkonto und ein Leben. Ich will nicht, dass ein neues Farbband in der *Torpedo* die größte Freude meines Tages ist, ich will mehr! Man hat doch schließlich einen Anspruch! Will mit Thea in so einen schnittigen *Adler* oder *Bugatti* springen und um die Welt fahren, mit flatternden Haaren und Wind um die Nasen ein Autorennen bestreiten. Und dann mit ihr unseren Sieg feiern, sie küssen, wo ich möchte, und mit ihr tanzen bis zum Morgengrauen.

Kapitel 23

Alice

November 1928

Der Rhythmus pulste durch Alices Blut, während sie im selben Takt wie die anderen Mädchen atmete, in die Knie ging und sie überkreuzte, ihr Hinterteil herausstreckte wie eine Ente und schleifend, über Kreuz, Fuß vor Fuß setzte. Das quakende Blech, die Trommeln und die hämmernde Klaviermusik strömten durch sie hindurch. Schmiegten sich an sie, führten sie, legten sich wie ein Floß unter ihre Tanzschuhe und trugen sie weit hinaus. Und trotzdem durfte sie sich nicht verlieren, nicht forttreiben lassen, sondern musste die Kontrolle behalten. Atmen war das Wichtigste, das hatte sie in den letzten Wochen bei der Kaluza gelernt. Wenn man gleichzeitig mit den anderen atmete, glitt man auch gleichzeitig über die Bühne, drehte sich synchron, wirbelte im selben Takt herum – und blieb doch bei sich. Das betonte die Kaluza immer wieder – sie sollten nicht eins werden mit der Nebenfrau, sie sollten einzigartig bleiben. Und doch gehörten sie zusammen, wie die Finger an einer Hand, die denselben Ursprung hatten, denselben Motor, aus dem sie Kraft schöpften – von nichts anderem umhüllt als von Luft und der Musik.

Die grellen Lampen, die ihren Auftritt auf der Bühne des kleinen Varietés beschienen, blendeten Alice, doch sie zwinkerte nicht einmal, sondern hielt die Augen aufgerissen, ein breites Lächeln im Gesicht, und tanzte unbeirrt weiter, während die Musik der Kapelle immer lauter wurde, immer mehr anschwoll und sie mit Macht vorantrieb. Die Kapelle war die Lokomotive, und sie, Hedi, Jutta, Thea und die anderen, waren die Waggons. Sie ließen sich mitziehen, mit Volldampf voraus, bis ans Ziel – zum Ende der Nummer und, hoffentlich, dem süßen Geräusch des Applauses.

Ab und zu streifte ein nackter Arm ihre Hand, manchmal spürte sie den Luftzug der zitternden Pfauenfedern, die im Haar von Marie und Gertrud befestigt waren. Doch die meiste Zeit blieb sie für sich, blieb frei im Rahmen der Choreographie, die sie hier oben auf der Bühne zusammenhielt, aber nicht einschnürte. Nein, Alice musste ihr Lächeln nicht spielen, die Freude darüber, zu tanzen, am Leben zu sein, von solch mitreißender Musik erfüllt zu werden, blühte in ihr und trieb ihre Mundwinkel ganz von selbst auseinander. Sie hielt den Kopf hoch erhoben, spürte die Liebkosung der Federn ihres eigenen Kopfschmucks in der Stirn und genoss das Prickeln in sich, als habe sie Champagner getrunken. Was sie nicht hatte. Einige von ihnen tranken sich vor der Vorstellung heimlich Mut an oder nahmen auch anderes ein, das ihnen das Lampenfieber austrieb. Alice brauchte nichts als die Musik.

Die Band spielte *Shim-Me-Sha-Wabble*, ein Jazz-Stück aus New Orleans, das Wally Kaluza auf einer Schallplatte besaß und das Alice viele Male auf dem Grammophon im Tanzsaal am Weidendamm gehört hatte. Doch hier, wo die Musik nicht aus einem kleinen Blechtrichter tropfte, sondern von einem vielstimmigen Tanzorchester aufgeführt wurde, war es etwas anderes. Sie hörte die Musik nicht nur, sie *sah* die metallglänzenden Trompeten und Posaunen, sie *roch* den Schweiß des Klarinettisten, sie *spürte* das Trampeln der Zuschauer unter den kleinen Tischen in dem verrauchten Varieté. Durch die Musik waren sie alle miteinander vereint, verbunden wie in einem silbrig schimmernden Spinnennetz, in dem alle Fäden zusammenhingen, in der Mitte verwoben. In dieser Mitte schlug das Herz, tanzten sie, die *Lindy Girls*. Und anders als bei ihrem ersten, unrühmlichen Auftritt im Esplanade spürte Alice, wie ihnen die Zuschauer in diesem Rausch folgten. Sie konnte es in den Gesichtern ringsum sehen, die aus dem Halbdunkel auftauchten und wieder verschwanden, konnte es an den schnipsenden Fingern hören. Sie hatten heute zum ersten Mal zwei Figuren in die Choreographie eingebaut, die Toni Lindberg sich in New York abgeschaut und ihnen gezeigt hatte. *Tuck Turn* hieß die eine, bei der immer zwei der Mädchen ihre Arme ineinanderschoben, sich bei den freien Händen fassten, beim Ausdrehen zum flinken Takt der Musik bis sechs zählten und wieder zueinanderschnellten. Es sah simpel aus, erforderte aber Präzision. Danach kam der *Sugar Push*, eine Figur, bei der sich zwei Tänzerinnen mit kreisenden Hüften aufeinander zubewegten und sich wieder voneinander abstießen, eine Bewegung voller Kraft und verstecktem Flirt.

Eine gewaltige Energie summte in dem engen, düsteren Raum, eine Ahnung, dass gleich alles in die Luft gehen könnte. So gut, dachte Alice, ließ ihre Hände in der Luft tanzen und schwang mit der Hüfte, hatten sie nie zuvor getanzt.

Und die Bestätigung folgte prompt, als sie beim letzten Ton in ihre Schlusspose gingen – eine Pyramide aus vier Mädchen, während die anderen vier ringsum in den Spagat sprangen, die Arme zu ihren Kolleginnen in der Mitte gestreckt, so dass sie mit ihren Fingerspitzen fast deren Fesseln berührten. Bravorufe hallten durchs Varieté, die Leute sprangen von ihren Tischchen auf, trampelten und applaudierten, und Alice schielte aus den Augenwinkeln zu Wally Kaluza, die hinter dem Vorhang das Geschehen verfolgt hatte. Ein anerkennendes Lächeln huschte über ihr herzförmiges, aber meist strenges Gesicht, und Alice atmete erleichtert auf. Sie ließ den Blick über das Publikum gleiten, sah die klatschenden Hände, die begeisterten Mienen.

Ein Mann fiel ihr auf – mit dunklem Haar und einer Brille lehnte er vorn an der Bar und sah sie unverwandt an. Er applaudierte nicht, stand einfach nur da und glotzte. Alice kniff die Augen gegen die blendenden Lichter zusammen und meinte einen Moment, dass er nur ihr, Alice, ins Gesicht sah, ernst und unbeirrbar, als präge er sich ihr Aussehen genau ein.

Sie wich in den Schatten zurück. Erst jetzt merkte sie, dass sie seit Beginn des Auftritts nicht einmal an Ben gedacht hatte. Alles war von ihr abgefallen, alle Sorge, alle Verzweiflung, die sie in den vergangenen Tagen verfolgt hatte. Im Tanz hatte nichts davon Platz, nichts Bestand. Und während sie atemlos den Beifall über sich hereinbrechen ließ und dann gemeinsam mit den anderen Mädchen von der Bühne lief, wünschte sie sich schon das nächste Mal herbei.

In dem düsteren Umkleidekabuff hinter der Bühne erwartete sie ein begeisterter Toni Lindberg.

»Wahnsinn!«, rief er und küsste jede einzelne Tänzerin auf beide Wangen. Thea erwischte er als Letzte und hielt sie, wie Alice bemerkte, ein wenig länger im Arm. »Ihr wart große Klasse, meine Süßen!«

Die Kaluza gesellte sich zu ihnen, die acht Mädchen bildeten einen Halbkreis um sie. Sie blickte jeder ins Gesicht und nickte, fast grimmig. »Das war sehr gut«, sagte sie, und Alice spürte, wie auch den anderen die Luft wegblieb bei solch unverhohlenen Lobesworten, die sie sonst selten hörten.

»Was habe ich dir gesagt?«, fragte Toni Lindberg und legte einen Arm um die Tanzlehrerin, »der Auftritt hier in Krones Laden war goldrichtig.«

Alice sah, wie schwer es Wally Kaluza fiel, ihm zuzustimmen, dann aber verzogen sich ihre Lippen zu einem Lächeln.

»Anfängerglück«, sagte sie und hob spöttisch die Augenbrauen, doch man konnte sehen, wie zufrieden sie war. »Aber das nächste Mal fragst du mich vorher.«

»Manchmal muss man das Eisen eben sofort schmieden«, gab er zurück. »Und jetzt lasst uns feiern. Ich gebe einen aus, Champagner für alle!«

Die Mädchen jubelten und rissen ihren Kopfschmuck ab. Sie trugen alle knappe Trikots, die über und über mit silbernen Pailletten besetzt waren und bei jeder Bewegung schillerten wie exotische Amphibien. Marie, Hedi und Jutta hakten einander unter und verschwanden aus der Umkleidekabine, Gertrud, Clementine und Margot folgten ihnen.

Alice sah Thea an. »Kommst du?«, fragte sie.

Thea nickte und schob ihren Arm in den der Kameradin. Sie liefen durch den schummrigen Korridor und traten durch eine weitere Tür ins Varieté ein. Auf der Bühne, auf der sie eben noch getanzt hatten, zeigten drei fast nackte Frauen Kunststücke, wobei offenbar weniger ihre Verrenkungen und waghalsigen Sprünge für die Zuschauer von Interesse waren als der unverstellte Blick auf ihre Körper. Man johlte, pfiff und klatschte, und die Luft war zum Schneiden.

Thea und Alice kämpften sich durch die herumstehenden Grüppchen und zwischen denen auf den letzten Platz besetzten Tischen hindurch zur Bar. Ein schwitzender Barmann schenkte Bier und Korn aus, sein Kompagnon öffnete gerade eine Flasche Champagner, dass der Korken in hohem Bogen durch die Luft flog, das perlende Getränk schäumend hervorschoss und den ohnehin schon klebrigen Tresen benetzte. Die anderen sechs schimmernden Mädchen standen bereits an der Bar und nahmen ein gefülltes Glas nach dem anderen in Empfang, und Alice und Thea schoben sich zu ihnen durch, als Thea plötzlich Alice ihren Arm entwand.

In der Nähe der *Lindy Girls* lehnte eine Blondine an der Bar. Sie trug ein elegantes schwarzes Charlestonkleid mit Fransen am Rocksaum, das ihre makellosen Schultern freiließ. Neben ihr stand ein Mann in sportlicher Jacke und drehte gelangweilt ein Glas in den Händen – es war der Mann, der Alice beim Schlussapplaus nicht aus den Augen gelassen hatte. Die junge Frau schob sich eine helle Haarspitze ihres Bubikopfs hinters Ohr und lächelte ihnen entgegen – nein, dachte Alice, es war nur Thea, die sie anstrahlte. Und Thea ging zu der jungen Frau hinüber und umarmte sie fest.

»Gila!«, hörte Alice sie atemlos sagen, »du hast es ja doch geschafft.« Ihre Augen strahlten.

»Ehrensache«, sagte die Blondine, erwiderte die Umarmung und sog geziert an ihrer langen Zigarettenspitze. »Ihr wart umwerfend!« Sie nickte zu dem Mann im Sportsakko hinüber. »Herrn Jäger habt ihr völlig umgehauen, er wird sicher was Nettes schreiben, oder?«

Alice betrachtete den Begleiter der Blondine. Er hatte ein schmales Gesicht mit klugen Augen hinter den kleinen runden Brillengläsern, die dunklen Haare hatte er mit Pomade gescheitelt. Als er Alice sah, blitzte ein Wiedererkennen in seinem Blick auf.

»Sind Sie von der Presse?«, fragte Thea ihn liebenswürdig, doch Alice konnte sehen, dass sie sich nicht besonders für den Unbekannten interessierte. Noch immer hielt sie, wie beiläufig, die Hand der Blondine, die sie seit der Begrüßung nicht losgelassen hatte. Alice überlegte kurz und nicht frei von Spott, wie Toni Lindberg das finden würde, wenn er es sähe.

Der Mann schien ebenfalls nicht erpicht darauf, von Thea in ein Gespräch gezogen zu werden. Stattdessen wandte er sich an Alice, als sei sie es gewesen, die diese Frage gestellt hatte.

»Mein Name ist Albert Jäger«, sagte er, stellte sein Glas ab und deutete mit einem Nicken seines wohlfrisierten Kopfes eine Verbeugung an. »Kulturressort.«

»Er schreibt die schärfsten Kritiken bei uns in der Redaktion«, sagte die Blonde – Gila hatte Thea sie genannt, erinnerte sich Alice. »Aber wenn er begeistert ist, dann kann er Leute über Nacht berühmt machen.«

Herr Jäger lächelte bescheiden, doch es war das Lächeln eines Mannes, der wusste, was er wert war.

»Und?«, fragte Alice und stellte sich neben ihn an die Bar. Sie war ein paar Zentimeter größer als er. »Sind Sie begeistert?«

Albert Jäger sah sie an, er musste den Blick ein wenig heben. »Außerordentlich«, sagte er, und wieder spürte Alice, wie er sie musterte. »Darf ich Ihnen etwas zu trinken holen, mein Fräulein?«

»Ich bin nicht Ihr Fräulein«, sagte sie, »ich heiße Alice.«

»Das war nicht die Frage«, sagte er.

Alice sah zu Thea und Gila hinüber. Sie waren in ein Gespräch vertieft, hatten die Gesichter innig zusammengesteckt und schienen die anderen beiden vergessen zu haben.

»Meinetwegen, ein Bier«, sagte Alice. »Ich kann Champagner nicht ausstehen.«

Er lächelte anerkennend. »In einer solchen Kaschemme wie hier ist Bier auf jeden Fall die bessere Wahl«, sagte er und sah angewidert zu seinem Glas, an dem er bestenfalls genippt hatte. »Diese Plörre, die sie hier als Champagner verkaufen, verdient den Namen nicht.«

Er drehte sich zum Barmann um. Und obwohl eine große Menschentraube die Bar bevölkerte und die anderen Mädchen umringte, schaffte er es mit einem einzigen Schnipsen, die Aufmerksamkeit des Mannes zu erhaschen. In Sekundenschnelle standen zwei geöffnete Bierflaschen auf dem Tresen, und Albert Jäger gab Alice eine und prostete ihr mit der anderen zu.

»Ihre Gruppe tanzt tatsächlich gut«, sagte er laut über den Lärm hinweg, denn die Akrobatiknummer auf der Bühne war unter lautem Johlen und Pfeifen zu Ende gegangen und die Kapelle hatte wieder angefangen zu spielen. »Sehr lebendig. Und ganz besonders Sie, Alice.«

Die ersten Gäste schoben die Tische beiseite und begannen, mitten im engen Zuschauerraum des Varietés zu tanzen, der offizielle Teil des Abends war vorüber. Herr Jäger räusperte sich. »Aber Fräulein Neumann, die mich heute hierhergeschleppt hat, sagte mir, Sie seien bisher noch völlig unbekannt?«

Alice nickte und trank einen großen Schluck aus ihrer Bierflasche. »Wir sind noch nicht lange zusammen«, sagte sie. »Man muss sehen, wie es weitergeht.«

»In Ihnen steckt jedenfalls Potenzial«, sagte Albert, »das sehe ich auf den ersten Blick.«

»Sie kommen wohl ziemlich herum?«, fragte Alice und strich sich über eine Laufmasche in ihrem kunstseidenen Strumpf, die längs über den Oberschenkel lief. Sie wusste nicht genau, was *Kulturressort* bedeutete.

»Allerdings«, sagte er und folgte mit den Augen der Bewegung ihrer Hände, »und das meiste ist Schrott. Tingeltangel, Ringelpiez. Die Stadt ist voller Dilettanten. Aber Ihre Truppe kann sich sehen lassen.« Er sah sich in dem verqualmten, vollgestopften Raum um. Die Trompeten spielten ohrenbetäubend, eine Frau in einem rückenfreien Kleid lachte so kreischend, dass sich mehrere Leute nach ihr umdrehten.

Die Brauen von Albert Jäger zogen sich zusammen. »Was ich jedoch nicht verstehe – warum treten Sie an einem solch heruntergekommenen Ort auf?«

»Da fragen Sie die Falsche – ich leite die Tanzgruppe nicht«, sagte Alice und zuckte mit den Schultern. »Sie sollten die Kaluza fragen.« Sie suchte nach Wally Kaluza und entdeckte schließlich ihre hellen kurzen Locken zwischen den vielen Menschen. Zusammen mit Toni Lindberg stand sie auf der anderen Seite des Raums und sprach auf ihn ein. Doch Herr Lindberg wirkte abgelenkt, er ließ seinen Blick, genau wie Alice zuvor, durch das Varieté schweifen, als suche auch er jemanden. Alice wusste genau, wen. Und sie beobachtete mit diebischer Freude, wie seine Augen Thea an der Bar ausfindig machten, die innige Umarmung bemerkte, in der sie und Gila standen, und die Stirn runzelte.

»Ist das die Managerin?«, fragte Albert Jäger. »Ich dachte, das sei ein Mann?«

»Wally Kaluza und Toni Lindberg leiten die Gruppe gemeinsam«, sagte Alice und trank noch einen großen Schluck. Sie hatte Hunger, und Bier war besser als nichts.

Kurz wanderten ihre Gedanken zu Ben, der zu Hause in ihrer Kammer in der Sophienstraße lag und sicher genauso hungrig war. Ihre Vorräte waren in letzter Zeit noch weniger der Rede wert als vor ihrer Kündigung, sie musste jeden Groschen mehrmals umdrehen, ehe sie etwas kaufte, und oft genug reichte es nicht einmal für ein Abendessen. Bald würden sie regelmäßig zu der Armenspeisung in der Synagoge gehen müssen, bei der Alice vor Kurzem noch ausgeholfen hatte. Doch immerhin heute Abend würde sie eine kleine Gage bekommen, und wieder wären ein paar Tage gerettet.

Hoffentlich lag Ben wirklich im Bett, dachte sie dann, denn schon kurz nach seiner Entlassung aus dem Krankenhaus hatte er wieder angefangen, durch die Straßen zu ziehen. Humpelnd, mit einer Binde über dem verletzten Auge, trotziger denn je. Alice sorgte sich um ihn, sie hatte Angst, dass er bei nächster Gelegenheit versuchen würde, Rache an den Tätern zu nehmen, die ihm so übel mitgespielt hatten. Eine Anzeige hatte er empört zurückgewiesen, ihm würde ohnehin niemand glauben, behauptete er. Alice hatte widersprechen wollen, dann aber begriffen, dass sie ihm innerlich recht gab. Für Leute wie sie war Gerechtigkeit ein Wunschtraum, etwas, das den Wohlhabenden vorbehalten war. Für solche wie sie, Kinder aus den Sophienhöfen, galten die Gesetze der Straße.

»Hören Sie mir eigentlich zu?«, fragte Albert Jäger.

Alice erschrak und versuchte, sich in der Gegenwart zurechtzufinden. »Tut mir leid«, murmelte sie, »was sagten Sie?«

»Ich würde Sie gern für ein Interview gewinnen«, sagte Albert Jäger und trank sein Bier aus. »Über heute Abend schreibe ich eine kurze wohlwollende Notiz für die Morgenausgabe, aber mir schwebt außerdem etwas Größeres vor. Eine Reportage. Feuilleton, Seite drei. Wir sind nicht Mosse oder Scherl, haben aber auch keine ganz kleine Auflage. Ist das nichts?«

Alice verstand nur die Hälfte, dennoch nickte sie. Es konnte nichts schaden, wenn dieser Schreiberling einen Artikel über sie bringen wollte. Vielleicht gab es ja wirklich die Chance, dass sie groß rauskämen und ihre Geldsorgen kleiner würden? Auch sie trank ihr Bier aus und fuhr sich mit dem Handrücken über den Mund.

»Können wir machen«, sagte sie. »Wo soll ich dafür hinkommen?«

Albert Jägers Augen hinter den kleinen Brillengläsern blitzten. »Kennen Sie das Aschinger am Rosenthaler Tor?«, fragte er. »Sagen wir, nächsten Freitag um die Mittagszeit?«

Alice nickte zögernd. Sie hatte erwartet, dass er sie in die Zeitungsredaktion einladen würde, wo er arbeitete. Aber vielleicht führte man Interviews immer in Restaurants? Wieder wurde ihr bewusst, wie wenig sie von dieser Welt wusste, in der sie sich neuerdings bewegte, aber sie war anpassungsfähig, wie alle aus ihrem Viertel, sie würde es schon noch lernen. Trotzdem wunderte sie sich, warum er ausgerechnet sie um ein Interview bat.

»Soll ich die anderen mitbringen?«, fragte sie. »Thea ist sehr klug, sie kann viel besser reden als ich. Oder Wally Kaluza selbst?«

»Erst mal reichen Sie mir vollkommen«, sagte er und streifte wie unbeabsichtigt ihren Arm.

Alice zuckte zurück. Natürlich, dachte sie. Von einem Mann bekam man nichts umsonst, nicht einmal eine Flasche Bier. Geschweige denn *Feuilleton, Seite drei* – was immer das bedeuten mochte. Aber konnte sie wählerisch sein? Wohl kaum!

»Dann bis nächste Woche«, sagte sie, »ich muss jetzt nach Hause. Mein Bruder wartet auf mich.«

»Ich wünsche Ihnen eine gute Nacht«, sagte er, und etwas in seiner Stimme schien ihr eine Spur zu vertraulich, obwohl die Worte vollkommen angemessen waren.

Alice warf einen letzten Blick zu Thea und Gila, doch sie waren so in ihre Zweisamkeit versunken, als gebe es für sie beide nichts und niemanden sonst auf der Welt. Die anderen Mädchen waren im Gewühl auf der Tanzfläche verschwunden, Alice sah einige der silbrigen Trikots zwischen den dunklen Silhouetten der vielen Gäste aufblitzen. Hedi, Jutta und die anderen tanzten und lachten, zwei von ihnen hatten Tanzpartner gefunden und ließen sich zum scheppernden, jaulenden Chicago Jazz herumwirbeln, hoben ihre schäumenden Gläser über ihre Köpfe und lachten lauthals.

Niemand achtete auf Alice, als sie sich einen Weg durch die schwitzenden, ausgelassenen Leiber bahnte, an der Bühne vorbei in Richtung Ausgang. Und doch spürte sie die ganze Zeit den Blick von Albert Jäger im Rücken. Auf einmal musste sie überraschend an Jules denken, den Straßenbahnschaffner von der Friedrichstraße. Sie bedauerte, ihn nicht hierher eingeladen zu haben, der Laden wäre ihm nicht zu überkandidelt gewesen. Sie hatte ihn fast vergessen, aber aus irgendeinem Grund stand ihr sein freches, argloses Grinsen plötzlich vor Augen, das ihr so gut gefallen hatte. Das Lächeln dieses Herrn Jäger dagegen hatte etwas Wölfisches gehabt.

Ohne sich noch einmal umzudrehen, verließ sie das Varieté Krone und konnte nicht verhindern, dass ihr ein leiser Schauder über den Nacken kroch, als sie endlich über die Schwelle hinaus in die Nacht trat.

Kapitel 24

Thea

»Wenn das Ihre Mutter wüsste, Fräulein Brehm«, sagte Frau Bergmann und schenkte mit einer gezierten Geste dampfenden Tee in die hauchdünne chinesische Porzellantasse. Thea ließ Milch aus dem Kännchen hineinfließen, ein helles Gewölk breitete sich in der braunen Flüssigkeit aus. Sie betrachtete das blau-weiße Muster des Geschirrs und antwortete nichts. Was hätte sie auch sagen sollen?

»Wenn Sie meine Tochter wären«, fuhr Frau Bergmann fort und trank mit abgespreiztem kleinen Finger, »würden Sie das Tageslicht nicht mehr so bald erblicken. Ich würde Sie in Ihrem Zimmer einsperren, bis Sie zur Vernunft gekommen wären.«

»Ich bin volljährig, gnädige Frau«, sagte Thea leise und bemühte sich, dass ihre Stimme nicht zitterte. Sie kratzte sich unauffällig die bloßen Unterarme. Es kribbelte darin, als kröchen winzige Insekten unter der Haut entlang.

Frau Bergmann lachte, dass das Hütchen mit dem Spitzenschleier zitterte. Thea sah sich verstohlen in der eleganten Konditorei um, ob jemand auf sie aufmerksam wurde. Die Kellner strichen wie Pinguine um sie herum, man kannte Frau Bergmann offenbar in diesem neuen Etablissement am Kurfürstendamm und war bemüht, ihr jeden

Wunsch von den Augen abzulesen. Der Marmortisch bog sich unter der Kuchenlast, die auf einer silbernen Platte herbeigetragen worden war, und Thea bohrte ihre Gabel in das Riesenstück Schwarzwälder Kirschtorte. Doch obwohl das früher ihr Lieblingskuchen gewesen war, rutschte es heute nicht, wie so oft in letzter Zeit. Sie war appetitlos, fühlte sich immer öfter fahrig und gereizt. Ob das an der Anstrengung der nächtlichen Proben lag, an ihrer Nervosität wegen der Auftritte mit den *Lindy Girls*? So oft sie sich ausgelassen und kraftvoll fühlte, wenn sie mit Gila um die Häuser und durch die Bars zog, so schlapp und lustlos war sie tagsüber – als zehre sie etwas von innen aus. Aber was?

»Kindchen? Hören Sie gar nicht zu?«

Thea riss sich zusammen und bemühte sich, ihre Gastgeberin anzulächeln. Es ging nicht an, dass sie diese Chance verstreichen ließ, sie selbst hatte telefonisch um das Treffen gebeten.

»Verzeihung«, sagte sie. »Mir geht zur Zeit viel im Kopf herum, Frau Bergmann.«

»So?«, sagte diese spitz und zerkrümelte ihren Käsekuchen auf dem blau-weiß gemusterten Tellerchen, »doch wohl hoffentlich keine Liebschaften? Gibt es da etwa einen Mann?«

»Wo denken Sie hin«, sagte Thea hastig und dachte erst an Toni Lindberg, dann an Gila. Sofort war die Sehnsucht nach der Freundin da. Doch selbst dieses euphorische Gefühl war nicht mehr so stark wie am Anfang, als sie sich kennengelernt hatten. Etwas drängte sich dazwischen, ein

Sog, eine Leere, die gefüllt werden wollte. Nicht mit Gilas Anwesenheit, mit ihrem Lachen und ihren heimlichen Küssen – nein, das weiße Pulver war es, das Thea sich aus Gilas Hand ersehnte. Nicht immer konnten sie genug Geld auftreiben, um sich Nachschub zu besorgen, und jedes Mal, wenn Gila mit leeren Taschen nach Hause kam, hatte Thea das Gefühl, sehr tief zu fallen, in ein bodenloses Loch der Enttäuschung und Ernüchterung, und der Abend war ihr dann verdorben.

Heute aber wusste sie um die kleine Portion Kokain, die noch in der Tasche ihres karierten Baumwollkleids steckte. Es hatte einen steifen weißen Kragen, der ihr dem Anlass angemessen erschienen war, wenn sie eine alte Freundin ihrer Familie traf. Es ging schließlich um etwas.

»Ich wollte Sie einmal nach Ihrem Mann fragen«, sagte sie entschlossen und beugte sich näher zu Frau Bergmann. Wieder juckte ihre Haut an den Armen scheußlich, doch sie riss sich zusammen. »Sie sagten, er sei auf der Suche nach Talenten? Ich hätte da etwas anzubieten.«

»Woher sollten Sie jemanden kennen, der dazu taugt?«, fragte Frau Bergmann säuerlich und rührte einen weiteren Löffel Zucker in ihren Tee, ehe sie die Tasse erneut zum Mund hob.

Thea holte Luft. »Ich bin neuerdings Mitglied in einer Tanzgruppe«, sagte sie, »wir heißen die *Lindy Girls* und treten auf verschiedenen Bühnen auf.«

Frau Bergmann verschluckte sich am Tee und prustete. Nach Luft ringend, griff sie zur Serviette und hielt sie sich vor den Mund.

»Du meine Güte«, sagte sie, als sie wieder zu Atem gekommen war, »das hat mich umgehauen, Liebchen.« Sie musterte Thea. »Soll das ein Scherz sein? Ich meine – ausgerechnet *Sie*? Mit Ihrem Fuß?« Sie deutete mit einem Kopfnicken auf Theas Stiefel, die diese unter dem Marmortisch überkreuzt hatte.

Thea schoss das Blut in die Wangen. Frau Bergmann schien es zu bemerken, denn ihre ungläubige Miene wurde eine Spur sanfter. »Nichts für ungut, meine Liebe«, sagte sie, »ich weiß ja, dass Sie stets versuchen, Ihren Makel zu verstecken, schon als Kind taten Sie das. Und das ist ja auch kein Wunder.« Sie spitzte die Lippen. »Zwar ist diese furchtbare Krankheit, die Rachitis, in unseren Kreisen doch eher ungewöhnlich, aber manchmal trifft es eben die Falschen, nicht wahr? Dafür können Sie doch nichts.«

»Die Falschen?«, fragte Thea ungläubig. »Wen hätte es denn Ihrer Meinung nach sonst treffen sollen?«

Frau Bergmann machte eine vage Geste. »Sie wissen schon«, sagte sie und senkte die Stimme vertraulich, »sonst bekommen das doch eher Arbeiterkinder. Abschaum, wissen Sie? Solche, die nicht genug Vitamine zu sich nehmen, die in vernachlässigten Verhältnissen aufwachsen.« Sie schüttelte den Kopf, und Thea konnte nicht sagen, ob es ein Zeichen von Betrübnis oder Verachtung war. »Zum Glück konnten Ihre Eltern wenigstens rasch handeln und Sie zu den besten Ärzten bringen«, sagte sie, »so hat man wohl das Schlimmste verhindert, nicht wahr?«

Thea presste die Lippen aufeinander. Das Gespräch hatte eine abscheuliche Richtung genommen. Ihr war bewusst, dass sie selbst noch vor kurzer Zeit ebenso über bestimmte Schichten der Gesellschaft gedacht hatte, und sie fröstelte. Heute tanzte sie selbstverständlich mit Mädchen wie Alice oder Jutta zusammen, die aus einer anderen Welt kamen als sie – doch es störte sie nicht. Im Gegenteil, mit jedem Tag, den sie zusammen verbrachten, spürte sie die Verbundenheit stärker. Sie mussten sich aufeinander verlassen, im Probensaal und auf der Bühne. Oft plauderten sie nach der Probe noch ein wenig, teilten schwesterlich ihren Proviant und Zigaretten, ehe sie nach Hause gingen. Sie waren keine engen Freundinnen, aber Kameradinnen. Und niemals wäre Thea die Bezeichnung *Abschaum* für die Kolleginnen in den Sinn gekommen. Geschweige denn für Gila, die genauso wenig aus den vornehmsten Verhältnissen stammte, aber in Theas Augen der wertvollste Mensch war, den sie kannte.

Voller Widerwillen sah sie auf die mahlenden Kiefer der Frau ihr gegenüber. Sie war wirklich die Letzte, mit der Thea über ihren *Makel*, wie sie es genannt hatte, sprechen wollte.

Auch Frau Bergmann schien dies zu begreifen, denn sie setzte ein falsches Lächeln auf und griff nach Theas Hand, die auf dem Marmortisch lag. »Nun aber zurück zum Thema«, sagte sie in gezwungen liebenswürdigem Ton, »Sie tanzen also? Wirklich?«

»Wirklich«, bestätigte Thea und zog ihre Hand weg. »Wir hatten bereits ein paar erfolgreiche Auftritte«, ihre Stimme zitterte nur leicht bei dieser Notlüge, »und wir sind jetzt bereit für etwas Größeres.«

»So«, sagte Frau Bergmann. »Was tanzen Sie denn, wenn man fragen darf?«

»Charleston«, sagte Thea und sah ihr Gegenüber fest an. Die zart gezupften, bereits leicht ergrauten Augenbrauen von Frau Bergmann zogen sich in die Höhe.

»Ganz modern«, sagte sie. »Damit lässt sich etwas anfangen, das wollen die Leute ja heutzutage sehen – wie man hört.«

Nicht alle offenbar, dachte Thea, sagte aber nichts und verschwieg ihren unrühmlichen Auftritt im Esplanade. »Sehen Sie vielleicht eine Möglichkeit, wie Ihr Mann uns helfen könnte?«, fragte sie stattdessen.

Frau Bergmann lud sich ein Stück Sachertorte auf ihr Tellerchen, die dunkle Schokoladenglasur glänzte fettig im Licht des Kronleuchters der Konditorei.

»Vielleicht«, sagte sie. »Dieser neue Laden am Kurfürstendamm hat sich leider schon als Reinfall erwiesen.« Sie wartete kurz, ließ diese Information wirken. »Ich könnte Hubertus jedoch fragen, ob ihm nicht etwas anderes einfällt, er hat Beziehungen zu vielen Theatern in der Stadt.«

Genüsslich leckte sie an der schokoladenverschmierten Silbergabel und sah Thea aufmerksam an. Etwas an ihrem letzten Satz ließ Thea aufhorchen.

»Und unter welchen Umständen würden Sie das tun?«, fragte sie vorsichtig.

»Wissen Sie«, sagte Frau Bergmann scheinbar zusammenhanglos, »es tut mir in der Seele weh, was Sie Ihrer Familie angetan haben. Gibt es denn wirklich keine Möglichkeit, die Sache zu bereinigen?«

Thea spürte, wie Ungeduld in ihr hochstieg. Oder nein, es war mehr – Wut. Dieses Gefühl war ebenfalls neu, früher war sie stets sanft gewesen, freundlich und beherrscht. Heute reichte eine Kleinigkeit, und schon begann es in ihr zu kochen. Nur mit Mühe gelang es ihr, nicht mit dem Fuß aufzustampfen, und sie griff schnell nach ihrer Tasse und trank den Tee, der inzwischen abgekühlt war, in großen Schlucken aus. Der Juckreiz machte sie wahnsinnig, am liebsten hätte sie sich die Haut von den Armen abgezogen und darunter ausgiebig gekratzt, doch erneut beherrschte sie sich.

»Ich habe niemandem etwas angetan«, sagte sie mit zusammengebissenen Zähnen, »ich wollte einfach mein eigenes Leben leben.«

»Das würde Herr Doktor Fischer wahrscheinlich anders sehen«, sagte Frau Bergmann, und ihre Augen funkelten. »Der arme Mann wurde von Ihnen ja buchstäblich vor dem Altar stehengelassen.«

»Wir hatten uns nicht viel zu sagen«, murmelte Thea. »Und eine Ehe mit ihm schien mir einfach nicht richtig.« Sie stellte ihre Tasse klirrend auf den Unterteller. »Im Übrigen wüsste ich nicht, was Sie das angeht.«

»Ich wünsche mir nur Frieden in meinem Bekanntenkreis«, sagte Frau Bergmann und verschlang den letzten Happen ihrer Sachertorte mit sichtlichem Genuss. Sie sah auf ihre goldene Armbanduhr, die mit Diamantsplittern verziert war. »Und ich will mir nicht nachsagen lassen, dass ich Sie auf Ihren Abwegen unterstützt und nicht einmal den Versuch unternommen habe, Sie auf den rechten Pfad zurückzuführen. Wie soll ich denn Ihrem Großvater vors Antlitz treten?« Sie betrachtete Thea einen Moment aus halb geschlossenen Augen, als denke sie nach, wie sie in dieser vertrackten Situation weiter verfahren wollte.

»Also gut, ich spreche mit meinem Mann«, sagte sie schließlich. »An mir soll es nicht scheitern. Aber möglicherweise kommen Sie derweil ja zur Besinnung und geben sich selbst und Ihrer Familie eine Chance, den Skandal einzudämmen.« Sie sah zur Tür der Konditorei, die sich in diesem Moment öffnete. »Und Ihrem Verlobten.«

Thea blieb das Herz stehen. Ihr Blick folgte dem von Frau Bergmann, und sie sah, wie sich eine vertraute Gestalt in das Café schob. Der Mann nahm den eleganten Hut aus Flanell ab und sah sich suchend um. Er hatte feines blondes Haar und ein schmales Gesicht. Es war Hannes Fischer.

Thea öffnete den Mund, doch Frau Bergmann gab ihr mit einer einzigen Geste zu verstehen, dass es aussichtslos sei. Dann schnippte sie nach einem der Pinguine, der sofort angewieselt kam. »Die Rechnung bleibt vorerst offen«, sagte sie, »schicken Sie sie bitte an diese Adresse, wenn die Herrschaften fertig sind.« Sie steckte ihm ihre Karte zu, erhob sich, griff nach ihrem Fuchspelz und ließ sich hineinhelfen. Hannes Fischer kam vorsichtig näher.

»Herr Doktor Fischer«, sagte Frau Bergmann und ließ sich den Handrücken küssen, »Sie sehen fabelhaft aus.« In Wahrheit war der Mann bleich, wirkte übernächtigt und angespannt. Fast hätte Thea Mitleid mit ihm empfunden, wenn die Situation nicht so peinlich gewesen wäre.

Wieder spürte sie, wie Empörung, ja Wut in ihr brodelte. Frau Bergmann hatte das eingefädelt und sie hierhergelockt, hatte ihr eine Falle gestellt. Und in ihrem kindlichen Wunsch, einen dicken Fisch für Wally Kaluza und die *Lindy Girls* an Land zu ziehen, war sie ihr wie ein Hering ins Netz gegangen.

»Sprechen Sie sich in Ruhe aus, Kinder«, sagte Frau Bergmann und winkte huldvoll mit schlaffer Hand, »und Fräulein Brehm, ich melde mich auf jeden Fall in dieser anderen Sache bei Ihnen.« Sie zwinkerte ihr gekünstelt zu und rauschte aus der Konditorei.

»Darf ich?«, fragte Hannes Fischer und zog sich den Stuhl zurecht.

Thea schluckte.

»Ich wüsste nicht, was ich Ihnen zu sagen hätte«, sagte sie steif und betrachtete traurig ihre Schwarzwälder Kirschtorte. Die Kirsche, die die dicke Sahneschicht geziert hatte, war herabgefallen, Konfitüre hatte das edle Geschirr beschmiert. Noch nie hatte Thea weniger Appetit verspürt als in diesem Augenblick, da Doktor Hannes Fischer, ihr verflossener Verlobter, ihr gegenüber Platz nahm und einen Kamillentee beim Kellner bestellte. Die Miene des Pinguins war weniger servil als zuvor, doch er nahm die Bestellung mit einem stummen Nicken zur Kenntnis und empfahl sich.

»Sie könnten mich zunächst einmal um Verzeihung bitten«, sagte Hannes Fischer und sah Thea eindringlich an. Er hatte etwas Oberlehrerhaftes in seinen Zügen, das ihr schon früher unsympathisch gewesen war. Thea grub ihre

Finger auf der Sitzfläche unter die Oberschenkel. Keine zwei Minuten saß er erst hier bei ihr, hatte sie regelrecht überfallen, und verlangte schon etwas von ihr? Es war zu viel!

»Entschuldigen Sie mich einen Moment«, sagte sie und stand auf. Die Stuhlbeine scharrten grässlich auf dem Fußboden. Gehetzt lief sie in Richtung der Toiletten, schlug die Kabinentür zu und ließ sich auf den geschlossenen Klodeckel sinken. Sie vergrub ihr Gesicht in den Händen. Kurz überlegte sie allen Ernstes, ob hier ein Fenster sei, durch das sie aussteigen könnte. Doch es gab nur schmale Luken knapp unter der Decke des Toilettenraums.

Mit zitternden Fingern grub Thea in der Kleidtasche ihres Karierten. Der weiße Kragen erschien ihr auf einmal zu eng. Sie rang nach Luft und fand endlich das kleine Döschen, das Gila ihr gestern zugesteckt hatte.

»Nicht alles auf einmal«, hatte die Freundin gesagt und spitzbübisch gelächelt. Schon da hatte Thea gedacht, dass es einen Unterschied zwischen Gila und ihr gab – während Gila keine Schwierigkeiten zu haben schien, sich zu mäßigen, sogar zu verzichten, wenn sie kein Geld hatten, war sie, Thea, in kurzer Zeit regelrecht gierig auf das Zeug geworden. Und jetzt, als sie sich das weiße Pulver auf den Handrücken schüttete, schien ihr das Häufchen allzu mickrig. Kein Gedanke daran, etwas aufzusparen, sie schnupfte alles weg, so schnell sie konnte. Dann blieb sie minutenlang sitzen, den Hinterkopf an die gemauerte Wand gelegt, die Augen geschlossen, und wartete. Es dauerte lange, zu lange. Endlich spürte sie, wie sich ihre Glieder entspannten, wie ein sanftes, warmes Gefühl sie durchspülte. Es hatte nicht mehr dieselbe Wucht wie an diesem ersten, wunderbaren, wilden Abend in Gilas Schlafzimmer, war mehr wie ein Echo des Gefühls von damals. Aber es gab ihr die Kraft, aufzustehen, das Schloss an der Kabinentür aufzusperren und in den Waschraum zu treten. Das unerträgliche Jucken in ihrer Haut war verstummt, als hätten sich die tausend Insekten darin zurückgezogen, ihr Zorn war verraucht.

Sie stützte sich am Waschbecken ab und ließ kaltes Wasser über ihre Handgelenke rinnen. Entschlossen beförderte sie einen Lippenstift aus ihrer Tasche und malte sich die Lippen tiefrot. Dann knöpfte sie den Kragen und die Knopfleiste am Kleid auf, tief hinab, bis man den Spitzenansatz ihres Unterhemds sah. Hannes Fischer mochte sich für einen Studienrat halten, der ihr predigen durfte, aber sie würde nicht wie eine Sekundanerin zu ihm hinausgehen, die sich eine schlechte Zensur abholte. Er sollte ruhig sehen, was aus ihr geworden war und wie weit sie sich von ihm und seiner Welt entfernt hatte. Eine neue Thea, eine starke, begehrenswerte Frau. Niemand, dem man ungefragt Belehrungen erteilte.

Ein letztes Mal warf sie sich einen Blick im Spiegel zu und drehte sich dann, beschwingt von der Droge und ihrer augenscheinlichen Verwandlung, auf dem Absatz um. Ihr Humpeln bemerkte man kaum noch, dafür sorgte sie, als sie mit wippenden Schritten zu ihrem früheren Verlobten hinausging. Sie wollte ihm mit aller Eindringlichkeit und ein für alle Mal den Zahn ziehen, dass sie jemals als brave Ehefrau zu ihm heimkehren würde.

Kapitel 25

Wally

Behutsam legte Wally den Hörer auf. Sie drehte sich vom Fernsprecher weg, der an der Rückseite des Bahnhofs Friedrichstraße in der Georgenstraße hing, und machte dem hinter ihr Wartenden Platz. Während sie wegging, sah sie, wie der Mann den Hörer aufnahm, hörte ihn sagen: »Hallo, Frollein? Ein Ferngespräch bitte, Übersee.«

Langsam überquerte sie die Straße und stand vor dem Central-Hotel. Eine Straßenbahn schlingerte an ihr vorbei. In der Fahrerkabine stand der alte Friedrich Wenzel am Schalthebel, der seit vielen Jahren täglich diese Strecke fuhr und nickte ihr durchs halb beschlagene Fensterchen zu, ehe er die Klingel betätigte und seinem *U-Boot* energisch weiter den Weg über die Schienen bahnte.

Der Eingang zum beliebten Wintergarten war schwarz vor Menschen in feiner Garderobe, die in der Abenddämmerung darauf warteten, eingelassen zu werden, doch das Varieté interessierte Wally heute nicht. Sie wollte in die Bar und dort zur Feier des Tages ein Glas Kognak trinken. Ein paar Wochen lang hatte sie den Ort gemieden, weil er offenbar zum Lieblingstreffpunkt von Toni und seiner neuen Flamme avanciert war, doch neulich hatte er nach der Probe beiläufig erwähnt, dass es aus sei.

»Schon?«, hatte sie nur gesagt und so kühl wie möglich aus dem Fenster gesehen.

»Ich würde sagen, erst jetzt?«, hatte er zurückgegeben und sich seelenruhig eine Zigarette angezündet. »Es wurde höchste Zeit, Madame hat schon die Hochzeitsglocken läuten hören.«

Wally hatte dazu wohlweislich geschwiegen. Und obwohl sie sich heimlich gefreut hatte, dass Toni nicht länger bei einer anderen auf Freiersfüßen wandelte, hatte sie kurz so etwas wie solidarisches Mitleid mit der Unbekannten verspürt. Wer sich in Toni Lindberg verliebte, zog unweigerlich den Kürzeren, und wenigstens wusste sie, Wally, das längst. Sie musste es nicht noch einmal ähnlich schmerzhaft erfahren wie die junge Frau in dem sagenhaften roten Kleid, die sich jetzt nach Tonis Abfuhr die Augen ausweinte und alle Männer verfluchte. Wally würde klüger sein als sie, würde auf der Hut bleiben und dafür sorgen, dass die Bindung zwischen ihr und ihrem Manager nicht ins Bröckeln geriet, bloß weil sie ihr Herz nicht im Griff hatte. Das war ein für alle Mal vorbei.

Vor allem jetzt, dachte sie fast euphorisch und trat durch den Eingang des prächtigen Hotels, da der Erfolg zum Greifen nahe war. Sie durften keinen Fehler machen – und vielleicht wären sie dann mit ihren *Girls* im neuen Jahr, das kurz bevorstand, die nächsten Könige der Tanzpaläste.

Tangomusik schwappte ihr entgegen, und sie grüßte den himmelblauen Boy im Foyer mit einem Kopfnicken, worauf der sich knapp an die goldgeränderte Schirmmütze tippte. Man kannte sie hier.

Als sie in die Diana-Bar trat, sah sie, dass schon einiges los war. Trauben von Trinklustigen hingen am Tresen, der Champagner floss, das Bier schäumte, die Korngläser wurden in langen Reihen serviert, sofort geleert und wieder abgeräumt. Über die Tanzfläche schwebten eng umschlungene Paare in Seide und Gabardine zur gefühlvollen Musik der Kapelle.

Wally schlenderte zur Bar und erkämpfte sich ein paar Zentimeter Kontakt zur Holzfläche, an der sie sich festklammerte wie eine Schiffbrüchige an den Planken eines rettenden Schiffs, um nicht wieder abgedrängt zu werden. Sie hatte Glück, der Barmann bemerkte sie gnädig und schob ihr, ohne zu fragen, ihr Lieblingsgetränk zu. Wally nippte an der bernsteinfarbenen Flüssigkeit und beobachtete die Tanzenden. Endlich sah sie Jo. Er hielt eine Frau, gehüllt in eine wahre Tüllwolke, in den Armen und schob sie mit unbewegter Miene über das gewienerte Parkett. Als er Wally bemerkte, machte er ein gequältes Gesicht, hob einen weißen Handschuh hinter dem Rücken seiner Tanzpartnerin und hielt drei Finger hoch. Drei Minuten, bedeutete das.

Wally wartete. Sie trank ihren Kognak aus und bezahlte einen zweiten, den der Barmann ihr eingoss. Die warme Schärfe des Alkohols rann durch ihre Adern und machte langsam alles in ihr weich und behaglich.

Endlich legte die Kapelle eine Pause ein, Jo verbeugte sich so tief vor seiner Tanzdame, als sei sie die Kaiserin persönlich, und kam dann eilig zu Wally herüber.

»Wagst du dich also wieder her?«, fragte er anstelle einer Begrüßung und nahm ihr das Glas aus der Hand. Er trank zwei tiefe Schlucke und schloss die Augen. Wally erschrak, als sie ihn von Nahem sah – die Falten um seine schönen dunklen Augen hatten sich vertieft, seine Wangen schimmerten hohl unter einem Dreitagebart. Jo, der doch sonst immer glatt rasiert und wunderschön war, wirkte auf einmal abgerissen und unendlich erschöpft.

»Bist du krank?«, fragte sie, doch er winkte mit seinen weißen Händen ab.

»Nur müde«, sagte er. »Ich schlafe nicht besonders gut.« Er musterte sie. »Aber das kennst du ja, Wally. Oder?«

Sie wich seinem Blick aus und riss ihr Glas wieder an sich.

»Anderes Thema?«, fragte er mit feinem Lächeln, in dem sie ihren alten Freund endlich wiedererkannte. Ihre Sorge ebbte ein wenig ab.

»Unbedingt«, sagte sie aufgeregt. »Ich muss dir was erzählen!«

»Schieß los«, sagte er und bedeutete dem Barmann, dass er ebenfalls einen Kognak haben wollte. Jo trank in der Diana-Bar umsonst.

»Ich habe gerade einen richtig guten Auftritt an Land gezogen«, sagte sie aufgeregt. »Im Nelson-Theater am Kurfürstendamm!«

Jo verzog bewundernd die Lippen. »Das ist was«, sagte er. »Wie hast du das denn hinbekommen?«

»Eine meiner Tänzerinnen kennt einen Investor«, sagte Wally. »Und dem war der Direktor Rudolf Nelson einen Gefallen schuldig.« Ein wenig störte es sie, dass sie das alles Thea zu verdanken hatte – ausgerechnet Thea, der Toni seit ihrem ersten Tag bei den *Lindy Girls* schöne Augen machte. Sie hoffte inständig, dass Toni klug genug wäre, endlich seinen Flirt mit ihrer Tänzerin einzustellen, der ihr weiterhin ein Dorn im Auge war. Doch andererseits war es ein süßer Genuss, Toni morgen unter die Nase reiben zu können, dass sie ein so vorteilhaftes Engagement für die *Lindy Girls* arrangiert hatte. Mithilfe eines der Mädchen, das ja, aber ohne sein Zutun!

»Glückwunsch«, sagte Jo und prostete ihr zu. »Das kann sich sehen lassen. Nelsons Revuen sind einzigartig, ich hörte, dass Tucholsky für ihn die Texte schreibt, der Herausgeber der *Weltbühne*. Der ist wirklich gut.« Er nippte am Kognak. »Und wann?«

»Bei der Silvesterfeier«, sagte Wally und beobachtete, wie sich Jos dunkle Augen weiteten. »Wir bekommen einen kurzen Gastauftritt zwischen den eigentlichen Nummern der Revue, eine Kleinkunstgruppe ist kurzfristig abgesprungen.«

»Donnerwetter«, sagte er andächtig. »Das gibt ordentlich Presserummel.« Er musterte sie. »Bist du bereit?«, fragte er. »Für Ruhm und Ehre? Endlich?«

»Endlich«, bestätigte sie und trank den Kognak aus. »So, wie ich es mir immer gewünscht habe. Schon damals in Beuthen, als ich an der Wäschemangel im Seifendunst fast erstickt wäre und du mir abends Mut zugeredet hast.«

»Allerdings«, sagte er, und ein wehmütiges Lächeln glitt über sein schönes, müdes Gesicht. »Ich wusste immer, dass aus dir etwas werden würde, trotz des ganzen Schlamassels.«

Er brach ab und sah zur Seite. Kurz sah Wally ihn wieder als Zwanzigjährigen vor sich. Was wäre sie ohne ihn? Er hatte ihr geholfen, sie gerettet, als es sonst niemand getan hatte. Hatte sie damals im Graben hinter der alten Mühle gefunden, wohin sie sich zurückgezogen hatte, als die Wehen eingesetzt hatten. Er hatte ihr beigestanden, ihr geholfen, das Kind in eine Decke einzuwickeln und es an ihrer Stelle auf der Schwelle von Sankt Trinitatis abgelegt, weil sie selbst nach der Geburt zu erschöpft gewesen war, um die wenigen Schritte zu laufen. Dieses Geheimnis teilten nur sie beide, und niemand außer Jo hatte in den Wochen danach Wallys Tränen gesehen, die sie vergossen hatte, als die Milch einschoss und sie sich die Brüste abbinden musste. Als sie wieder und wieder daran dachte, blindlings zur Kirche zu laufen und ihr Kind zurückzufordern. Doch sie hatte es nicht getan. Himmel, das Kind war heute schon vierzehn Jahre alt, kaum jünger als Clementine, ihre Tänzerin.

Sie wollte nicht daran denken. Warum überfiel sie diese Erinnerung ausgerechnet so hinterhältig am Tag ihres Triumphs? Es war richtig gewesen, das Kind loszuwerden. Der Vater, ein Taugenichts, mit dem sie als dummes, naives Ding in Beuthen ein paar flüchtige Begegnungen geteilt hatte, war längst über alle Berge gewesen, und sie hätte dem armen Balg nichts bieten können als Elend. So konnten sie beide immerhin weiterleben. Und Wally hatte schließlich sogar etwas aus sich gemacht.

Jos Blick ruhte auf ihr, sie spürte ihn, als strichen unsichtbare Hände über ihr Gesicht. Es war schön und schrecklich zugleich, dachte sie, wenn einen jemand so gut kannte.

»Denkst du oft an damals?«, fragte er.

»Ich vermeide es, soweit es geht«, antwortete sie knapp. Sie beobachtete ihn. »Du hältst das für einen Fehler«, stellte sie fest.

»Ich weiß nur, dass das Leben kurz ist«, sagte er und berührte sie zart an der Schulter. »Und man sollte nichts auf die lange Bank schieben, was vielleicht notwendig ist.«

»Von wegen lange Bank«, sagte sie und schüttelte seinen Griff ab. »Ich habe nicht vor, irgendetwas zu tun – weder heute noch in Zukunft. Das lasse ich alles schön ruhen, oder warum sollte ich noch mehr Menschen unglücklich machen?«

»Vielleicht sind diese anderen Menschen ja schon unglücklich«, sagte er, »und du könntest etwas geraderücken? Könntest endlich die Wahrheit aussprechen?«

»Die will doch keiner hören«, wehrte Wally ab und trank hastig einen Schluck. »Besser ist es, alte Wunden nicht aufzubrechen.«

»Also steckst du lieber dein ganzes Leben den Kopf in den Sand?«

»Wenn du es so nennen willst!«

Sie maßen sich mit Blicken. Seine dunklen Augen lagen in tiefen Höhlen, und Wally erschrak erneut. Wieso hatte sie nicht bemerkt, wie schlecht es ihrem alten Freund ging? Sollte sie ihn danach fragen?

Doch der Moment verstrich, und sie wusste nicht, wie sie beginnen sollte.

»Jedenfalls will ich heute feiern«, sagte sie schließlich mit einem schalen Gefühl. »Jetzt wendet sich alles zum Guten.«

»Solltest du nicht mit Toni feiern anstatt mit mir?«, fragte Jo und lächelte boshaft. »Mit deinem *Manager*, wie man hört?«

»Lass es gut sein«, sagte sie scharf. »Toni macht seine Sache prima. Und wir sind ein gutes Gespann.«

»Das glaube ich dir aufs Wort«, sagte Jo und drückte ihr kurz mit seinen behandschuhten Fingern den Arm. »Lass dir diesen Erfolg nicht von mir madig machen. Ich bin nur griesgrämig, weil ich gleich wieder in diesen Tigerkäfig muss, wo sie über mich herfallen.« Er deutete zur Tanzfläche.

»Du siehst eben einfach zu gut aus«, sagte Wally und küsste ihn zart auf die Wange. »Jede, die dich sieht, verliebt sich auf der Stelle unsterblich in dich.«

»Außer dir«, sagte er.

»Außer mir«, sagte Wally.

Sie stellte ihr leeres Glas auf die Bar, nahm auch seines und stellte es daneben. Auf dem Grund seines Glases schimmerte eine letzte bernsteinfarbene Träne.

»Erlaubt dein Direktor, dass du ein Tänzchen mit mir bestreitest?«, fragte sie und nahm seinen Arm. »Auch, wenn ich nicht bezahlen kann?«

»Ich bestehe darauf«, sagte er und legte einen Arm um ihre Taille. Sie gingen zur Tanzfläche, die Kapelle hatte bereits wieder angefangen zu spielen. Eine stark geschminkte junge Sängerin stand am Mikrophon auf dem kleinen Podest, das als Bühne diente. Ihr Kleid war golden und warf Lichtpunkte überallhin.

Eine große Pleite ist der Mann von heute, sang sie ein aufmüpfiges Chanson, zu dem der Pianist sie begleitete, *er dreht den Schnurrbart nur, doch von Leidenschaft ist keine Spur.*

Jo hielt Wally fest im Arm und führte sie sicher, mit langen Schritten und gewagten Drehungen über die Tanzfläche. Wally legte die Wange an seine Schulter, wusste, ohne aufzusehen, dass neidvolle Blicke sie trafen, und lauschte der Musik. *Drum hab ich mich beschränkt auf einen Mann*, sang die junge Frau mit dem bemalten Mund dicht am Mikrophon. Die Geigen fiedelten. *Mein Johannes*, flötete die Sängerin, *ach der kann es! Mein Johannes ist der Inbegriff des Mannes …* Wally und Jo sahen sich an und prusteten los.

»Wenn die wüsste«, murmelte Jo dicht an Wallys Ohr, und in der Verbundenheit zweier Menschen, die als einzige im Raum die Pointe eines Witzes verstanden hatten, tanzten sie den Tango zu Ende.

Kapitel 26

Toni

Um diese Zeit war es in Helgas Nassem Eckchen wie in einer Höhle. Unstet flackerten die Kerzenflammen über das zerschrammte Holz der Tische, lange Schatten tanzten an den grob verputzten Wänden, und aus dem Grammophon schepperte eine leise Melodie – ein Lied von Herzeleid und früheren, längst vergangenen Zeiten. Durch den bläulichen Zigarettenrauch sah Toni nur undeutlich Helgas stämmige Figur, die hinter dem Tresen mit den Gläsern hantierte und die Gäste bediente, die sich an diesem nasskalten Dezemberabend in ihrer Kneipe von innen wärmen wollten.

Aus irgendeinem Grund roch es durchdringend nach nassem Hund, obwohl kein Hund zu sehen war.

Er versuchte, sich wieder auf sein Blatt zu konzentrieren. Von Anfang an hatte er in dieser Partie Pech gehabt – Pik-Ass und Karo Zwei, eine gute Karte und eine schwache, damit ließ sich selten etwas anfangen. Dennoch hatte er sich entschieden, die Hand zu spielen, auch wenn es riskant war, denn er hatte fünf Mark im Topf. Doch er fühlte sich aufgekratzt, und er schwebte ein paar Zentimeter über dem Boden. Das lag sicher an diesem Mädchen, dachte er und musste bei dem Gedanken an Thea unweigerlich lächeln.

Auch, wenn er es vor Wally niemals zugegeben hätte – dass er mit seiner anderen Flamme, Marlene, Schluss gemacht hatte, lag nur an Thea. Er konnte einfach an keine andere mehr denken, seit er sie kannte. Zwar hatten seine Annäherungsversuche auf sie bisher keinen Eindruck gemacht, aber wenn er an sie dachte – an ihre großen Augen hinter den Brillengläsern, ihr dunkles Haar, die weiche Haut –, klopfte sein Herz aufgeregt. Er wollte noch nicht aufgeben. Und gleichzeitig wusste er, dass er die Finger von ihr lassen musste. Doch genau dieses Wissen machte alles nur schlimmer, es hatte so etwas von Romeo und Julia, von verbotener Frucht und jenen Äpfeln, die an den Bäumen in fremden Gärten immer am süßesten waren.

»Du bist heute nicht bei der Sache, Toni«, knurrte Friedrich. »Pass auf, sonst zieht Egon dich über den Tisch.« Er nahm eine Karte auf, grunzte unzufrieden und rieb sich unter seiner Mütze den Schädel mit dem schütteren weißen Haar. »Ich bin allerdings kaum eine Gefahr mit dieser Grütze.« Betrübt sortierte er die Spielkarten in seiner Hand und stieg aus.

Toni betrachtete die zerfurchten Gesichter seiner beiden Spielkumpane, auf denen das Kerzenlicht tanzte. Der alte Friedrich war ein ausgekochter Pokerspieler, das hatte Toni schon oft am eigenen Leib erfahren müssen. Doch ein schlechtes Blatt war manchmal eben Schicksal. Den anderen Mann, ein fünfzigjähriger Hüne mit struppigem Haar, kannte Toni nur vom Sehen, er hatte sich heute zum ersten Mal zu ihnen gesetzt. Ihm schien Fortuna als Einzigem hold zu sein.

Jetzt nahm er sich ein paar Karten vom Tisch und legte mit siegessicherer Miene ein *Full House*. Toni stöhnte, und Friedrich warf seine Karten von sich, die tatsächlich ebenso wie Tonis Blatt nicht der Rede wert waren.

»Mit dir zu spielen ist ein Himmelfahrtskommando«, brummte er an Egon gewandt und sah betrübt zu, wie der riesige Mann mit einer einzigen Handbewegung die Münzen an sich raffte. »Ich höre auf.«

»Dito«, sagte Toni und legte seine Karten zur Seite. Er nickte Egon zu, der sich mit zufriedenem Lächeln zur Bar begab, um einen Teil seines Gewinns schnellstmöglich in Bier und Korn umzusetzen. Toni verschränkte seine Hände hinter dem Kopf, lehnte sich auf dem Stuhl zurück, kippelte und reckte sich.

»Du siehst blass aus«, bemerkte er und betrachtete Friedrichs faltige Stirn und die eingefallenen Wangen mit dem Bartschatten.

»War nicht ganz auf dem Damm«, brummte der, »in meiner Führerkabine zieht's wie Hechtsuppe.«

»Nur deswegen hast du heute verloren«, lachte Toni, »wenn du auf dem Posten bist, ist es viel zu gefährlich, mit dir um Geld zu pokern.«

Friedrich hob die Schultern. »Pech im Spiel…«, begann er vielsagend und stapelte die Spielkarten, »so sagt man doch?«

»Bist du etwa verliebt?«, fragte Toni und grinste. Er stand auf, streckte sich ausgiebig und lehnte sich rücklings an die Bar. »In deinem Alter?«

»Ich nicht, du Flitzpiepe«, gab Friedrich zurück und

wischte an einem Senffleck herum, der den dunklen Stoff seiner Schaffneruniform über der Brust zierte.

Toni zündete sich eine Zigarette an, nachdenklich sah er dem silbrigen Rauchfaden nach, der emporstieg und sich unter der niedrigen Decke der Kneipe verlor. »Vielleicht hast du recht«, sagte er vage und paffte. »Aber von Glück kann bei mir bisher auch keine Rede sein.«

»So?«, fragte Friedrich. Er holte eine Meerschaumpfeife aus der Westentasche und stopfte sie sich mit geübten Bewegungen seiner knotigen Altmännerhände. »Toni Lindberg als Mauerblümchen? Das hat der Schiffbauerdamm noch nicht gesehen.«

»Man wird älter«, sagte Toni würdevoll, »und vernünftiger. In diesem Fall ist die Sache leider ein bisschen vertrackt.«

»Ist dein Herzblatt schon vergeben?«

»Eigentlich weiß ich das nicht«, sagte Toni. »Aber es ist schlimmer – sie arbeitet für mich. Und das geht bekanntlich nie gut aus.«

Aus Friedrichs Pfeife kamen kleine Wölkchen. Helga, die die letzten Worte mit angehört hatte, stemmte die Arme auf den Tresen und schnaubte. Toni drehte sich um.

»Mensch, Junge«, sagte Helga und zog die kräftigen Augenbrauen über der Nase zusammen, »du zündelst schon wieder herum, hab ick recht? Hast dich ausjerechnet in eine deiner Tänzerinnen verguckt? Dit is ja wie im Kintopp!«

»Du hast doch keine Ahnung«, brummte Toni, dem plötzlich aufging, dass er jetzt von beiden Alten in die

Zange genommen wurde. »Wann warst *du* überhaupt das letzte Mal im Kino?«

»Na hör mal«, sagte Helga entrüstet, »ick habe erst vor ein paar Tagen den neuesten Charlie Chaplin jesehen.« Beinahe verträumt sah sie über den Tresen den weißen Rauchwölkchen nach, die Friedrich mit seiner Pfeife produzierte.

»*Der Zirkus?*«, fragte Toni und pfiff anerkennend durch die Zähne. »Dolles Ding!«

»Hat mir jut jefallen«, sagte Helga. »Meiner Meinung nach hat sich der Tramp ehrenhaft verhalten, als er seine Jeliebte diesem Star Rex überlassen hat. Er hatte nur das Beste der Frau im Sinn, die er liebte.« Sie kniff die Augen zusammen und sah Toni streng an. »Könnte sich so mancher 'ne Scheibe von abschneiden.«

»Ich sollte mal wieder ins Kino gehen«, murmelte Toni und hatte sofort die Vision, wie Theas kleine Hand in seiner lag und sie im Schutz des dunklen Saals immer tiefer in ihren Zuschauersesseln versanken, während eine Liebeskomödie über die Leinwand flackerte. Sie würden sich einträchtig eine Tafel Schokolade teilen und …

»Mach nur keenen Unsinn, Anton«, sagte Helga, »es könnte dich teuer zu stehen kommen. Ick meine, wir alle wissen, wie es um dich und Wally steht, wir haben euch all die Jahre beobachtet …«

»Keine Ahnung, was du meinst«, sagte Toni schnell und zündete sich eine neue Zigarette an der Glut seiner Kippe an, »Wally und ich haben eine Firma zusammen, das ist alles. Wir sind Kompagnons, und bald werden wir groß rauskommen, und ihr erblasst alle vor Neid.«

»Mag sein«, sagte Helga ungerührt und schenkte nebenbei zwei Neuankömmlingen an der Bar Pfefferminzschnaps ein, »aber mich könnt ihr nicht täuschen. Wally hängt sehr an dir, Anton, und du solltest nicht so dumm sein, die jekränkten Jefühle von 'ner Frau zu unterschätzen.«

Wieder flackerten ihre zusammengekniffenen Äuglein zu Friedrich hinüber, der noch immer am Tisch hockte, sein Pfeifchen rauchte und so tat, als ginge ihn das alles gar nichts an.

»Ich hänge ja auch an ihr«, sagte Toni, »aber falls du davon träumst, auf unserer Hochzeit zu tanzen, Helga, dann wird daraus nichts.« Er sah sie ernst an. »Wir sind nicht füreinander bestimmt.«

»Nee«, sagte sie spöttisch, »du bist eher für 'ne Zwanzigjährige bestimmt, die du seit ein paar Wochen kennst, oder, Anton?« Sie lachte kollernd, bis ihr Lachen in ein Husten überging, denn Helga hatte es mit der Lunge. »Ihr Männer seid alle gleich«, brummte sie kopfschüttelnd und rang nach Luft, »sucht euch immer dit Unmögliche, anstatt dit Richtige zu wagen. Für 'ne echte Frau habt ihr keenen Mumm, lieber nehmt ihr ein Püppchen nach dem anderen.«

»Thea ist kein Püppchen«, brauste Toni auf.

»Soso«, sagte Helga, »Thea heißt deine aktuelle Flamme also. Hübscher Name, immerhin.«

Jetzt wurde es Toni langsam zu bunt. Helga war schließlich nicht seine Mutter, was fiel ihr ein, ihn abzukanzeln wie einen Volksschüler?

»Wahrscheinlich wird ohnehin nichts draus«, sagte er

und war überrascht, wie schnell ihm seine eigenen Worte einen Schlag in die Magengrube versetzten. Würde er recht behalten? Er wusste nicht, was er hoffen sollte. »Thea ist eine begabte Tänzerin und wird es noch weit bringen. Und ich werde lieber nichts tun, was uns schaden könnte, ich will nichts riskieren.«

Helgas Miene wechselte von spöttisch zu mitleidig. Ihre Bulldoggenwangen zitterten sacht. Sie nahm ein fleckiges Leintuch und begann, eine Reihe Gläser zu polieren. »Wer's glaubt, wird selig«, knurrte sie. »So redet ihr am Anfang immer, aber 'n Ehrenmann is dann doch nur Charlie Chaplin. Und ooch bloß im Film, denn wie man in den Zeitungen liest, lässt er nichts anbrennen und betrügt seine Frau alle nasenlang.«

Sie schlug sich an die Stirn. »Hätte ick fast verjessen«, sagte sie und legte das Tuch beiseite. Sie griff unter den Tresen und holte eine zerlesene Zeitung hervor. »Ihr habt ooch 'ne kleene Kritik, Seite sieben.«

Andächtig schob sie Toni das Blatt rüber, und er drückte seine Zigarette im Aschenbecher aus und griff danach. Zögernd blätterte er es auf und sah sich unauffällig um. Er vergewisserte sich, dass niemand außer Helga und Friedrich ihn beobachtete. Doch selbst vor ihnen konnte er nicht zugeben, dass die schwarzen Buchstaben auf den vielen Seiten sofort vor seinen Augen verschwammen. Er musste sich das in Ruhe ansehen, ohne Zeugen, dann würde er die Stelle finden, an der jemand über sie schrieb, und den Beitrag entziffern können.

»Ist die Kritik gut?«, fragte er beiläufig.

»Eher begeistert«, bemerkte Helga knapp. »Aber lies doch selbst.«

Toni sah auf seine Armbanduhr. »So spät?«, stieß er hervor, »ich muss los.« Er rollte die Zeitung zusammen und hielt sie hoch. »Darf ich die mitnehmen?«

»Nur zu«, sagte Helga. »Ick hatte nicht vor, mir dit Artikelchen von diesem Herrn Jäger auszuschneiden und in ’nem Rahmen übers Bett zu hängen. So gern ich dich und Wally ooch habe.«

»Danke«, rief Toni, stopfte sich die zusammengerollte Zeitung in die hintere Hosentasche und schlug Friedrich zum Abschied auf die Schulter.

»Treib’s nicht zu bunt«, sagte er. »Und das nächste Mal lade Helga bitte nicht in einen Liebesfilm ein, sonst wird sie noch eine echte Expertin auf dem Gebiet.«

Er verkniff sich ein Lachen, als er den erstaunten Blick sah, den die beiden älteren Leutchen wechselten, tippte sich an seine Schirmmütze und lief mit federnden Schritten hinaus in die Nacht.

Kapitel 27

Gila

Ich bin ein Häufchen Elend heute, und nicht einmal der Gugelhupf im Josty, für den ich mir wieder zwei Mark aufgespart habe, kann mich aufheitern. Im Gegenteil, er rutscht kein bisschen und bleibt mir krümelig im Hals stecken, so wie beinahe alles, was ich in letzter Zeit versuche zu essen. Etwas liegt mir um die Kehle, ein Band oder ein Strick, und schnürt die Speiseröhre zu.

Wenn ich nicht ohnehin längst Gewissheit hätte, dass etwas mit mir nicht stimmt, wäre das allein Beweis genug. Denn wenn es mir nicht schmeckt, dann ist irgendetwas ganz und gar nicht in Ordnung. Schon Mutti sagte das immer! Gilachen, sagte sie, du lässt dir die Butter nicht vom Brot nehmen. Na, auch wenn es Margarine war, die sie mir aufs Pausenbrot strich mit ihren lieben Händen. Wir hatten schließlich Krieg. Und wie knapp die Zuteilungen waren! Das hab ich nicht vergessen.

Ich habe auf einmal schreckliche Sehnsucht nach einer Mutter, die sich um mich kümmert, die mir meine Last abnimmt und mir die Wange streichelt. Die pustet und *heile, heile Gänschen* macht, damit es nicht mehr wehtut. Und doch muss ich in meiner Situation dankbar sein, dass ich ihr jetzt nicht beichten muss, wie tief es mit mir heruntergegangen ist. So bleibt ihr wenigstens das erspart.

Im Büro war es heute furchtbar, zum ersten Mal war selbst Fräulein Bentheim schneller mit dem Abtippen als ich, weil ich versteinert hinter meiner *Torpedo* saß, durchs beschlagene Fenster an den Eisblumen vorbei in die Kälte starrte und mich nicht zu fassen wusste. Das Jahr ist fast zu Ende, und ich bin so glücklich gewesen in diesem Jahr! Ich träumte von einer dollen Fete zu Silvester, von einer Flasche Champagner, die ich irgendwo ergattern und in mein Schlafzimmer schmuggeln würde. Von Thea, wie sie nach ihrem großen Auftritt im Nelson, zu dem sie mich eingeladen hat, mit mir unter einer Flanelldecke um die Schultern auf dem Dach des Mietshauses stehen würde und das neue Jahr begrüßen, wenn es in die Stadt kommt. 1929 – wie aufregend das klingt! Und wie überzeugt ich war, es würde ein einziges Fest, da es doch mit uns aufwärtsgeht. Aber damit ist es jetzt Essig. Nun muss ich erst mal zusehen, wie ich mich aus diesem Schlamassel herauswinde.

Wahrscheinlich sollte ich Herrn Meier fragen. Er hat Geld, und Geld brauche ich. Mehr als nur zwei Mark extra für ein Stück Kuchen, und auch mehr als die paar Kröten, die ich Jo zustecke, damit er mir etwas von seinem weißen Pulver gibt. Vielleicht ist es gut, dass dafür erst mal kein Geld übrig ist. Ich habe immer gefunden, dass ich auch ohne auskomme, aber Thea ist regelrecht wild auf das Zeug, und ich mache mir Vorwürfe. Vielleicht war es keine gute Idee für sie, damit anzufangen. Ein Mädchen wie ich ist einiges gewöhnt und robust geworden durch ein Leben, das recht hart genannt werden kann. Aber ein Mädchen wie Thea hat kaum Anschauung für die Wirklichkeit. Die Realität trifft jemanden wie sie völlig unvorbereitet, und deswegen fühlt sie alles so stark und tief und unmittelbar, was an mir schon lange abprallt.

Aber das hier, das prallt nicht ab, das trifft auch mich! Dabei habe ich doch alles getan, um es zu verhindern. Aber eine Frau kann sich eben nie sicher sein, Sicherheit gibt es für uns nicht.

Ich muss mit Herrn Meier sprechen, gleich morgen, aber was, wenn er wütend wird? Was, wenn er behauptet, es sei nicht seins? Das darf nicht passieren! Ich muss es klug anstellen. Ich muss ihn bei seiner männlichen Ehre packen, beim Beschützerinstinkt, damit er mir aus der Patsche hilft. Wenigstens das muss er für mich tun. Und danach werde ich nie wieder mit ihm aufs Hotelzimmer gehen, so wahr ich Gila Neumann heiße. Leid wird es mir nicht tun, und sein Geld und die Schnittchen kann er von mir aus behalten, wenn ich nur noch dieses Mal davonkomme.

Außerdem brauche ich eine Adresse. Da weiß ich aber schon Rat, in einem Magazin für Damen war nämlich einmal eine Anzeige. Ganz diskret am Rand, unter einer Annonce für Büstenhalter. *Rechtzeitig benutzt, erhält* Hautana *die schöne Büste viele Jahre länger.* Und darunter die Adresse von Frau Doktor. Ich habe sie ausgerissen und in mein Schmuckkästchen gelegt, tief unter die Samteinlage. Zum Glück bin ich patent, genau wie in dem Lied von der Waldoff. Eben eine echte Berlinerin, praktisch bis ins Mark. So haben wir es gelernt, so müssen wir sein, um durch dieses Leben zu kommen. Ob wir wollen oder nicht. Seit Tagen geht mir das Lied nicht aus dem Kopf, es steckt so viel Wahrheit darin und so viel Bitterkeit. *Et stöhnt das aufjeklärte Meedchen, sie muss sich irjendwie betät'gen, sie hat so furchtbar viel Talente ...* Das dachte ich auch von mir, aber am Ende sind es gar nicht so viele, wie ich dachte. Was kann ich schon? Rasant schnell tippen, wie das Mädchen im Chanson? Gut, können viele. Mit dem Chef anbandeln? Altes Lied! Romane schreiben? Na, das muss noch bewiesen werden. Sich schwängern lassen? Ach, wie viele Mädchen können das, es ist leicht, allzu leicht, und erst das, was danach kommt, ist schwer. Es macht mich ganz trübsinnig, *wie* schwer, denn was kann der Wurm dafür? Ich könnte ihn sogar lieb haben, unter anderen Umständen. Und doch gibt es in mir keinen Zweifel, dass ich ihn loswerden muss.

Ich hoffe nur, es tut nicht weh. Schmerzen kann ich gar nicht leiden, ich weine schon beim Zahnarzt, und ich habe mir sagen lassen, dass es schlimmer ist als beim Zahnarzt. Wenn ich es doch nur schon hinter mir hätte, alles vergessen könnte und doch noch mit Thea zum Silvesterball, wo wir tanzen bis zum Morgengrauen, ins neue Jahr hineintanzen. Neue Menschen sein. Neue Frauen, ja, aber nicht solche wie in den Zeitschriften, sondern wirklich neue Exemplare, die die Welt noch nicht kennt. Mit so viel Freiheit und Mut und Liebe im Gepäck, dass sich die Männer umgucken und fragen: Was sind das für unerhörte, beneidenswerte Geschöpfe? Und warum können wir nicht auch Frauen sein?

Erst, wenn es so weit ist, können wir zufrieden sein.

Kapitel 28

Alice

Dezember 1928

»Biste dir jetzt zu fein für uns?«, fragte das Mädchen mit den zerzausten blonden Haarsträhnen, und Alice spürte, wie ihr die Hitze trotz des kalten Wintertags ins Gesicht stieg. Es wehte ein eisiger Wind, doch ein heller Sonnenstrahl fiel in den engen Hof und ließ das Haar des Mädchens golden aufleuchten.

»Quatschkopp«, sagte Alice, schüttelte grimmig den Kopf und sah in die Runde. Die Gesichter der drei Kinder, mit denen sie im Halbkreis im Hinterhof saß, waren erwartungsvoll auf sie gerichtet. Aus einer Feuertonne in ihrer Mitte qualmte und stank es, doch wenigstens gaben die kleinen Flammen ein wenig Wärme ab.

»Ich habe nicht mehr so viel Zeit wie früher«, sagte Alice und hörte selbst, wie lahm es klang. »Ich muss viel proben. Ihr habt doch die Frau gesehen, für die ich jetzt arbeite, die Kaluza. Mit der ist nicht zu spaßen.«

»Bist du jetzt reich?«, fragte einer der Jungen, ein Neunjähriger mit verschorften Knien und zerrissenen Hosen. Er stocherte mit einem verbogenen Schürhaken in der Feuertonne, und Aschefetzen schwebten durch die kalte Luft.

»Kein bisschen«, sagte Alice empört, »ich habe doch meine Stelle verloren.«

»Gehst du nie mehr in die Fabrik?«

Sie dachte nach. Behnkes Miene hatte etwas Triumphierendes gehabt, als er sie rausgeschmissen hatte, und sie bezweifelte, dass es für sie einen Weg zurück gab.

»Wenn ich nicht muss, dann nicht«, sagte sie und tat so, als bereite ihr das keine großen Sorgen. »Wir haben ein bisschen was an Gage verdient, und ich komme über die Runden. Aber nur, solange wir Auftritte haben. Und die gibt es nur für die Besten.«

»Irgendwann wirste bestimmt berühmt, so wie Anita Berber«, sagte das kleinere Mädchen und kaute an ihren Zöpfen.

Alice griff automatisch nach ihren eigenen Zopfenden, doch da war nichts als Luft, und sie erinnerte sich wieder daran, dass sie jetzt kurze Haare trug. Jules und sein fröhlicher Onkel, der Friseur, fielen ihr ein, und sie lächelte wehmütig. Neulich hatte sie eine Straßenbahn vorbeifahren sehen, Jules am Steuer. Sie war sicher, dass auch er sie gesehen hatte, aber er hatte stur auf die Straße geschaut und so getan, als bemerke er Alice nicht. Wahrscheinlich dachte er, sie hätte ihn längst vergessen. Dabei war es das nicht. Im Gegenteil, sie dachte in letzter Zeit oft an ihn. Doch was sollte sie mit so einem? Wieso sollte sie ihre Zeit verschwenden, wenn es klar wie Kloßbrühe war, dass er ihr nichts zu bieten hatte? Sie war ganz allein auf der Welt, und sie hatte Verantwortung für Ben. Wieder stahl sich ein schmerzliches Lächeln auf ihr Gesicht.

»Was ist so lustig?«, fragte der Junge mit dem Schürhaken. Die lange Narbe, die sich über seine Wange zog, leuchtete in der Kälte dunkelrot in seinem blassen Gesicht. Er hatte einen Vater, der trank.

»Nichts«, sagte Alice, »im Gegenteil. Die Berber ist übrigens kürzlich gestorben. Und ich habe nicht so bald vor, ihrem Beispiel zu folgen.«

Nachdenklich sah sie durch den tristen, winterlichen Hinterhof. Die Mülltonnen quollen über, auf der Teppichklopfstange saßen zwei grauschwarze Krähen und schienen auf etwas zu warten. Aber worauf? Alice sah alles mit neuen Augen. Sie spürte, dass sie zwar aus diesem Hof kam, aber nicht mehr hierhergehörte. Und die Kinder spürten das auch, ihre ängstlichen Fragen verrieten es. Alice war im Aufbruch. Sie war Teil einer anderen Welt geworden, gehörte neuerdings zu Wally Kaluza, zu Thea und Jutta, zu der tollpatschigen Clementine, der pummeligen Hedi, der dunkelhaarigen Margot. Der düstere, karge Probenraum in Wallys Tanzschule am Weidendamm war Alice mehr ein Zuhause geworden als ihre schäbige, zugige Kammer in der Sophienstraße. Und diese Mädchen, die *Lindy Girls*, hatten unmerklich den Platz der Hinterhofkinder eingenommen, waren für Alice mit den Wochen wichtiger geworden als alles andere. Außer Ben, natürlich.

Alice sprang auf und zog das Mädchen neben sich mit in die Höhe.

»Wir erfrieren hier bald, wenn wir uns nicht bewegen«, sagte sie. »Ihr wolltet doch tanzen?«

Die Kinder kamen auf die Füße. Der Junge ließ den

Schürhaken fallen, lief zum Aufgang des Hinterhauses und kehrte mit einem abgewetzten braunen Koffer zurück.

Alice starrte ihn an.

»Was habt ihr denn da?«

»Du wirst staunen«, sagte der Junge und grinste, wobei eine große Zahnlücke sichtbar wurde. »Haben wir gefunden.«

»Gefunden?«, fragte Alice streng.

Die Kinder wechselten schnelle Blicke. »Auf dem Schrottplatz in der Auguststraße«, flüsterte das kleine Mädchen mit den Zöpfen. »Ehrlich, das lag da so rum.«

Alice biss sich auf die Zunge und fragte nicht weiter. Man durfte nicht einfach auf den Schrottplatz gehen und sich dort bedienen, und ganz sicher fand man dort nicht solche Schätze. Der Koffer musste auf andere Weise seinen Besitzer gewechselt haben. Doch sie wollte die Freude der Kinder nicht zerstören.

»Ich habe es repariert«, sagte der Junge stolz und öffnete den Deckel. Ein kleines tragbares Grammophon kam zum Vorschein, komplett mit Plattenteller, Schwenkarm und Kurbel. Er griff in die Tasche, die sich im Deckel des Koffers verbarg, und zog eine schwarze Schallplatte hervor. Als er sie auflegte und die Kurbel gedreht hatte, hörte man erst ein Kratzen, dann erscholl plötzlich Musik. Posaunen und Trompeten, ein Saxophon und eine Klarinette spielten, und eine männliche Stimme flocht sich dazwischen – *Amalie geht mit 'nem Gummikavalier, mit 'nem Gummikavalier ins Bad*. Die Musik hallte von den Brandmauern ringsum wider.

Der Junge strahlte Alice an. »Ist dit nüscht?«, fragte er begeistert und betrachtete die sich drehende Platte andächtig. Er klopfte mit seinen zerlöcherten Stiefeln den Takt aufs Pflaster. Auch die beiden anderen Kinder umringten das kleine Grammophon, als sei es ein Altar.

»Na, dann los«, sagte Alice, »das ist ein Onestep.«

Sie fasste das größere Mädchen mit den hellen, zerzausten Haaren bei den Händen. Marthe tanzte gut, sie beherrschte die Tanzschritte, die sie und Alice den anderen jetzt vorführten. Ihre Hände lagen auf Alices Schultern, Alices Hände auf Marthes Schultern.

Alice zählte. »Eins, zwei, eins, zwei!«

Die beiden anderen Kinder sahen ihnen zu, dann fassten auch sie sich bei den Händen und versuchten es. Alice und Marthe ließen sich mit der einen Hand los, öffneten sich, sie machten die Promenade, bei der sie Seite an Seite im Gleichschritt tanzten, dann schlossen sie sich wieder zusammen. Alice zeigte dem Mädchen die neuen Figuren, die sie gelernt hatte – den *Lindy Hop* von Toni Lindberg. *Tuck Turn*, sechs Schritte, wieder eindrehen, *Sugar Push*, während die Füße die ganze Zeit in Bewegung blieben, immer sechs Schläge lang und dann wieder von vorn.

»Eins, zwei«, zählte Alice, »eins, zwei«, rief der Junge mit der Narbe. *Amalie geht mit 'nem Gummikavalier ins Bad*, tönte der Gesang zu den Blechbläsern aus dem Grammophon. *Und sie pustet, und sie bläst ihn auf geschwinde, an der Nordsee, Ostsee, Wannsee, Swinemünde.*

Scheppernd klang das Echo der Musik von den hohen, bröckelnden Wänden des Hinterhauses, und als Alice im Tanz den Blick zum hellblauen Viereck hob, das die Mauern in den Winterhimmel schnitten, spürte sie, wie ein paar Schneeflocken sich auf ihr Gesicht legten. Sie blinzelte in die grelle Wintersonne.

Als die Platte zu Ende ging und die letzten Töne sich in der eisigen Luft verloren, kamen sie zum Stehen. Alice betrachtete die Kinder, ihre geröteten Nasen, die großen Augen, die hervorstehenden Wangenknochen.

»Habt ihr heute schon gefrühstückt?«, fragte sie, obwohl sie die Antwort kannte.

»Morgen ist wieder Armenspeisung«, murmelte der Junge. »Dann gibt's was.«

»Aber jetzt ist heute«, sagte Alice. Sie zögerte einen Moment. »Hier«, sie zog einen halben Brotlaib aus ihrem Rucksack und gab ihn dem Jungen.

»Brauchst du das nicht?«, fragte er ungläubig und befühlte das Brot wie einen Schatz, den er auf dem Meeresgrund gefunden hatte. Die Mädchen kamen näher, sie strichen um ihn herum, kleine, Beute witternde Tiere.

Alice schüttelte den Kopf. »Heute nicht«, sagte sie und dachte an ihre Verabredung im Aschinger zur Mittagszeit. Dieser Journalist würde ja wohl wenigstens eine Mahlzeit springen lassen, wenn sie ihm schon ihre Zeit für ein Interview schenkte. Sobald sie daran dachte, wie er sie ausfragen und sie nicht wissen würde, was sie antworten sollte, wurde sie nervös.

»Lasst aber einen Kanten für Ben übrig«, sagte sie, als sie sah, wie der Junge ein Klappmesser aus seiner ausgebeulten Hosentasche beförderte und drei dicke Schnitten vom Brotlaib abschnitt. Er reichte ihr den Rest, den sie sorgfältig im Rucksack verstaute, spießte die drei Brotscheiben auf einen Stock und hielt sie vorsichtig über die Feuertonne. Zu dem Geruch nach Holzkohle und Schnee gesellte sich bald der zarte Duft gerösteten Brots.

Als der letzte knusprige Krümel in den Kindermündern verschwunden war, hörte Alice einen Pfiff aus dem Durchgang, der nach vorn in den zweiten Hof führte. Sie sprang auf.

»Das ist Ben«, sagte sie. »Ich muss los.«

Sie sah streng in die Runde und deutete aufs verstummte Grammophon.

»Bringt das zurück, aber postwendend!«, sagte sie.

»Ist gut«, brummte der Junge, »ohne dich ist es sowieso nicht so knorke.«

»Vergiss uns nicht«, rief ihr das kleine Mädchen mit vollen Backen und rosigen Wangen hinterher und schluckte an seinem letzten Bissen. »Morgen tanzen wir wieder.«

Alice lächelte, winkte ihr noch einmal zu und dachte schuldbewusst, dass sie nicht jeden Tag hierherkommen und den armen Kindern Brot und etwas Abwechslung bringen konnte. Vergessen würde sie ihre Herkunft trotzdem nicht, sie wusste, woher sie kam und dass sie die Sophienstraße niemals aus sich herausschütteln konnte, wenn auch die Musik noch so ohrenbetäubend und ihr Tanz noch so wild wäre. Der große Silvesterauftritt stand bald bevor, und die Kaluza hatte letzte Nacht bei der Probe angekündigt, dass sie bis dahin üben würden bis zum Umfallen. Und wenn ihre Chefin etwas sagte, meinte sie es auch so.

»Da bist du ja«, sagte Alice zu ihrem Bruder, der draußen auf der Straße an eine Brandmauer gelehnt auf sie wartete. Eine dünne Schneeschicht bedeckte jetzt das Pflaster, und die Wintersonne strahlte weiter vom hellblauen Himmel und ließ die Eiskristalle glitzern.

Ben rauchte und schwieg. Die blauen Flecken an Hals und Gesicht hatten sich über schillerndes Violett und Grün zu Gelb verfärbt, sie verblassten immer mehr und würden bald nicht mehr zu sehen sein. Über dem linken Auge trug er noch ein Pflaster, doch der Augenarzt, zu dem Alice ihn geschleppt hatte, war optimistischer gewesen als der Arzt im Krankenhaus. Mit ein wenig Zeit – und sündhaft teuren Tropfen aus der Apotheke – würde Bens Auge heilen und wahrscheinlich wieder fast so gut funktionieren wie vor der Verletzung.

»Entwarnung, mein Fräulein«, hatte der Herr Doktor gesagt, Alice bedeutungsvoll über die Halbrandbrille angesehen und ihre Hand eine Spur zu lange in seiner gehalten.

Eigentlich war also alles in Ordnung, dachte sie. Aber etwas an Ben war verändert, seit sie ihn aus St. Hedwig abgeholt hatte. Er war stiller als sonst, und bei der geringsten Kleinigkeit fuhr er zusammen und sah sich um, als erwarte er, dass im nächsten Moment eine Mörderbande aus dem Gebüsch brechen werde. Doch wenn sie ihn darauf ansprach, wehrte er ab und wurde wütend. Tanzen wollte er nicht, zum Boxtraining ging er nicht mehr, und von seiner Flamme, wie auch immer sie gerade hieß, war keine Rede mehr. Etwas in ihrem jüngeren Bruder wirkte wie erloschen, und Alice schauderte, wenn sie darüber nachdachte, wer diese glühende, quirlige, tanzende Flamme ausgeblasen hatte, die zuvor in ihm gebrannt hatte – und auf welche Weise.

»Hast du Hunger, Keule?«, fragte sie betont munter und holte den Brotrest aus ihrem Tornister. Ben zog an seinem Zigarettenstummel, den er sicher auf der Straße gefunden hatte, und schüttelte nur den Kopf. Alice krampfte sich das Herz schmerzhaft zusammen. Ratlos verstaute sie das Brot wieder. Was sollte sie nur mit ihm machen?

Ein älterer Mann kam ihnen auf dem Bürgersteig entgegen, und Alice wollte zur Seite treten, um ihm Platz zu machen. Doch der Mann blieb genau auf ihrer Höhe stehen und musterte Ben. Sein Blick wanderte zu seinem roten Haar und weiter über die verheilende Platzwunde auf der Stirn.

»Sind Sie Ben Margoniner?«, fragte er.

Alice erschrak. Auch Ben rappelte sich aus seiner lässigen Haltung auf und stand plötzlich aufrecht.

»Warum?«, fragte er leise und warf die Kippe in den Schnee.

Der Mann kratzte sich unter seiner Schirmmütze. Er trug eine Straßenbahnschaffneruniform, die Messingknöpfe an seiner Jacke glänzten im kalten Dezemberlicht.

»Hab dich neulich gefunden, als diese Hornochsen dich verprügelt haben«, sagte er mit knurriger Stimme. »Am Bahnhof, weißt du nicht mehr?«

Ben starrte ihn an. Langsam schüttelte er den Kopf. »Ich erinnere mich nicht«, sagte er abweisend.

»Hab dem Schupo Bescheid gesagt«, fuhr der Mann fort. »Und dann hab ich einen Krankenwagen gerufen.« Er legte seine weiß behaarte Pranke kurz auf Bens Ärmel. »Das war unfair«, sagte er leise, »drei gegen einen.«

Ben schüttelte die Berührung ab, er starrte aufs Pflaster, und Alice, die ihren Bruder kannte, ahnte, warum sein Auge auf einmal glitzerte.

Sie hatte bei den Worten des Mannes aufgehorcht. »Haben Sie die Angreifer gesehen?«, fragte sie.

»Allerdings«, sagte er. »Und darum bin ich hier. Ich hab mich nach euch durchgefragt, ihr seid hier ja bekannt wie bunte Hunde.« Er trampelte ein wenig mit seinen schweren Stiefeln auf und ab, damit ihm wärmer wurde, denn der Dezemberwind pfiff erbarmungslos um die Hausecken. »Wäre schon früher gekommen, aber ich war krank. Das Wetter ...«

»Was wollen Sie?«, fragte Ben mürrisch und schob sich frierend die Hände unter die Achseln.

»Ich will mit dir zur Polente gehen und dabei helfen, diese Schläger dingfest zu machen«, sagte der Mann. »Das waren solche ekelhaften Nazibengel. Mit Armbinde, Hakenkreuz und Pipapo. Würde mich nicht wundern, wenn sie auch Messer gehabt hätten, oder sogar eine Knarre. Damit stattet die SA ihren Nachwuchs ja nur zu gern aus.« Er spuckte aufs Pflaster. »Dann kannst du von Glück sagen, dass du jetzt hier in der Sonne stehst, Junge, und nicht die Radieschen von unten betrachtest.«

Alice fuhr zusammen und starrte den Fremden an. »Woher wissen Sie das alles?«

»Man muss seine Feinde kennen, Mädchen«, sagte der Mann und holte eine Pfeife unter seinem Umhang hervor, den er über den Schultern trug. Behände stopfte er sie mit Tabak aus einem Beutelchen. »Vor drei Wochen hat Hitler im Sportpalast eine Rede gehalten, es stand in allen Zeitungen. Noch vor Kurzem war er verboten, heute mietet er Säle und spricht vor Riesenpublikum, mitten in Berlin.« Er zündete sich die Pfeife an und paffte genüsslich. »Und weißt du, was das Schlimmste war? Als Hitler und Goebbels und all die anderen braunen Schleimer aus dem Sportpalast kamen, da standen draußen Scharen von Schupos. Weißt du, wozu?«

Alice schüttelte den Kopf. Sie sah zu Ben hinüber. Ihr Bruder hörte dem Fremden gebannt zu, und sein Auge fixierte ihn, als habe er lange nicht so etwas Interessantes gesehen. Obwohl Alice das Gespräch beunruhigte, spürte sie etwas wie Erleichterung, weil Ben zum ersten Mal wieder aus seiner Starre zu erwachen schien.

Der Mann knurrte. »Um diese Menschenfresser zu schützen«, sagte er verächtlich. »Ich habe es selbst gesehen, ich war da. Stand draußen, mit den anderen, und habe gedacht, mich trifft der Schlag. Sicheres Geleit haben sie ihm gegeben, damit der demokratische Mob ihn nicht angreift.« Er spuckte wieder aus und hustete bellend. »Und deswegen, Kinder«, fuhr er fort, als er wieder zu Atem kam, »müssen wir zur Polizei.«

»Was hat das eine mit dem anderen zu tun?«, fragte Alice. Doch nicht der Fremde, sondern Ben antwortete mit einer neuen, fiebrigen Energie in der Stimme.

»Weil wir das nicht mit uns machen lassen«, sagte er heiser. »Die Großen in der Politik dürfen sich nicht über den Tisch ziehen lassen und wir Kleinen auch nicht.«

Der Mann legte zum zweiten Mal seine Hand an Bens Arm, und diesmal schüttelte ihn der Junge nicht ab.

»Bist ein kluger Junge«, sagte er. »Also was ist? Hast du schon Anzeige erstattet?«

Ben schüttelte langsam den Kopf.

»Dann nichts wie los zur nächsten Wache«, sagte der Mann und setzte sich in Bewegung. »Macht schon, in einer Stunde beginnt meine nächste Schicht mit der Straßenbahn. Und die Berliner gehen nicht gern zu Fuß, wenn es rollen kann.«

Ben folgte ihm, und auch Alice trottete hinter ihnen her, doch sie war noch nicht überzeugt. »Wir wissen nicht einmal Ihren Namen«, sagte sie dann und blieb wieder stehen.

Auch der Mann hielt inne und drehte sich zu ihr um.

»Friedrich Wenzel«, sagte er. »Und wie heißen Sie, junges Fräulein?«

»Alice«, sagte sie. Bei seinem Namen und im Zusammenhang mit seinem Beruf klingelte etwas in ihrem Gedächtnis, und gerade, als es ihr wieder einfiel, huschte über sein zerfurchtes Gesicht ein breites Grinsen.

»Das hätte ich mir denken können«, sagte er und klopfte seine Pfeife aus. »Jules hat ein paar Wochen lang von seiner *Alice im Wunderland* mit den feuerroten Haaren geschwärmt.«

Das Schneetreiben wurde stärker, und die drei beeilten

sich weiterzukommen. Als Alice einmal zurückblickte, sah sie, dass ihre Schuhe eine Spur die ganze Sophienstraße entlang hinterlassen hatten.

Kapitel 29

Thea

»Pause«, rief Wally Kaluza und stellte das Grammophon ab. Die *Harry Reser's Syncopators* verstummten mitten im Wort *Ice Cream,* und die Mädchen streiften erleichtert die Tanzschuhe ab, ließen sie achtlos mitten im Raum liegen und gingen auf Strümpfen zu den Stühlen, auf denen ihre Sachen lagen.

Thea wischte sich den Schweiß von der Stirn, legte sich aber trotzdem ihren Mantel um die Schultern, damit sie nach dem schweißtreibenden Training nicht auskühlte. Sie suchte in der Manteltasche nach dem Stullenpaket, das ihr Gila eingepackt hatte. Seit ein paar Tagen machte sie sich Sorgen um Gila, die Freundin war einsilbig und verschlossen, was gar nicht zu ihr passte. Sie aß auch nicht genug, nötigte dafür Thea, all die Leckereien anzunehmen, die sie auftrieb – wo auch immer das sein mochte. Daher war das Butterbrotpapier wieder gut gefüllt mit dick geschnittenen Brotscheiben, auf die Gila Gänsepastete geschmiert hatte. Die hatte früher oft auf dem Tisch in der Villa in Zehlendorf gestanden, wobei Thea sich manchmal zum metallischen Gong der alten Esszimmeruhr vor den Fettstückchen darin geekelt hatte. Doch hier, auf den Broten von Gila, schmeckte es auf einmal hervorragend. Vor allem nach einer kraftraubenden Probe.

Thea trat zum Fenster, das auf den Weidendamm hinausging. Es war längst dunkel, und draußen an der Scheibe klebten Eisblumen. Sie ließ sich auf die Fensterbank sinken und biss in die Stulle. Hedi und Jutta hatten sich die Stühle dicht ans kleine Ölöfchen gezogen und kauerten sich davor, wie immer unzertrennlich. Den dunklen und den hellen Schopf dicht zusammengesteckt, tratschten sie und knabberten abwechselnd an einem Apfel. Margot, Clementine und Marie hatten sich auf der anderen Seite des Öfchens im Schneidersitz auf den Boden gehockt und massierten mit schmerzverzerrten Mienen ihre Füße durch die Strümpfe. An Maries Strumpf sah der große Zeh aus einem großen Loch hervor. Alle drei aßen ebenfalls ihre mitgebrachten Stullen.

Wally Kaluza und Toni Lindberg debattierten, neben dem Grammophon stehend, halblaut über etwas, was Thea nicht verstand. Herr Lindberg rauchte, er war von einer bläulichen Wolke umgeben. Wallys Gesichtsausdruck nach zu urteilen, waren sie und er sich über etwas uneinig, denn Thea sah, wie Fräulein Kaluza das Gesicht verzog, und sie hörte sie sagen: »Das ist immer noch *meine* Tanzgruppe, Toni! Ich mache die Regeln.«

Toni starrte mürrisch vor sich hin. Er sah gut aus in seinen sportlichen Hosen und dem gestreiften Hemd, dessen oberster Knopf am Kragen offen stand. Thea sah ihn ein wenig zu lange an, er schien es zu bemerken, und ihre Blicke trafen sich. Ein trauriges Lächeln vertrieb den mürrischen

Ausdruck in Tonis Gesicht, und Thea wandte sich schnell ab. Verwirrt nagte sie weiter an ihrem Brot, es schmeckte auf einmal nicht mehr so gut.

Da fiel ihr Blick auf Alice. Das junge, rothaarige Mädchen stand mitten im Raum, ein wenig verloren, und biss an ihrem Daumennagel. Anders als die anderen nutzte sie die Pause nicht, um sich zu stärken, sondern machte gedankenverlorene Tanzschritte, als sei sie noch mitten in der Probe.

»Hey, Alice«, rief Thea halblaut, und die Kollegin sah auf. Thea klopfte auf den freien Platz neben sich auf der Fensterbank und lächelte Alice auffordernd an.

Alice kam langsam näher. Thea hielt ihr das zweite Brot hin.

»Ich schaffe es nicht mehr«, sagte sie und blies bedauernd die Wangen auf. »Möchtest du vielleicht?«

Alice schüttelte den Kopf. »Du hast doch sicher später wieder Hunger«, sagte sie leise. Die kurzen Strähnen ihres Bubikopfs schimmerten kupferfarben im Licht der Deckenlampe.

»Nee«, wehrte Thea ab und bestand darauf, dass Alice das Brot nahm. »Iss mal, der zweite Teil der Probe wird noch anstrengend.«

Zögernd griff Alice zu und nahm neben ihr Platz. Das Weiß ihrer Zähne blitzte auf, als sie herzhaft in die Stulle biss, und Thea spürte Scham, weil ihr eben erst aufging, dass die allzu schlanke Figur ihrer Kameradin vom Hunger herrühren musste. Thea hatte nie gehungert, selbst jetzt nicht, da sie auf sich gestellt war. Sie hatte noch immer einen Notgroschen von ihrem Ersparten, der zwar mehr und mehr dahinschmolz, doch es machte ihr keine Angst mehr. Die *Lindy Girls* hatten jetzt häufiger Auftritte, was eine kleine Gage bedeutete, und sie wohnte nach wie vor umsonst bei Gila. Als sie der Freundin eine Beteiligung an der Miete angeboten hatte, hatte diese abgewinkt.

»Du sollst dich aufs Tanzen konzentrieren«, hatte Gila gesagt, »und ich kümmere mich um den Rest. Die Miete müsste ich ja auch bezahlen, wenn du nicht bei mir schlafen würdest.« Sie hatte gelächelt. »Und wenn du groß rauskommst, dann vergiss deine Freundin nicht.«

Thea liebte Gila. Aber manchmal dachte sie darüber nach, ob sie durch all die Dinge, die sie von ihr annahm, in Zukunft zu etwas verpflichtet wäre. Noch immer war sie sich der Nähe Toni Lindbergs bewusst, sah aus den Augenwinkeln seine Silhouette und wünschte sich heimlich, er würde erneut zu ihr herübersehen. Dabei gehörte ihr Herz doch Gila. Oder?

Sie zwang sich, ihn nicht anzustarren. Zufrieden verfolgte sie stattdessen, wie Alice die ganze Stulle mit sichtlichem Genuss verspeiste und sich die Krümel aus dem sommersprossigen Gesicht wischte. Sie hob entschuldigend die Schultern.

»Hatte keine Zeit, heute einkaufen zu gehen«, behauptete sie.

Wohl eher kein Geld, dachte Thea, sprach es aber nicht aus.

»Was hast du denn gemacht?«, fragte sie beiläufig und lehnte sich gegen die Mauernische des Fensters.

Alice baumelte mit den Beinen. »Ich war mit meinem Bruder unterwegs«, sagte sie. Thea hörte eine Reserviertheit in ihrer Stimme, und nun ließ sie nicht locker.

»Und wo?«

Alice sah sie an. Auf ihrer zarten Stirn standen Sorgenfalten. »Wir waren bei der Polizei«, sagte sie, »Ben wurde kürzlich überfallen.«

»Wie schrecklich!« Thea hielt sich die Hand vor den Mund. »Geht es ihm gut?«

»Wie man's nimmt«, sagte Alice. »Die Wunden sind fast verheilt, er hat ganz schön was abbekommen. Aber er ist seitdem so komisch.« Sie fuhr sich durchs kurze rote Haar. »Einfach nicht mehr der Alte, weißt du?«

»Das tut mir sehr leid«, sagte Thea.

»Schon gut«, sagte Alice achselzuckend. »Jedenfalls haben wir Anzeige gegen Unbekannt erstattet. Dieser alte Straßenbahnschaffner hat uns geholfen, er hatte die Angreifer gesehen und konnte sie beschreiben.« Sie zögerte. »Und danach hatte ich ein Treffen mit einem Journalisten.«

»Ach ja?«, fragte Thea.

»Ja, dieser Mann, den deine Freundin ins Krone mitgebracht hatte«, sagte Alice. »Er wollte sich mit mir über unsere Gruppe unterhalten.«

»Weiß Fräulein Kaluza davon?«, fragte Thea und deutete zur Leiterin hinüber. Die flüsternd geführte Diskussion zwischen ihr und dem Manager war eine Spur lauter geworden, und Wally Kaluza winkte jetzt energisch Margot herbei, die aufsprang und auf Strümpfen zu den beiden tappte.

»Nee«, flüsterte Alice, »er wollte erst mal nur mit mir sprechen.«

»Und, hast du ihm was erzählt?«, fragte Thea.

»Klar«, sagte Alice und zuckte die Achseln. »Er schien da eine große Story zu wittern – arme Mädchen tanzen sich auf die berühmten Bühnen der Stadt oder so.«

Thea musste grinsen. »Das klingt doch gut«, sagte sie, doch sie sah, wie Alice zögerte. »Aber irgendwas ist faul«, sagte sie, »oder?«

Alice rutschte auf der Fensterbank hin und her. »Ich kann es nicht leiden, wie er mich ansieht«, sagte sie unbehaglich. »Wir waren im Aschinger, haben geredet, er hat mich ausgefragt und mir einen Teller Suppe spendiert. Aber ich fürchte …«, sie brach ab und sah zu Boden.

»Du fürchtest, er erwartet etwas von dir«, beendete Thea den Satz. »So, wie er dich an dem Abend im Varieté angestarrt hat, scheint mir das nicht abwegig.«

»Was soll ich denn machen?«, fragte Alice. »Wenn ich mich nicht mehr mit ihm treffe, bringt er vielleicht diese große Reportage über uns nicht. Und das wäre so schade.«

»Ja«, gab Thea zu. »Ein bisschen Presserummel könnte uns helfen.« Sie schwieg. »Ich finde trotzdem nicht, dass du mitspielen musst«, sagte sie schließlich. »Wenn du ihn nicht leiden kannst, soll er dich in Ruhe lassen.«

In diesem Moment fing sie erneut einen Blick von Toni Lindberg auf, der ihr kurz zuzwinkerte, ehe er sich wieder der schimpfenden Wally Kaluza zuwendete. »Ich erwarte von dir, dass das aufhört«, hörte Thea sie jetzt zu ihm sagen, »haben wir uns verstanden? Wir betreiben hier keine Opiumhöhle.«

»Opium?«, rief Toni halblaut, »jetzt mach mal halblang, Wally. Das bisschen Kokain hat noch keinem geschadet.«

Margot sah betreten zwischen den beiden Streithähnen hin und her, sie war offensichtlich der Anlass, jedoch nicht die Ursache ihres Streits. Die anderen Tänzerinnen im Saal bemühten sich, so auszusehen, als bekämen sie nichts von der dicken Luft mit. Thea schloss einen Moment die Augen. Sie dachte daran, dass ihre letzte Prise des weißen Zauberpulvers schon länger zurücklag. Die Ameisen unter ihrer Haut hatten nachgelassen, sie zu quälen, aber schon bei dem Gedanken an die herrliche Wirkung des Pulvers packte sie Sehnsucht.

»Meinst du wirklich?«, fragte Alice, und sie klang erleichtert. Thea wandte sich mühsam wieder ihr zu.

»Ja, das meine ich«, sagte sie. »Du bist nicht verpflichtet, mit irgendeinem Journalisten zu poussieren, nur damit er uns auf Seite drei setzt.«

»Es ist nur so«, sagte Alice, »ich fürchte, ich mag eigentlich einen anderen.« Sie lief feuerrot an, und Thea musste lachen. Sie dachte an ihre letzte unfreiwillige Begegnung mit Hannes Fischer und wie er das Weite gesucht hatte, als er gemerkt hatte, was aus dem wohlerzogenen Fräulein Brehm geworden war. Frech hatte sie behauptet, sie werde demnächst mit jemand anderem durchbrennen, was ihm den Rest gegeben hatte.

»Dann ist die Sache ja klar«, sagte sie und rutschte vom Fensterbrett. »Lass den Kritiker sausen.« Überrascht dachte sie, dass Gila genau dasselbe gesagt hätte, und sie freute sich, dass die unerschrockene Art ihrer Freundin offenbar auf sie abfärbte. Jetzt musste sie nur noch herausfinden, was mit Gila zurzeit nicht stimmte.

Wally Kaluzas Stimme durchriss ihre Gedanken. »Schluss jetzt«, rief sie weiter drüben am Grammophon, »ich sage es dir nicht noch mal, Toni! Wir sind eine saubere Gruppe, und dabei bleibt's.«

Toni Lindberg murmelte etwas, doch Thea konnte den Wortlaut nicht verstehen. Margot trollte sich erleichtert zu ihren Kolleginnen ans Öfchen.

»An die Arbeit«, rief Wally laut durch den Saal und klatschte energisch in die Hände, als sei nichts gewesen. »Wir haben noch einiges vor, Mädchen. Unser Auftritt im Nelson-Theater am Kurfürstendamm rückt näher. Vorher treten wir noch auf zwei kleineren Bühnen in Kreuzberg auf, Herr Lindberg hat die Engagements an Land gezogen. So bleiben wir in Übung.«

»Und es bedeutet außerdem, dass ihr alle noch vor Weihnachten Gagen bekommt«, fügte Toni Lindberg mit seiner sonoren Stimme hinzu und sah zufrieden aus. Es machte ihm augenscheinlich wenig aus, von seiner Geschäftsfreundin abgekanzelt zu werden. Schon oft hatte Thea bemerkt, dass Kritik an ihm abzuperlen schien. Nachdenklich streifte ihr Blick Alice. Der schwesterliche Rat, den sie der Jüngeren gegeben hatte, traf eigentlich genauso auf sie selbst zu. Denn auch sie wusste nur zu gut, wie schwierig es war, zu einem Mann, von dem man abhing, *Nein* zu sagen. Wenn man ihn nicht leiden konnte, so wie sie früher den armen Hannes, ging es gerade noch. Aber in ihrem aktuellen Fall war es komplizierter, denn sie wusste gar nicht, ob ihre Antwort überhaupt ein *Nein* aus tiefstem Herzen wäre. Neugierig wäre sie schon, wie sich Toni Lindbergs Kuss anfühlte.

Die Mädchen ringsum applaudierten zaghaft, schlüpften in ihre Tanzschuhe und begaben sich wieder auf ihre Plätze in der Mitte des Saals, obwohl sicher jede von ihnen die dicke Luft spürte. Wally Kaluza legte die Nadel auf die Schallplatte, startete das Grammophon, und die Musik schwoll an und erfüllte den Tanzsaal. *I scream, you scream, we all scream for ice cream*, ertönte die Stimme des Sängers, und die acht Mädchen gingen in Position.

Kapitel 30

Jo

Jos Finger krallten sich um die Zeitungsseiten der *Vossischen*, während er die Sätze des Fortsetzungsromans las, der darin abgedruckt war. Nein, nicht las – sie verschlang, aufsaugte, gierig hinunterwürgte. Die Welt um ihn herum versank – das düstere kleine Kaffeehaus an der Ecke Charlottenstraße, in dem er saß, der Schneegraupel, der draußen gegen die Scheiben schlug, die anderen Gäste, die rings um ihn Eier aus dem Glas kratzten und Schnaps kippten. Er spürte beim Lesen Widerwillen, spürte, wie ihm der Schweiß ausbrach – und konnte gleichzeitig den nächsten Satz kaum erwarten. Dass es so etwas gab! Dass da ein Wildfremder, ein ihm völlig unbekannter Autor seine tiefsten, dunkelsten Seelenwinkel kannte! Dass er mit jedem Wort seine, Jos, Geschichte erzählte. Alles an diesem Werk war wahr, jeder Buchstabe, jede Aufzählung der Qualen, jedes beschriebene Detail des Krieges, der so fern schien und doch ein Teil von ihm und allen anderen Männern seines Alters war. Eingefressen in ihre Haut, eingebrannt in ihr Fleisch, eingestanzt in ihre Träume.

Jo trug die Erinnerungen seit zehn Jahren mit sich herum, das Schlachten und Sterben, die Schreie der Verwundeten, den Geruch nach Gas. Und die Detonationen, deren blinde Zufälligkeit ihn zermürbt hatte, die seine Nerven nach und nach zu Staub zermahlten, bis von ihm nichts mehr übrig schien. Hier stand das alles, was niemand wahrhaben wollte, schwarz auf weiß, in der auflagenstärksten Zeitung der Republik. Jeder, der es wagte, konnte es lesen. War das nicht unglaublich? Jo meinte zu taumeln, trank einen Schluck von seinem kalten Kaffee, schmeckte nichts, las weiter wie betäubt.

So war es ihm schon mit den ersten Teilen des Fortsetzungsromans von diesem Erich Maria Remarque ergangen, voller Fieber und Angst hatte er gelesen, doch jetzt näherte sich das Ende der Erzählung. Und obwohl Jo schon lange nicht mehr an einen Gott glaubte – denn ein solcher Kinderglaube war ihnen allen an den Fronten im Westen und Osten gründlich ausgetrieben worden –, bemerkte er erstaunt, dass er beim Lesen stumm betete. Betete, dass der Protagonist Paul Bäumer, der das alles erzählte, überleben würde. Wenigstens er, da Jo und all die anderen Millionen Leser, die Remarques Roman Woche für Woche überall in den Kaffeehäusern der Republik verschlangen, doch schon den Tod eines Kameraden nach dem anderen hatten hinnehmen müssen. Es wurde in diesem Roman so viel gestorben, geblutet und getötet, wie es nur in Kriegszeiten möglich war. Und weil Jo und die anderen das nur zu genau wussten, es ja alle selbst erlebt hatten, war es ein Buch von so grausamer Schönheit und Klarheit, wie er es noch nie zuvor erlebt hatte.

Mit zitternder Hand hielt Jo das Blatt fest und las weiter. Die Tür klappte auf und zu, ein eisiger Wind zog herein,

Gäste kamen und gingen, Kellner fragten nach seinen Wünschen, sahen, was er las, und schlichen wieder davon – denn auch sie kannten die ungeheure Wirkung der Worte dieses unbekannten Schriftstellers. Auch sie hatten *Im Westen nichts Neues* gelesen und wussten – jedenfalls die Älteren unter ihnen –, dass man jemanden, der darin versunken war, nicht stören durfte, bis er am Ende angelangt war.

Als Jo an die Stelle kam, an der Pauls letzter guter Kamerad, Stanislaus Katczinsky, genannt Kat, an einem Splitter im Kopf verblutete, spürte er zu seinem Entsetzen, dass er weinte. Er konnte nichts dagegen tun. Es war seltsam befreiend und peinlich zugleich, und er fing die Träne, die aus seinem linken Auge rollte, mit der Zungenspitze auf und fragte sich, wie er diese unendliche, dunkle Traurigkeit in sich aushalten sollte, die sich immer weiter ausbreitete, unaufhaltsam und durchdringend wie Rauch. Und doch musste er nun das Ende lesen, musste wissen, was aus Paul wurde. Vielleicht konnte er dann endlich entscheiden, was aus ihm, Jo, werden sollte. Wie lange er noch im Tunnel bleiben sollte, wie lange er auf Erlösung warten konnte, die wahrscheinlich niemals käme.

Die vergangenen Wochen, dieser Herbst und Winter, waren schlimm gewesen, schlimmer als alles, was er zuvor erlebt hatte. Die Dunkelheit griff jetzt ohne Unterlass nach ihm, bei Tag und bei Nacht. Nicht einmal das Tanzen konnte ihn aufheitern, geschweige denn die fade Gesellschaft im Central-Hotel. Wenn er Wally sah und mit ihr plauderte, hoben sich die Wellen, die ihn überspülten, für einen winzigen Moment, doch kaum war sie fort, schlugen die dunklen Wogen wieder über ihm zusammen, und mächtiger als vorher. Sonst hatte er wenig enge Freunde, die wenigen, die er gehabt hatte, waren über alle Berge – in die Flucht geschlagen von seiner Bissigkeit, seiner düsteren Aura. Selbst das Kokain war reizlos geworden, es half kein bisschen mehr. Einzig das Morphium verschaffte ihm noch ab und zu eine Atempause, doch wenn die Wirkung schwand, fühlte er sich, als habe man ihn mit Keulen zu Boden geschlagen und er müsse jedes Knöchelchen einzeln zusammensetzen. Und das Wasser, das im Tunnel schwappte, stieg mit jedem Tag, es stand ihm bis zur Brust, und bald würde es seine Schultern überspülen. Oder, schlimmer noch, es würde gefrieren, zu Eis gefrieren und ihn für immer in dieser tödlichen Kälte einschließen.

Jo trank wieder einen kalten Schluck Kaffee, die Bitterkeit lag ihm schwer auf der Zunge und ging nicht mehr weg. Er las weiter. Das letzte Kapitel – Nummer zwölf. Es waren nur wenige Abschnitte, und wie jemand, der den Abgrund sieht und trotzdem in voller Fahrt darauf zufährt, las Jo die letzten Sätze. Erstarrt, fassungslos, demütig, ergeben. Es war Paul Bäumers Leben, es war *sein* Leben, und jetzt ging es zu Ende. *… die Jahre werden zerrinnen, und schließlich werden wir zugrunde gehen.* Jo holte tief Luft, wappnete sich für den allerletzten Absatz, las wie in Trance. *Er fiel im Oktober 1918, einem Tag, der so ruhig und still war an der ganzen Front …*

Die *Vossische* segelte auf den kleinen runden Tisch mit den Brandflecken darauf. Jo tastete nach seinem Gesicht, er wusste nicht, ob er noch weinte. Nein, die noch straffe Haut war nicht nass. Er war keine vierzig, ein Mann in der Mitte seines Lebens. Und dennoch hatte er das Gefühl, ein Greis zu sein.

Er erinnerte sich nicht mehr, ob er Münzen auf den Tisch gelegt hatte. Auch nicht, wie er aus dem kleinen Lokal gekommen war. Draußen hatte sich die frühe Dunkelheit des Dezembernachmittags auf die Straßen und Häuser gesenkt, es roch nach Schnee, der firn unter seinen Stiefelsohlen knirschte. Es war ein Geräusch, als zertrete er morsche Knochen, und in seinem Kopf hämmerte es, dass er glaubte, er müsse zerspringen. Die Bilder, die er so lange von sich ferngehalten hatte, stürzten auf ihn ein. Die Pferde mit den Gasmasken über den Mäulern, die sich wiehernd versuchten in Sicherheit zu bringen, als das Chlorgas fiel. Die Dämmerung über den Hügeln Flanderns, von der Jo in der kurzen Geschützpause nicht wusste, ob sie den Morgen oder den Abend anzeigte. Das Gras, in dem die Leichen seiner Kameraden lagen und das im rosigen Licht sanft aufleuchtete. Das Blut an seinen Händen, nachdem er, genau wie Paul Bäumer, einen früheren Schulfreund aus Beuthen aus dem Geschützfeuer geborgen hatte – und der dann doch gestorben war, still und ohne letzte Worte. Was für eine Welt, in der so etwas möglich war, was für ein Leben, in dem man solche Bilder ertragen und dann immer wieder durchleben musste. Und niemand, der einem half, niemand, der etwas änderte, niemand, mit dem man darüber reden konnte. Sie alle, die gekämpft hatten, lebten seitdem wie Geister unter Lebenden, die die Wahrheit nicht aussprechen durften – dass es nie wieder gut werden konnte, egal, wie viel Musik und Flitter, Alkohol und fröhliche Revuen in den vergangenen Jahren darübergelegt worden waren. Das alles war nur ein notdürftiges Übertünchen, wie ein viel zu kleines Pflaster, das man auf eine Amputationswunde zu kleben versuchte.

Dieser Schriftsteller, der hatte mehr gewagt als sie alle, dachte Jo und taumelte über die Friedrichstraße. Ob es ihm half, darüber zu schreiben? Grelle Lichter zerschnitten die Dunkelheit und blendeten ihn, eine Straßenbahn kreischte auf den Schienen. Hatte sie seinetwegen bremsen müssen? Jo hastete weiter, die Erde unter ihm schien zu schwanken.

Endlich war er in der Bunsenstraße. Vom Kanal her plätscherten die Wellen in der Schwärze. Plötzlich erloschen die Bilder, als habe eine gnädige Hand den Lichtspielprojektor angehalten. In Jos Kopf wurde es ganz leer, ganz still. Nur ein Bild war darin, manifestierte sich immer mehr, und er klammerte sich daran, während er die Stiege zu seiner Dachkammer hinaufkroch – die Spritze, an deren Nadelspitze ein durchsichtiger Tropfen hing. Wenn er sie erreichte, würde es aufhören. Wenn er sich die Nadel in die geschundene Vene schob, würde es Gnade geben. Er musste weiter hinauf, schneller. Nur wenige Meter, eine Tür, ein Schlüssel, der trotz der bebenden Hände das Schloss aufspringen ließ. Ein dunkler Abendhimmel mit tanzenden Schneeflocken vor seiner Luke. Sie stand offen, der zerschlissene Vorhang wehte im eisigen Wind, doch Jo hatte keine Zeit mehr, sie zu schließen. Mit letzter Kraft griff er nach dem Spritzbesteck und fegte es beinahe vom Tisch, die kleine Ampulle, den Lederriemen, die gläserne Spritze. Er sank auf den Boden der Kammer, riss sich die weißen Handschuhe von den vernarbten Händen. Eine Zeile aus Remarques Roman leuchtete in seinem Bewusstsein auf wie ein Talisman. *Als man ihn umdrehte, sah man, dass er sich nicht lange gequält haben musste.*

Jo setzte die Spritze an. Kurz dachte er an Wally, an ihre fliegenden Locken und die kleine Sorgenfalte, die seit jener Nacht hinter der Mühle in Beuthen nicht mehr von ihrer Stirn hatte weichen wollen.

Doch bald dachte er auch an sie nicht mehr.

Kapitel 31

Wally

Immer wieder hämmerte Wally gegen die Wohnungstür, und sie scherte sich nicht darum, dass ein Stockwerk weiter oben eine Tür aufging und eine fremde, weibliche Stimme durchs dunkle Treppenhaus keifte.

»Verfatzda!«, kreischte die Stimme, »Ruhe da unten, verdammich!«

Wally hämmerte weiter, sie nahm jetzt die Fäuste. Zu ihren Füßen bildete sich eine Pfütze von ihren Stiefeln, an denen Schneereste hingen. Endlich ging drinnen hinter der Butzenscheibe das Licht an, kurz darauf riss Toni die Tür auf.

»Was zur Hölle …«, begann er, unterbrach sich aber, als er Wally erkannte. »Bist du verrückt geworden?«, fragte er entgeistert. Sein Haar war zerzaust, und er trug nur ein weißes Unterhemd und lange baumwollene Unterhosen.

»Lässt du mich rein?«, fragte Wally. Ihre Stimme war kratzig und jämmerlich, sie hörte es selbst, aber sie konnte es nicht ändern.

»Ja, lass se endlich rin, damit wir weiterpennen können!«, keifte es von oben.

»Süße Träume, Frau Blaschke«, rief Toni hinauf, und mit

einem letzten »Frechheit!« wurde die Tür zugeknallt, dass die Scheiben schepperten.

Toni zog Wally in den Korridor und drückte die Wohnungstür ins Schloss. Er sah sie zweifelnd an.

»Hast du geweint?«, fragte er.

Die Frage reichte, dass Wally erneut die Tränen kamen. Sie legte die Hand vor die Augen und versuchte verzweifelt, das Weinen zu unterdrücken, doch es brach aus ihr heraus, ohne dass sie etwas dagegen unternehmen konnte.

Toni legte den Arm um sie.

»Na, na«, sagte er, und Wally hörte, wie sehr ihn ihr nächtlicher Überfall erschreckte, »komm mit in die Küche.«

Sie folgte ihm wie in einem Traum durch den engen Korridor. Er knipste das Licht an, eine kleine Funzel leuchtete auf, und Wally trat in den engen Raum. Hier sah es aus, als hätten die Berserker gehaust und gebrandschatzt, aber offenbar hatte Toni sich lediglich Spiegeleier zum Abendessen gemacht, wie man an den Überresten erkennen konnte. Hastig schob er benutztes Geschirr, Gläser und Bierflaschen zur Seite, räumte eine zerfledderte Sportillustrierte von einem Stuhl und bedeutete Wally, dass sie sich setzen solle.

Erschöpft sank Wally auf den Stuhl nieder und wischte sich durchs Gesicht, doch der Tränenfluss war nicht zu stoppen, und schließlich gab sie es auf und ließ die Tränen ungehindert ihre Wangen herunterrinnen.

Toni öffnete die Tür eines kleinen, schief angebrachten Hängeschranks über dem Waschbecken, in dem sich der

Abwasch der vergangenen Wochen stapelte, und holte eine Schnapsflasche hervor. Er fand auch zwei Gläser, die nicht benutzt schienen, stellte sie auf die einzig freie Ecke des zerkratzten Küchentischs und goss großzügig ein.

»Trink«, sagte er, setzte sich ihr gegenüber und hob sein Glas.

Wally gehorchte. Sie kippten beide ihre Gläser herunter, und noch während Wally wegen der Schärfe des Alkohols nach Luft rang, goss Toni nach.

»Auf einem Fuß kann man nicht stehen«, sagte er, und wieder tranken sie. Er goss ein drittes Mal ein. Sie tranken. Wally schniefte und wischte sich die Nase an ihrem Ärmel ab. In ihrem Magen brannte es, aber wohltuend, und es half ihr, aufrecht zu bleiben.

Toni rückte auf seinem Stuhl näher zu ihr, so dass sie Knie an Knie saßen. Er fuhr sich verschlafen durchs Haar, gähnte, und im Funzellicht spielten die Muskeln an seinen bloßen Armen.

»Schieß los«, sagte er, »was ist passiert?«

Wally wollte sprechen, doch es kam nur ein Krächzen aus ihrem Mund. Sie schlug die Hände vors Gesicht und schluchzte auf, konnte die Worte nicht finden.

Toni umfasste ihre Knie mit beiden Händen, er streichelte sie, und endlich schaffte sie es, ihm ins Gesicht zu sehen.

»Jo«, flüsterte sie, dann brach ihr die Stimme von Neuem.

»Was ist mit ihm?«, fragte Toni. Jetzt war seine Miene alarmiert.

»Ich hab ihn heute Mittag in seiner Wohnung gefunden«, brachte Wally hervor. Ihr drehte sich der Magen um, kurz dachte sie, sie müsse sich übergeben, doch dann hatte sie sich wieder im Griff. Tief atmete sie ein und aus, schloss die Augen.

Toni nahm seine Hände von ihren Knien, und Wally öffnete die Augen wieder. Er verschränkte die Arme über der Brust. »Was soll das bedeuten – gefunden?«, fragte er, obwohl Wally in seinem Gesicht sah, dass er längst verstanden hatte.

»Er ist tot«, sagte sie endlich.

Toni sprang auf. Er lief zwei Schritte zum Fenster, starrte hinaus, kam zu ihr zurück, packte sie an den Schultern. »Was sagst du da?«

»Er ist tot«, wiederholte Wally. Jetzt, da sie Tonis Reaktion sah, konnte sie plötzlich aufhören zu weinen. Es war ganz kalt und still in ihr, und ihr wurde klar, dass sie bis zu dem Moment, da sie die Worte aussprach, nicht wirklich daran geglaubt hatte.

Dabei hatte es keinen Zweifel gegeben, als sie um die Mittagszeit unterm Dach in der Bunsenstraße angekommen war, wo die Tür seines möblierten Zimmers einen Spalt aufstand. Dort, in der Mitte des kargen Raums, hatte Jo gelegen. Lang ausgestreckt, mit dem Gesicht zur Decke, die Augen geschlossen, als schliefe er. Einen Herzschlag lang hatte Wally tatsächlich geglaubt oder doch versucht, sich weiszumachen, dass er genau das tat – endlich einmal richtig ausschlief, bis tief in den Tag hinein und die Nacht hindurch, und seinen gestrigen Dienst im Central-Hotel schlicht und einfach vergessen hatte. Ein Fehler, eine Unachtsamkeit, mehr nicht. Doch als sie neben ihm niederkniete und die Kälte seiner von Narben übersäten Hand in ihrer spürte, wusste sie, dass es keinen Grund für eine solch kindliche Hoffnung gab. Ihr Blick war auf das Spritzenbesteck gefallen, das neben ihm lag, und sie hatte verstanden.

Toni starrte sie noch immer an, sagte jedoch nichts. Er goss ihre Schnapsgläser voll, trank eines aus, schob Wally das andere hin, und sie kippte es hinunter.

»Ich war gestern Abend im Hotel«, sagte sie leise, »ich wollte Jo sehen. Neulich schien er mir so komisch, so … traurig.« Sie schluckte, ihre Zunge war schwer. Der Schnaps auf leeren Magen tat seine Wirkung, und er half. »Ich hatte ein merkwürdiges Gefühl. Und der Barmann sagte mir, dass Jo nicht zum Dienst erschienen war, der Direktor war stinksauer.« Jetzt stiegen doch wieder Tränen in ihr auf. »Ich habe trotzdem die Nacht abgewartet und bin erst heute in der Mittagspause zwischen zwei Tangostunden zu ihm gegangen«, sagte sie tonlos. »Warum nur habe ich so lange gewartet?«

»Aber wie?«, fragte Toni. Wieder füllte er beide Gläser, trank seines aus, nahm dann auch noch Wallys und leerte es gedankenlos.

»Er muss sich zu viel von diesem Teufelszeug gespritzt haben«, sagte sie und hob die Schultern. »Ich habe ihm immer gesagt, dass er aufhören soll mit dem Kokain, dass es zu gefährlich ist, aber er sagte, er habe es im Griff.« Sie schüttelte fassungslos den Kopf. »Ich hatte keine Ahnung, dass es Morphin ist, dass er auch … Es muss ein Unfall gewesen sein, ein Versehen …«, ihre Stimme versagte. Toni nahm ihre Hand und streichelte ihr mit dem Daumen über das Handgelenk.

»Du weißt, dass es das nicht war«, sagte er. »Oder, Wally?«

Verzweifelt sah sie ihn an. »Ich weiß es nicht«, flüsterte sie. »Ich habe immer gespürt, dass Jo anders ist. So … dünnhäutig, so ohne Schutz. Die ganze Welt geht direkt durch ihn hindurch, wie ein Messer.« Sie klammerte sich an Tonis Hand. »Wenn ich doch nur mit ihm geredet hätte«, sagte sie tonlos, »neulich, da gab es so einen Moment … wenn ich ihn gefragt hätte, wie es ihm wirklich geht. Ob ich ihm helfen kann.« Plötzlich überschwemmten sie Schmerz und Schuldgefühl, und sie lehnte sich erschöpft an Toni.

»*Das Leben ist kurz, Wally*, hat er zu mir gesagt«, weinte sie an seiner Schulter. »Er wusste es! Toni, verstehst du nicht, was das bedeutet? Ich hätte es verhindern können.«

Toni hielt sie fest, seine Hände strichen beruhigend über ihren Rücken. Er roch nach Schnaps, aber auch nach Zuhause, Sicherheit, Schutz vor all dem Schrecklichen, was geschehen war. Ein warmes, lebendiges Bollwerk gegen den Tod. Wally lehnte sich an ihn.

»Es war nicht deine Schuld«, sagte er. »Jo hatte eine gute Freundin in dir, und das wusste er auch.«

»Wir kannten uns so lange«, weinte sie. »Wir wussten alles voneinander. Er war der einzige Mensch, der alles über mich wusste, Toni. Und jetzt ist er tot.«

Toni zog sie näher, hielt sie fester, küsste ihr Haar, und dann, wie selbstverständlich, ihren Hals.

»Er ist nicht der einzige Freund, den du hast«, murmelte er mit den Lippen dicht an ihrem Ohr, »das weißt du doch, Wally? Ich weiß auch eine ganze Menge über dich, hast du das vergessen? Und ich bin für dich da.«

Sein Streicheln wurde fester, fordernder. Wally schmiegte sich an ihn, roch den Duft seiner Haut, seines verstrubbelten Haars, der Rasierseife, dazu den scharfen Schnaps. So vertraut, so fremd.

»Das Leben ist kurz«, murmelte er heiser an ihrem Hals.

Wally fuhr durch sein Haar, es war weich unter ihren Fingern. So lange war es her, dass sie einander nah gewesen waren. Und doch schien es ihr, als seien die Jahre des Umeinanderherumschleichens, des schmerzlich eingehaltenen Abstands, des heimlichen Sehnens plötzlich geschmolzen zu einem Nichts. Alles war auf einmal wieder da, all die Erinnerungen. Die Wärme seiner Hände, seiner Lippen. Seine dunkle Stimme, die ihr nach all den Jahren noch immer einen Schauder über die Haut jagte. Und obwohl tief in ihr ein warnendes Schrillen erklang, das ihr sagte, sie solle es nicht tun, hob sie ihr Gesicht und küsste ihn auf den Mund.

Er seufzte, zog sie auf seinen Schoß, begann, ihre Bluse aufzuknöpfen. Wortlos nahm er sie auf den Arm und trug sie durch den Korridor in die Schlafkammer.

Das Fenster in dem dunklen Raum war einen Spalt offen, die Winternacht stand draußen vor den Scheiben, Winterkälte zog herein, Wintergeruch. Toni warf das Fenster mit einer Hand zu, bettete Wally behutsam auf dem zerwühlten Bett und sank neben ihr nieder. Er roch nach Schnee, als er sie erneut in seine Arme schloss.

Die Laken raschelten, und das warnende Schrillen in Wally verstummte und machte einem wohligen, sanften Summen Platz, das sie vollkommen erfüllte. *Das Leben ist kurz*, zog es vage durch ihre Gedanken. »Ich liebe dich, Toni«, flüsterte sie. Und dicht an ihrem Ohr erwiderte er, undeutlich, aber hörbar: »Ich liebe dich.« Er schloss sie noch fester in die Arme, und alles versank.

Kapitel 32

Thea

Das Leben war hart, dachte Thea, zu hart für ein Mädchen, zu hart auch für zwei. Als Gila ihr vor ein paar Tagen flüsternd unter der Bettdecke endlich ihr Geheimnis anvertraut hatte, hatten sie beide lange geweint. Thea hatte Gila festgehalten, es war das erste Mal, seit sie sich kannten, dass sie die Stärkere war, es sein musste. Es war ein schönes Gefühl gewesen, aber auch beängstigend – wenn Gila, die immer lachende, immer mutige Gila, die niemals um einen kessen Spruch verlegen war, so weinte, dann war die Welt aus den Fugen. Dann drohte alles den Bach hinunterzugehen, was Thea doch gerade erst zu schätzen gelernt hatte – die neue Vertrautheit mit einem anderen Menschen, die Offenheit, mit der sie miteinander sprachen, die Innigkeit ihrer Berührungen, wenn niemand sie sah. Die Freude und das Glück ihres neuen Lebens.

Vor wenigen Monaten hätte Thea sich nicht einmal vorstellen können, mit einer anderen Frau über diese Dinge zu sprechen – über Männer, über das, was zwischen Männern und Frauen im Schlafzimmer vorging, über den Körper und was er alles konnte und brauchte, was man damit anstellen konnte. Mit Gila war es ganz leicht. Sie hatte Thea ausführlich von den missglückten Stelldicheins mit

Herrn Meier im Hotelzimmer berichtet, hatte ihr kichernd erzählt, dass er keine Ahnung habe, was einer Frau gefiel, sich aber für einen Helden hielt, wenn sie ab und zu im richtigen Moment seufzte und seinen Namen rief. So lustig hatte Gila das alles erzählt, dass Thea gern gefragt hätte, ob es ihr denn danach nicht scheußlich gegangen sei und ob es das wert war – ein paar neue Kleider, ein paar Leckereien, das Kokain? Dann aber war ihr klargeworden, dass auch sie all diese Dinge von Gila nahm und damit Teil des Problems war, und sie hatte geschwiegen.

Und nun war Gila schwanger, und aus den scheinbar lustigen Anekdoten rund um Herrn Meier war in Sekunden bitterer Ernst geworden. Gila weinte, ja schluchzte verzweifelt in Theas Armen, und Thea hatte versucht, einen klaren Gedanken zu fassen und ihr beizustehen, so gut es ging. Es gab eine Lösung, einen Ausweg, das wusste sogar sie mit ihrer behüteten Kindheit. Ein Dienstmädchen der Nachbarn in Zehlendorf war vor zwei Jahren schwanger geworden und von der Hausherrin in eine Klinik auf dem Land gebracht worden, wo man ihr *das Kind wegmachte*. So hatte es Theas Großvater ausgedrückt, und etwas in seinem Blick war verächtlich und wollüstig zugleich gewesen.

Ja, Thea kannte sich aus. Und Gila sowieso, sie wusste sofort, wo man hingehen musste. Und sobald ihr Weinkrampf vorübergegangen war, waren sie beide zum nächsten Fernsprecher gelaufen und hatten einen Termin vereinbart.

So waren sie hier gelandet. Thea drückte Gilas Hand, die verkrampft um ihre Finger geschlungen war, während sie nebeneinander auf einer unbequemen Sitzbank des Wartezimmers hockten.

Ihr Blick glitt misstrauisch über die nüchterne Einrichtung des Wartezimmers in einer Arztpraxis. Sie lag in einer Seitenstraße des Kurfürstendamms, im neuen Westen Berlins, und wirkte, anders, als Thea erwartet hatte, seriös und blitzsauber. Nichts deutete darauf hin, dass hier illegale, ja gefährliche Dinge geschahen. Nur, wenn man genau hinsah, bemerkte man, dass alle Frauen, die hier warteten, einen ähnlichen Gesichtsausdruck hatten, eine Mischung aus Scham und ängstlicher Erwartung. Keine von ihnen blätterte in den ausliegenden Zeitschriften *Die Dame* oder *Elegante Welt*, die ihren Leserinnen auf der Titelseite alles Mögliche versprachen. In den Augen der hier Wartenden mussten all diese Versprechungen – die neue Freiheit der Frauen, ein glamouröses Leben, ihre Errettung durch den passenden Tennisdress, den Gesichtspuder mit vorteilhafter Schattierung – wie Hohn erscheinen. Hatten doch genau diese vermeintlichen Freiheiten sie erst hierhergeführt. Sie trugen allein die Folgen, während sich kein einziger der Männer, die ja gewiss einen Anteil an der Situation haben mussten, mit ihnen an diesen trostlosen Ort verirrt hatte.

Als Beistand waren nur andere Frauen gekommen. Ein junges Mädchen saß neben ihrer Mutter, beide mit dem gleichen verkniffenen Zug um den Mund. Sie starrten vor sich hin und schwiegen beharrlich. Zwei stark geschminkte Frauen im mittleren Alter hatten sich in die Ecke des Raums zurückgezogen, rauchten wie Schlote und trugen die verächtliche, abgeklärte Haltung derer zur Schau, die nicht zum ersten Mal durch eine solche Prozedur gingen.

Doch die meisten Wartenden waren allein gekommen. Dies war kein Moment, den man mit vielen teilen wollte – oder konnte. Es war ein Ort, an dem letztlich jede von ihnen trotz Begleitung allein blieb.

Auf dem Stuhl ganz am Fenster hockte eine überaus bemitleidenswerte Kreatur. Die Frau war ausgezehrt, an ihren bloßen Armen sah man die Einstichstellen, und ihre Hände wanderten ruhelos über ihre Knie. Vor und zurück strichen sie den Stoff ihres geflickten Rocks, vor und zurück. Es sah aus wie eine unheilige Beschwörung, die mehr Macht über die Ausführende hatte als umgekehrt.

Thea zwang sich, den Blick abzuwenden. Sie sah Gila verstohlen von der Seite an. Die Freundin war hübsch und adrett wie immer. Doch neuerdings hatte Thea den Verdacht, dass die schöne Hülle, die um Gila lag, ein notdürftiger Schutzmantel war, der einen erheblichen Riss bekommen hatte. War es möglich, dass sie beide, Thea und Gila, kaum anders waren als diese arme Frau dort drüben? Trennte sie etwa nur die Zeit?

Ängstlich drückte sie Gilas Hand. Gila wandte den Kopf, sie schien von weit her zu kommen. Aus dem Flur, dort, wo der Behandlungsraum lag, hörte man einen unterdrückten Aufschrei, und alle Frauen im Wartezimmer zuckten zusammen. Doch sie schwiegen, und schnell verebbte das Schreien und ging in ein leises, klägliches Weinen über, das Thea beinahe das Herz brach. Sie spürte, wie Gila zitterte, und legte einen Arm um sie, während sie selbst mühsam mit den Tränen kämpfte.

»Heul bitte nicht«, flüsterte Gila, »sonst fange ich auch an. Verstanden?«

Thea nickte und würgte die Tränen hinunter. Das war sie Gila schuldig. Schweigend warteten sie weiter. Die Mutter und ihre Tochter wurden aufgerufen, und alle sahen den beiden nach, wie sie mit denselben schleppenden Schritten das Wartezimmer verließen.

»Erzähl mir was«, bat Gila schließlich, »irgendwas.«

Thea kramte verzweifelt in ihrem Hirn.

»Die Kostüme für unseren Silvesterauftritt sind fertig«, sagte sie schließlich. »Fräulein Kaluza hat eine Schneiderin gefunden, die nicht zu teuer ist, und sie hat uns Trikots nähen lassen, aus diesem neuen Stoff – Viskose.« Sie lächelte zaghaft. »Die Kaluza behauptet zwar, dass das Zeug beim ersten Trompetenstoß schmelzen würde, aber das ist natürlich Unsinn. Mein Großvater arbeitet schon lange damit …«, sie unterbrach sich, weil ihr einfiel, dass sie in diesem Wartezimmer an niemanden weniger gern denken würde als an Theodor Brehm. »Unwichtig«, murmelte sie.

Gila hatte sowieso kaum zugehört. »Welche Farbe?«, fragte sie immerhin matt.

»Eisblau, mit glitzernden weißen Kragen aus Tüll«, sagte Thea, »wir sehen aus wie Schneeprinzessinnen.«

Sie versuchte ein Lächeln und bemühte sich, nicht wieder zu der Frau mit den vernarbten Einstichen in den Armbeugen hinüberzusehen, die sich langsam vor und zurück wiegte, als gehorche sie einem inneren Singsang. »Du kommst doch? Zu unserem Auftritt? Das Nelson ist gleich hier um die Ecke.«

»Na klar«, sagte Gila. »Das lasse ich mir nicht entgehen.« Aber von ihrer früheren Begeisterung, wenn es um die *Lindy Girls* ging, war nichts zu spüren. Sie hatte Thea ihre Hand entzogen und knetete nervös ihre schlanken Finger mit den manikürten Nägeln.

»Gestern haben wir wieder die neue Choreographie geprobt«, fuhr Thea fort, damit sich nur nicht diese unheimliche Stille zwischen ihnen ausbreiten konnte. Sie sprach leise, mit einem Ohr nah an Gilas blonden Haarspitzen, die ihr ums Kinn wippten, fröhlicher als ihre Trägerin. »Toni Lindberg hat eine neue Platte mitgebracht, von den *Harry Reser's Syncopators*.«

Sie lächelte bei der Erinnerung an die gestrige Probe. Die Choreographie, die Wally Kaluza sich für ihren großen Moment ausgedacht hatte, war lebendig und an manchen Stellen regelrecht gewagt, mit wilden Sprüngen und viel Körpereinsatz besonders unterhalb der Taille. Bei der ersten Probe in der vergangenen Woche hatte sie gesagt, dass sie alle an Josephine Baker denken sollten, wenn sie tanzten. Schließlich war die berühmte Tänzerin auch schon auf der Bühne bei Rudolf Nelson aufgetreten, und heute machte sie Tourneen bis nach Paris. Aber bis auf Margot, die tatsächlich behauptete, einmal eine Revue mit der Baker besucht zu haben, wusste keins der Mädchen, wie genau sie tanzte. Wally Kaluza hatte Zeitschriften mitgebracht, in denen Fotografien von ihr abgedruckt waren, und Thea hatte ehrfürchtig Josephine Bakers Körperbeherrschung und Eleganz bestaunt. Tatsächlich hatte der Rat, an dieses Idol zu denken, geholfen. Niemals hatte Thea sich bei ihren Charleston-Figuren so viel getraut!

Doch gestern war Fräulein Kaluza nicht zur Probe gekommen. Ein übernächtigt wirkender Toni hatte ihnen die Tür zum Probensaal geöffnet. Er war unrasiert, stank nach Schnaps und wirkte fahrig. Wally sei krank, hatte er behauptet und ihnen die Musik angeschmissen. Und während der ganzen Probe hatte er ihren, Theas, Blick gemieden. Als sie jedoch beim Abschied dicht an ihm vorbeigegangen war, hatte er sie sanft am Arm berührt.

»Du warst wundervoll«, hatte er gemurmelt, aber etwas in seiner Miene hatte seltsam gewirkt, beinahe schuldbewusst. Als hätte er sich ihr gegenüber schäbig verhalten. Thea hatte keine Ahnung, was los war, und sie schwankte zwischen Erleichterung, weil er nichts von ihr zu erwarten schien, und einer seltsamen Enttäuschung.

Thea tauchte aus ihren Gedanken auf und bemerkte, dass Gila neben ihr abwesend aus dem Fenster blickte. Schuldbewusst streichelte sie ihren Rücken. Eine weitere Frau wurde aufgerufen und ging, die Schultern hochgezogen, an ihnen vorbei.

»Kennst du das Lied?«, fragte Thea. Es musste doch möglich sein, Gila für einen Moment aus der Reserve zu locken?

»Welches?«, war die einsilbige Antwort.

»Na, das von den *Harry Reser's Syncopators*«, versuchte sie es erneut. »*I scream, you scream, we all scream for ice cream*«, sang sie leise für Gila.

Eine der beiden Frauen in der Ecke sah auf, ein halb spöttisches, halb trauriges Lächeln zuckte über ihre Lippen.

»Das ist knorke«, sagte sie zwischen zwei Zigarettenzügen zu Thea. Die Gesichter der anderen Frauen drehten sich aus Verwunderung darüber, wer den Kodex des Schweigens im Wartezimmer gebrochen hatte, zu ihr um. »Dazu habe ich vor ein paar Wochen in der Diana-Bar getanzt.«

»Wie kommst du denn in die Diana-Bar?«, fragte ihre Freundin bissig.

»Mit der richtigen Begleitung kommt eine Frau eben überallhin«, gab die Rauchende zurück.

Ihre Freundin schürzte die Lippen. »Ja«, sagte sie, und jetzt triefte ihre Stimme vor Sarkasmus, »besonders in dieses reizende Etablissement.«

Sie wedelte mit der Hand durch das Wartezimmer. Einige Frauen kicherten, verstummten aber schnell. Das hier war kein Ort zum Scherzen. Und doch tat es wohl, wenn es eine wenigstens versuchte.

In Gilas Gesicht regte sich zum ersten Mal, seit sie neben Thea auf der Bank saß, etwas Leben. »Also, wie geht der Song jetzt?«, fragte sie. »*I scream, you scream …*«

»*We all scream for ice cream*«, sang Thea weiter, »*in the land of ice and snows, up among the …*«

Die stark geschminkte Frau drückte ihre Zigarette in einem Aschenbecher aus, neben dem die *Elegante Welt* lag. Sie wippte mit dem mageren Knie, das sie über ihr linkes Bein geschlagen hatte.

»*There's a college known as Ogiwawa!*«, sang sie etwas

schief, aber textsicher. »*You should hear those college boys. Gee, they make an awful noise when they sing …*«

Thea fiel wieder ein. »*They've got a leader, big cheer leader …*«

»*Oh, what a guy!*«

Gila sah zwischen Thea und der Fremden hin und her, dann brach sie in ihr helles Lachen aus, in das Thea so verliebt war. »*Oh, what a guy*, was für ein Kerl!«, wiederholte sie laut, »ich wette, das glauben alle Männer von sich, nicht nur am Nordpol.«

Auch die anderen Frauen lachten. Es war ein so unerwartetes Geräusch im Wartezimmer dieses trübsinnigen Ortes, dass die Arzthelferin mit dem blütenweißen Häubchen den Kopf durch die Tür hereinsteckte und irritiert die Stirn krauszog.

»Meine Damen«, sagte sie streng, »Sie sind hier nicht zum Vergnügen.« Sie zog den Kopf wieder zurück.

Die Frauen im Warteraum sahen einander an.

»Was sie nicht sagt«, bemerkte die Freundin der Frau, die gesungen hatte, und verzog ihre rosigen Lippen, »da wär ich gar nicht drauf gekommen.«

Wieder lachten alle. Nur die verhärmte Frau am Fenster wirkte weiter völlig weggetreten, nichts schien sie aus ihrer Agonie befreien zu können. Thea schielte erneut zu ihr und schauderte. Es war am Ende ein Segen, dass sie kein Geld mehr für Kokain hatten. Sie musste um jeden Preis verhindern, dass Gila oder sie endeten wie dieses einsame Wesen.

Draußen vor dem großen Sprossenfenster fiel Schnee, und noch immer hingen die Töne des Liedes in der

Luft. Thea sah sich und die anderen *Lindy Girls* in ihren eisblauen Kostümen auf der Bühne des großen Nachtclubs stehen, in dem sie bald auftreten sollten. Sah sich tanzen, die Hände, Schultern und Beine schütteln, sah sich lächeln und in die Menge strahlen, die von grellen Lichtern ausgeblendet wurde. Durch ihren Kopf zog der Rest des Liedes – *Tuesdays, Mondays, we all scream for sundaes, Sis-boom-bah! Boola, boola, sarsaparoolla, if you got chocolate, we'll take vanoola!* Und dann folgte auf der Platte von Toni Lindberg – wie ein Schrei wilder Horden und begleitet von zehnfachem Blech – der dreifache Ausruf: *Rah! Rah! Rah!*

»Was hast du gesagt?«, fragte Gila.

Hatte sie den Kampfruf laut ausgesprochen?, fragte sich Thea erschrocken. Aus irgendeinem Grund machten diese Laute sie mutig. Es war, als sage sie etwas Namenlosem in sich selbst den Kampf an. Oder der ganzen Welt?

Doch ehe sie erklären konnte, was sie gemeint hatte, ging die Tür wieder auf.

»Fräulein Neumann, bitte«, sagte die weißbemützte Arzthelferin. »Sie sind die Nächste.«

Thea und Gila sprangen gleichzeitig auf, doch da packte Gila sie am Arm.

»Ich gehe allein«, sagte sie fest.

»Nein!«, protestierte Thea. »Das lasse ich nicht zu.«

Gilas Gesicht, das eben noch gelacht hatte, war kreideweiß.

»O doch«, sagte sie. »Du kannst mir da drinnen nicht helfen.«

Ohne ein weiteres Wort folgte sie der Praxishelferin, die Tür schlug hinter ihr zu.

Thea stand allein im Wartezimmer. Durch ihren Kopf hallte noch immer das Lied. *I scream, you scream* … Wie ein Ballon, dem die Luft ausgegangen war, fiel sie in sich zusammen und sank auf die Wartebank.

»Kopf hoch«, sagte die Fremde in der Ecke, die sich einen neuen Glimmstängel angezündet hatte. »Das geht vorbei.«

Ob das stimmte?, überlegte Thea und biss auf ihren Fingernägeln herum. Und war das der einzige Trost, den das Leben für Mädchen wie sie bereithielt – dass irgendwann alles endete? Ihr fiel wieder dieses dämliche Ei aus ihrem einstigen Lieblingslied ein. *Humpty Dumpty* stürzte von der Mauer. War Gila von der Mauer gefallen? Würde Thea hinunterfallen? Oder war es gar nicht die Frage, ob sie fielen, sondern nur, ob sie beim Aufprall kaputtgingen?

Kapitel 33

Wally

Silvester

Ziellos strich Wally durch die überfüllten Straßen der Friedrichstadt und fand sich auf dem Pariser Platz vorm Adlon wieder. Die Stadt platzte aus allen Nähten. Zu all den Berlinern waren noch unzählige feierwütige Touristen und Partyschwärmer dazugekommen, die das neue Jahr lieber Unter den Linden oder am Kurfürstendamm begrüßen wollten als auf dem Marktplatz in Luckenwalde oder Neuruppin. Die besten Feiern gab es nun mal in der großen Stadt, so hörte man es überall im Umland. Die S-Bahnen und Züge standen nicht still und brachten Menschengruppe um Menschengruppe nach Berlin. Lauter Männer mit Melonen und geröteten Gesichtern, von dem, was sie bereits getrunken hatten. Frauen in grellen Kleidern, die schrill lachten und ihre Köpfe beim Einfahren aufs Gleis an die Scheiben drückten. Sie alle wurden am Bahnhof Friedrichstraße aus den Zügen gespuckt und von dort aus über den Bahnsteig und den Vorplatz geschwemmt, bis sie sich nach und nach in den Hotels und Pensionen, den Straßen und nicht zuletzt auf der Prachtallee Unter den Linden zerstreuten.

Die Allee war opulent geschmückt, überall hingen Lichter und die Reste der Weihnachtsdekoration, dazwischen blinkten die Leuchtreklamen und warben für den *Großen Silvesterball* oder *Die unerhörteste Revue des Jahres*. Die Auswahl für Vergnügungen war riesig, und es war für jeden Geldbeutel etwas dabei. Ringelpietz in kleinen Tanzdielen, Tingeltangel im Varieté, opulente Bühnenschauen in den großen Palästen. Zwischen die aufgeregten, rufenden Berlinbesucher, die durch die Straßen eilten oder verloren auf Stadtpläne starrten, mischten sich bereits jetzt, am Nachmittag, zurechtgemachte Huren und gingen auf Beutefang. Straßenkünstler gaben ihr Können zum Besten und jonglierten vor dem Brandenburger Tor, eine Marschkapelle stampfte vorbei und blies markerschütternd in ihre Trompeten. Vor der Akademie der Künste war ein Streit unter mehreren Männern in dunklen Anzügen entbrannt, die offenbar schon zu tief ins Glas geschaut hatten. Einer packte einen anderen am Kragen, ein Tumult entstand und wurde rasch von zwei herbeilaufenden Schupos und ihren Schlagstöcken geschlichtet. Die Arglosigkeit der Passanten, die Maulaffen feilhielten, wurde wiederum flugs von einem Taschendieb genutzt, und Wally, die ein paar Meter weiter stand, sah noch, wie er triumphierend das Weite suchte, während die Geschädigten in lautes Gezeter ausbrachen.

Langsam ging sie weiter durch den knirschenden Schnee auf dem Pariser Platz. Es begann bereits zu dämmern, und sie musste bald eine S-Bahn Richtung Zoologischer Garten erwischen, in dessen Nähe das Nelson-Theater lag. Doch nervös, wie sie war, hatte sie sich vorgenommen, die verbleibende Zeit bis zum großen Auftritt durch Spazierengehen totzuschlagen.

Der Silvesterabend hatte schon immer einen besonderen Sog auf Wally ausgeübt. Die Tristesse der Weihnachtsfeiertage, an denen sie nichts mit sich anzufangen wusste, war endgültig vorbei. Zu Weihnachten ging es um die Familie, eine Idee, die Wally seit vielen Jahren fremd war. Sie hatte keine Angehörigen mehr, ihre Eltern waren lange tot, ihr Bruder im Krieg gefallen. Mit ihrer Schwester Anna, die noch immer in Schlesien lebte, schrieb sie sich seltene Briefe, in denen ein karger Ton herrschte und ausschließlich Tatsachen ausgetauscht wurden – über die Gesundheit, Todesfälle in der Nachbarschaft, die Kinder ihrer Schwester. Wally wusste nie, was sie Anna über ihr Leben schreiben sollte, was würde ihre Schwester auch davon verstehen? Die Großstadt machte Anna Angst, sie kannte nichts als den kleinen Hof ihres Mannes, auf dem sie lebte, die tägliche graue Arbeit, den sonntäglichen Kirchgang. Und trotzdem fuhr Wally fort, Anna zu schreiben, sie wusste selbst nicht, warum. Auch dieses Jahr hatte sie es getan, hatte ihrer Schwester sogar in knappen Worten vom Tod ihres Freundes Johannes berichtet. Immerhin kannte Anna ihn ebenfalls aus Beuthen. Und jetzt war sie der einzige, lose Faden, der Wally noch an die alte Heimat band.

Wally hatte sich davor gefürchtet, dass Anna, wie gewohnt, versuchen würde, ihr den Tod ihres Freundes mit einem Bibelzitat schmackhaft zu machen. In der Welt ihrer Schwester war Gott allmächtig, und alles hatte einen Sinn. Manchmal beneidete Wally sie darum, dass sie nach all den Jahren daran festhielt, dass sie sich ihren Kinderglauben bewahrt hatte. Es machte ihr Leben wahrscheinlich leichter.

Doch Annas Antwortschreiben hatte sie überrascht. Anstelle eines frommen Verses hatte sie ihr ein Rilke-Gedicht geschickt. *Der Tod ist groß*, hatte Anna mit ihren runden, kindlichen Buchstaben in blauer Tinte aufs Briefpapier geschrieben. *Wir sind die Seinen lachenden Munds. Wenn wir uns mitten im Leben meinen, wagt er zu weinen mitten in uns.*

Irgendetwas an diesen knappen, traurigen, durch und durch wahren Worten hatte Wally tatsächlich getröstet.

Heute Abend ging das Jahr zu Ende, und ein neues begann. Obwohl Wally wusste, dass es nur ein Datum wie jedes andere war, gab ihr die Illusion doch jedes Jahr wieder neuen Mut, dass man das Alte, Vergangene abstreifen und in ein neues Zeitalter eintreten konnte. Jenseits der Stunde um Mitternacht lag die Zukunft, und niemals spürte man das Überschreiten einer Zeitenschwelle so deutlich wie am 31. Dezember.

Besonders in diesem Jahr hatte sie es nötig, neu anzufangen, dachte sie bitter. Jos Verschwinden hatte einen tiefen Riss in ihre Seele gemerzt, eine unüberwindbare Lücke klaffte dort nun. Sie mied es, in die Nähe der Diana-Bar zu kommen, mied die Bunsenstraße und sogar Helgas Kneipe, wo sie früher oft mit ihm einen Absacker getrunken hatte. In den letzten Jahren jedoch nicht mehr so oft, fiel ihr jetzt auf. Es war, als erkannte sie erst im Nachhinein ein Muster, als erschlösse sich erst im Rückblick die wahre Natur von Jos Krankheit, seiner inneren Not. Er hatte sich Stück für Stück zurückgezogen, war verblasst und schließlich verschwunden. Sein Ende dort oben in der einsamen möblierten Kammer war nur noch der Schlussstein eines Gebäudes gewesen, das Stück für Stück erbaut worden war. Und Wally hatte es nicht gemerkt.

Sie presste sich die Fäuste auf die brennenden Augen und zwang die Tränen zurück. Ihre Gedanken wanderten zu Toni, und etwas Wärme kehrte zu ihr zurück. Sie wusste, dass es riskant gewesen war, in jener verzweifelten Nacht zu ihm zu gehen, aber sie hatte nicht klar denken können. Vor allen Dingen war es leichtsinnig gewesen, mit ihm zu schlafen. Es hatte sie beide an einen Punkt zurückkatapultiert, von dem sie gehofft hatte, er liege lange hinter ihnen. Doch die Stunden mit ihm waren rauschhaft gewesen und hatten sich gleichzeitig so vertraut wie eh und je angefühlt. Seitdem gingen sie unverändert freundschaftlich miteinander um, besonders vor den Mädchen. Dennoch war Wally sich sicher, dass auch ihm die Nacht etwas bedeutet hatte. Manchmal spürte sie, wie sein Blick auf ihr ruhte, und wenn sie dann aufsah, lächelte er sein warmes, etwas freches Lächeln. Er liebte sie, er hatte es ihr gesagt, und Toni hatte zwar ein elastisches Herz, aber ein Lügner war er nicht. Vielleicht würde das neue Jahr noch mehr für sie bringen als den Erfolg mit ihrer Tanzgruppe, der zum Greifen nah schien. Vielleicht war das Jahr 1929 ja ein Glücksjahr für Wally – und ihn?

Du bist verrückt mein Kind, du denkst an Liebe – was war das nur mit diesem alten Schlager? Immer, wenn sie an Toni dachte, fiel er ihr ein. Und heute trugen die albernen

Worte darin seit langer Zeit wieder etwas Hoffnungsvolles in sich. Etwas leichter ums Herz lief Wally zum Bahnhof Friedrichstraße zurück.

Kapitel 34

Toni

»Können sich sehen lassen, Ihre Mädchen«, sagte der Theaterportier und deutete mit seiner halb aufgerauchten Zigarette zur Bühne.

Toni starrte ebenfalls verzückt hinauf. Er stand im Nelson-Theater an der Seite des Parketts in einem festlich geschmückten Saal. Hunderte Lämpchen erhellten die Bühne und, etwas sanfter, den Zuschauerraum, wo Hunderte Gäste in bequemen Sesseln saßen und dem Tanz der *Lindy Girls* zusahen. Die Berliner und Zugereisten trugen feinsten Zwirn, die Kleider der Damen schimmerten golden und silbern und waren tief ausgeschnitten. Die Herren hatten sich beinahe ausnahmslos in schwarze Smokings gezwängt, einige hatten im Laufe der Revue ihre kurzen, engen Jacken ausgezogen und saßen nun im weißen Hemd da, denn es war heiß im Saal. Wie kleine rote Glühwürmchen leuchtete überall die Glut unzähliger Zigaretten, die der Damen steckten in langen, eleganten Mundstücken aus Ebenholz, von denen feiner Rauch aufstieg und langsam bis unter die reich verzierte Decke schwebte.

Toni erspähte Wallys Blondschopf in der ersten Reihe ganz außen, sie sah aus wie eine Tigerin auf dem Sprung, so weit war sie auf ihrem Sitz nach vorn gerutscht, um nur keine Regung der Tänzerinnen zu verpassen. Kurz hatte er einen dumpfen Anfall von schlechtem Gewissen – sie hatten nie über die Nacht geredet, in der sie derartig aufgelöst zu ihm gekommen war. Ihm war es ganz recht so, und er konnte nur hoffen, ihr sei ebenso wie ihm gleich am nächsten Morgen bewusst gewesen, dass es ein Ausrutscher war. Schnaps und Tränen bei schönen Frauen hatten eine aphrodisierende Wirkung auf ihn, das war schon immer so gewesen, doch Wally und er waren schließlich Profis und würden darüber hinwegkommen. Er hoffte nur, dass er in jener Nacht nicht zu viel geredet hatte, dass sie nicht allzu ernst nahm, was er möglicherweise gesagt hatte. Aber kannte sie ihn nicht gut genug, um zu wissen, dass man darauf besser nicht bauen sollte?

Die Kapelle spielte das *Ice Cream*-Lied, am Klavier saß niemand Geringeres als Rudolf Nelson selbst. Er war ein massiger Mann mit Glatze, doch seine Hände mit den dicken Fingern glitten gekonnt über die Tasten des Instruments. Die Klarinette klagte und flirrte, die Posaunen und Trompeten fuhren blechern dazwischen. Eine Tuba brummte dumpf wie ein älterer Herr, dann setzten die Streicher ein. Der Mann am Schlagwerk hielt den Laden zusammen, auf seiner Stirn stand Schweiß, denn es war ein langer Abend, und auf eine Nummer folgte rasch die nächste. Zwei schwarze Sänger standen an den Mikrophonen und gaben alles, und besonders ihr Kampfgeschrei, mit dem sie das fiktive Nordpol-College imitierten, jagte den Zuhörern einen Schauder über den Rücken, so ausgelassen und wild klang es in diesem Saal. *I scream, you scream, we all scream for ice cream. Rah, rah, rah!* Dazwischen pfiffen sie ohrenbetäubend die Melodie, während die Instrumente die Führung übernahmen und der Mann am Banjo seine Fingerfertigkeit bei den rasanten Rhythmen bewies.

Oben auf der Bühne swingten die acht Mädchen in ihren eisblauen, glitzernden Kostümen. Die Trikots waren an der Hüfte schräg geschnitten wie Badeanzüge, zeigten die langen schlanken Beine der Mädchen in den Kunstseidenstrümpfen. Nur ein winziger Schurz aus schneeweißen Fransen flatterte bei jedem ihrer Sprünge auf und ab. Auf dem Kopf trugen alle Mädchen einen silbernen Haarreif, an dem riesige eisblaue Federn befestigt waren.

Die Choreographie hatten Wally und Toni gemeinsam erarbeitet, und sie war perfekt, fand Toni. Die Mädchen flogen schwerelos über die Bühne, hoben die Beine fast senkrecht zur Decke, sprangen in den Spagat und wieder auf beide Füße, warfen die Hände in die Luft und bogen ihre Körper, als bestünden sie nur aus Muskeln, Sehnen und Haut, aber nicht aus Knochen. Erst jetzt, mit dem Blick auf eine große Bühne, erkannte Toni, was die acht in den vergangenen Monaten bei Wally gelernt hatten. Da oben hampelten keine jungen, unerfahrenen Elevinnen herum, dort tanzten Profis. Mühelos glitten sie in die Figuren, drehten und beugten sich in perfekter Synchronizität, schraubten sich in die Knie und stoben im nächsten Moment wieder über die Bretter dahin. Die Spitzen ihrer kurzen Bubiköpfe, die alle über dem Kinn oder sogar knapp darüber endeten, peitschten hierhin und dorthin – blond, braun, schwarz, rot –, und ihre Gesichter strahlten. Während des gesamten Auftritts lächelten alle acht Mädchen so mitreißend, flirteten so offensiv und ausgelassen nach allen Seiten, dass nicht nur Toni begeistert war. Die Leute jubelten und klatschten mitten in der Nummer, einige sprangen von ihren Sitzen, um besser sehen zu können. Ein aufgeregtes, ekstatisches Summen hing im Raum des Nelson-Theaters. Was man da geboten bekam, war anders, war schneller, aufregender, aufsässiger als die meisten Tanzperformances, die man aus den immer ähnlichen Revuen der letzten Jahre kannte. Die Mädchen hatten das gewisse Etwas, wofür man gern aus seinem champagnerseligen Trott aufwachte, und überall sah Toni, wie die Gäste im Takt der Musik mitwippten, mit den Fingern schnippten und wohl am liebsten mitgetanzt hätten. Doch sie waren auf ihren Zuschauersesseln gefangen und würden sich gedulden müssen, bis es nach der Silvesterrevue bei Nelson weiterging, in einen größeren Tanzpalast oder kleineren Schuppen hier am Kurfürstendamm, wo man bis zum Morgengrauen Charleston tanzen konnte.

Viel zu schnell – Toni hätte ewig zusehen mögen – ging die Nummer ihrem Ende entgegen. Er verfolgte atemlos jeden Schritt der *Lindy Girls*, jedes Schütteln, Wackeln, Schlurfen, Schieben, Armewerfen, Beugen und Überkreuzen der Knie und wartete auf die Schlussformation. Endlich kam sie – nach einem letzten *Rah! Rah! Rah!* und einem lang anhaltenden Trommelwirbel bauten die acht Mädchen in ihren blauen Kostümen die Pyramide auf, an deren Spitze Marie als Kleinste auf Zehenspitzen stand und mit breitem Lächeln eine Eiswaffel schleckte.

Jetzt hielt die Zuschauer nichts mehr auf ihren Plätzen. Sie sprangen auf, als wären sie ein Körper, und klatschten und jubelten den *Lindy Girls* zu, die heftig atmend in die Menge strahlten. Eine nach der anderen sprang aus der Pyramide wieder herab, sie fassten sich an den Händen, liefen nach vorn an den Bühnenrand, wo Wally schon wild klatschend wartete, und sanken in einen entzückenden Knicks, aus dem sie sich elegant wieder erhoben und Luftküsschen in den Saal verteilten.

Thea stand ganz links. Ihre Wangen, sah Toni, glühten, ihre Augen glänzten im Scheinwerferlicht, und ihre Schönheit nahm ihm den Atem. So sehr hatte er in letzter Zeit versucht, ihre Nähe zu meiden – heldenhaft, wie er fand –, doch als er sie jetzt dort oben stehen sah, erhitzt und stolz, zog sich alles in ihm zusammen, und er wäre am liebsten hingelaufen, hätte sie von der Bühne in seine Arme heruntergezogen und sie geküsst. Stattdessen applaudierte er wild und stieß gellende Pfiffe aus. Damit war er nicht der Einzige. Der Saal jubelte und brüllte noch lange, nachdem die Mädchen eines nach dem anderen hinter den Vorhang geeilt waren und die nächste Nummer angekündigt wurde – ein Xylophonspieler, der Toni jetzt schon leidtat.

Für ihn gab es keinen Grund, hier zu bleiben, er musste hinter die Bühne zu den Mädchen – zu Thea. Ungeduldig bahnte er sich einen Weg durch die langen Konfettistreifen, die den gesamten Fußboden bedeckten, umrundete den Zuschauerraum im Foyer, bis er zu der Tapetentür kam, die hinter die Bühne führte. Hier brannte nur eine Notbeleuchtung, doch er hörte Stimmen und folgte dem

Geräusch. Ein Blick in die warm leuchtende Garderobe, wo sich die Mädchen bereits die Trikots vom Körper schälten, verriet ihm, dass Thea nicht hier war. Margot riss sich den Kopfschmuck aus den dunklen Haaren, Marie tanzte aufgeregt durch den engen Raum und sang immer wieder *»Ice cream, ice cream«*, und Wally verteilte ungewohnt großzügiges Lob an alle.

Toni schlich weiter. Am Ende des Korridors lagen die Toiletten, vielleicht war Thea dort? Er wusste nicht, weshalb, aber er fühlte, dass er sie jetzt einfach sehen musste, im Augenblick des Triumphs bei ihr sein wollte. Wochenlang hatte er es sich versagt, doch nun, auf dem Höhepunkt ihrer gemeinsamen Anstrengungen und in seiner Euphorie, musste er seiner Zuneigung zu ihr Luft machen. Er musste sie sehen, ihr sagen, wie sehr er sie bewunderte, wie schön sie war, wie vollkommen! Gerade, weil sie am Fuß diese Verformung aus Kindheitstagen hatte, war sie ihm besonders teuer. Ihr vermeintlicher Makel machte sie für ihn zur Heldin, ihren Tanz zur reinsten Magie. Er irrte durch den halbdunklen Flur, stützte sich an der Tapetenbespannung ab und wunderte sich, weshalb sein Herz so stark klopfte. Er war wirklich nicht unerfahren im Umgang mit Frauen, ließ nichts anbrennen. Etwas an ihm, das ein Kumpel einmal den *großen Jungen* genannt hatte, wirkte offenbar anziehend auf das andere Geschlecht, das wusste er. Doch bei Thea versagte dieses Etwas, sie hielt ihn auf Abstand. Anstatt ihn aber zu ernüchtern, stachelte ihn ihre Zurückweisung nur noch mehr an. Und nun würde er sie endlich für sich gewinnen, heute Abend. Koste es, was es wolle!

Und dann sah er sie. Die Tür, die zu den Toilettenräumen führte, stand offen, und sie kam heraus. Offenbar hatte sie sich das Gesicht abgewaschen, denn im Zwielicht erkannte er, dass sie keine Schminke mehr trug. Ihr Gesicht wirkte nackt, so klar und ebenmäßig, dass er tief Luft holte. Sie hatte ihre Brille noch nicht wieder aufgesetzt, und er hatte einen unverstellten Blick auf ihre haselnussbraunen Augen, die im Licht der Notfunzel glommen.

Als sie ihn erkannte, trat Erstaunen in ihre Miene.

Sie kam langsam auf ihn zu.

Kapitel 35

Wally

»Ihr wart einsame Spitze«, sagte Wally und umarmte ein Mädchen nach dem anderen. »Habt ihr gesehen, wie der Saal getobt hat? Die Leute rufen noch immer nach euch.« Sie deutete in die Richtung, wo die Bühne lag, ein aufgeregtes Raunen drang von dort zu ihnen.

Hedi und Jutta lagen sich selig in den Armen. Alice befreite ihren langen Körper mit linkischen Bewegungen aus dem engen Trikot – so geschmeidig sie beim Tanzen war, so hölzern waren ihre Gesten ohne den Rhythmus, den die Musikkapelle vorgab. Marie warf den Kopf zurück und rief »*Rah, rah, rah!*«, und alle lachten.

»Das war erst der Anfang«, sagte Margot, und das war es, was alle dachten. Clementine juchzte. »Wie nervös ich war«, bekannte sie, »ich dachte, ich falle vom Bühnenrand vor lauter Angst.«

»Angst ist gut vor Auftritten«, sagte Wally und nickte dem Nesthäkchen der Gruppe zu. »Sie gibt uns die Energie, die wir brauchen, und schärft unsere Sinne.«

»Wie bei den Tieren«, sagte Hedi altklug, »wenn sich ihnen das Nackenfell sträubt.«

Wally betrachtete sie. »Aber natürlich darf die Angst uns nicht lähmen«, sagte sie und sah bedeutungsvoll in die

Runde. »Wir müssen frei genug für die Kunst bleiben. Und ihr acht Mädchen habt heute bewiesen, dass es geht.«

Alice ließ ihr altes, geflicktes Kleid über den Kopf gleiten. »Sie haben es uns gezeigt, Fräulein Kaluza«, sagte sie, und das Gesicht unter den Sommersprossen glühte, doch sie blickte ernst. »Sie haben uns hierhergebracht und das aus uns gemacht.« Sie deutete in die Runde. »Ohne Sie wäre ich niemals an einen solchen Ort gekommen, und ich hätte nie erfahren, was es bedeutet, so zu tanzen!«

»Das stimmt, Fräulein Kaluza«, sagte ausgerechnet Jutta, die sonst immer mit Widerrede kam. Sie schüttelte ihre kurzen dunklen Locken, und ihre schwarzen Augen blitzten. »Wie gut, dass wir unseren *General* haben.«

Wally räusperte sich. »Na, na, Mädchen«, sagte sie und spürte für einen furchtbaren, peinlichen Moment, wie ihr die Tränen kamen, doch schnell hatte sie sich wieder unter Kontrolle. »Wir wollen nicht rührselig werden«, sagte sie. »Und wie Margot ganz richtig sagte, das ist erst der Anfang. Vor uns liegt noch eine Höllenarbeit.« Sie stemmte die Hände in die Hüfte. »Im Übrigen würde ich es vorziehen, wenn ihr endlich dieses *Fräulein* weglasst. Ich bin Wally, nichts weiter. Schließlich sind wir ein Team.«

Die Mädchen kicherten, sie sahen einander verstohlen unter ihren angeklebten Wimpern an. Jutta fing sich als Erste. Sie hielt Wally die Hand hin.

»Wenn du willst, *Wally*«, sagte sie und lächelte spitzbübisch. »Das wäre famos.«

Alle Mädchen klatschten in die Hände, und Wally nickte. »So«, sagte sie, »und ehe wir jetzt noch Brüderschaft trinken, wollen wir lieber feiern. In einer halben Stunde ist Mitternacht, und das neue Jahr bricht an.«

»Wieso Bruder?«, fragte Hedi. Der Leichtsinn griff auch auf sie über. »Wenn schon, dann Schwesternschaft!«

»Ja!«, riefen alle, »Schwesternschaft! Darauf trinken wir.«

»Wo ist nur Herr Lindberg?«, fragte Wally lächelnd und sah sich suchend in der Garderobe um. »Er soll sich nützlich machen und uns ein paar Flaschen Champagner besorgen.«

Doch Toni war nicht zu sehen. Dabei hätte sie sich gerade jetzt am liebsten in seine Arme geworfen, so stolz und glücklich war sie. Dieses Umeinanderherumschleichen der vergangenen Tage musste ein Ende haben, sie wollte endlich mit offenen Karten spielen. Eine Tanzlehrerin, ein Manager, eine unkonventionelle, erfolgreiche Tanzgruppe – das Rezept ging auf. Und es ging gerade deshalb so gut auf, weil Toni und sie sich gut verstanden, weil sie am selben Strang zogen. Sie hatten gemeinsam etwas Gutes erschaffen, aus eigener Kraft, wie früher schon – trotz Höhen und Tiefen. Alte Liebe rostete vielleicht wirklich nicht?

Wo war Toni? Im nächsten Moment fiel Wally auf, dass auch Thea nicht da war. War sie noch gar nicht in die Garderobe zurückgekommen? Aber wo steckte sie dann?

Ein mulmiges Gefühl beschlich sie. Sie konnte gar nicht genau sagen, woher es sich anpirschte, aber plötzlich war es da und ließ ihr die Härchen auf den Unterarmen zu Berge stehen. Wie bei diesem Tier, von dem Hedi eben gesprochen hatte, das eine Gefahr witterte, zitterte ihr

Zwerchfell plötzlich. Und das Glücksgefühl des Erfolgs, das sie eben so golden durchflutet hatte, verblasste.

»Ich sehe mal nach, wo er steckt«, sagte sie und nickte den Mädchen zu, die weiter aufgeregt durcheinanderredeten und sich die dünnen Strümpfe von den Beinen streiften. Sie bahnte sich einen Weg durch die Kleiderständer, Schminktische voller Döschen und Puderquasten, herumstehenden Spiegel, auf dem Boden liegenden Taschen und Schuhe. Hier in der Garderobe brannten die eckigen Wandleuchten mit milchgläsernen Schirmen und verbreiteten heimelige Gemütlichkeit, doch draußen im Korridor, in den Wally nun trat, schimmerte nur das schwache Licht der Notbeleuchtung.

Links lag das Theater, rechts waren die Toiletten für die Künstler. Wally wandte sich in diese Richtung und ging langsam den Korridor entlang. Weicher Teppich verschluckte ihre Schritte. Als sie um die Ecke biegen wollte, hörte sie etwas und blieb stehen. Eine sonore, gedämpfte Männerstimme, die sie sofort erkannte. Ein Seufzen, dann Stille. Wallys Herz vollführte eine Polka in ihrer Brust, sie wunderte sich, dass es nicht heraussprang. Wie im Traum ging sie weiter, bis sie die beiden sah.

Toni stand mit dem Rücken zu ihr. Er hielt Thea mit beiden Armen umfangen, seine Finger waren in ihr dichtes dunkles Haar geflochten, während er sie küsste. Es war kein flüchtiger Kuss, nein, die beiden waren vollständig ineinander versunken, und Theas kleine Hände krallten sich in Tonis Sakko und schienen ihn noch näher zu sich ziehen zu wollen. Wieder seufzte sie, und Wally, die noch immer schreckensstarr, wie in einem bösen Traum, an der Tapete lehnte und ungläubig zusah, erkannte das Geräusch. Es war das Zeichen von Wonne, von Innigkeit, von Glück. Sie selbst hatte vor nicht allzu langer Zeit in Tonis Armen so geseufzt, und sie unterdrückte ein Stöhnen. Doch ein winziger, gequälter Laut entkam ihren Lippen.

Die beiden fuhren auseinander, Toni wirbelte herum. Theas Augen waren weit aufgerissen, sie hob beschwichtigend die Hände in Wallys Richtung. Toni taumelte einen Schritt auf sie zu, blieb dicht vor ihr stehen. Wally roch Theas Parfüm an seiner Haut.

»He, Partner«, sagte er heiser und fuhr sich hilflos durchs zerzauste Haar. Sein Kragen stand offen, und sie sah, wie er schluckte. »Ich habe schon nach dir gesucht…«

»Mach dir keine Mühe«, sagte sie, und überraschenderweise war ihre Stimme fest, obwohl ihre Hände bebten. Sie schob sie hastig in die Rocktasche. »Ich wollte dir nur sagen, dass ich gehe. Ich glaube, ich bekomme eine Erkältung.«

»Aber es ist gleich Mitternacht«, sagte Toni begütigend, »und wir wollen doch anstoßen. Auf unseren Erfolg, Wally, ja?«

Seine Stimme klang bittend. Hinter ihm tauchte Thea auf, sie hatte sich den verstrubbelten Bubikopf ein wenig geordnet, ihre Wangen glühten. Sie sah so entzückend aus, so jung, dass Wally scharf Luft holen musste.

»Ohne mich«, sagte sie knapp und drehte sich auf dem Absatz um. Es war ihr egal, ob die beiden bemerkten, dass ihr Abgang eine Flucht war. Sie musste sofort hier weg!

Mit eiligen Schritten ging sie zurück, ihre Gedanken rasten. Plötzlich blieb sie mitten im Laufschritt wie angewurzelt stehen. *Partner?* Sie drehte wieder um. Zwei verdutzte Gesichter sahen ihr entgegen, Toni und Thea standen Hand in Hand an derselben Stelle wie eben, offenbar unschlüssig, was zu tun war.

Wally baute sich vor ihnen auf, sie reckte sich zu ihrer vollen Größe und schob das Kinn vor. In ihr war es eiskalt und kochend heiß zugleich.

»Es reicht, Toni!«, sagte sie und erschrak vor der Schärfe in ihrer Stimme. »Du bist raus!«

»Was soll das heißen?«, fragte er, ließ Theas Hand los und ging auf sie zu.

»Du hast schon verstanden«, sagte Wally.

»Du bist verrückt«, sagte er und lächelte ungläubig.

Sie spürte, wie von tief unten das Zittern in ihr hochstieg, es war nicht mehr nur in ihren Händen, sondern kam jetzt aus den Knien und pflanzte sich unaufhaltsam weiter durch ihren Körper fort. Sie musste schnell sein, ehe sie einknickte. Ehe Toni sie wieder um den Finger wickeln konnte, wie schon so oft. Viel zu oft!

»Halte dich fern von mir und meinen Mädchen«, zischte sie.

»*Deinen* Mädchen?«, fragte er, und sie sah im schwachen Licht, wie sich seine Augen verengten. »Das kannst du nicht machen, Wally!«

»Und ob ich das kann«, keifte sie zurück. »Deine Alleingänge gehen mir schon lange auf die Nerven. Und das«, sie deutete auf Thea, die einen halben Meter hinter Toni stand und mit aufgerissenen Rehaugen den Streit verfolgte, »das ist wirklich das Allerletzte!«

»Du denkst nicht klar«, sagte Toni, und sein Gesicht wurde sanfter, seine Stimme noch eine Nuance sonorer. Er streckte die Hand nach ihr aus. »Wally, du und ich …«

Da rastete etwas in Wallys Hirn aus, es machte hörbar *Klick*. »Du und ich!«, schrie sie, »du spinnst wohl! Das gibt es gar nicht! Das hat es nie gegeben, vielleicht höchstens in meiner Phantasie. Aber damit ist jetzt Schluss, Toni. Ich will dich nicht mehr sehen, und ich warne dich – komm mir nicht in die Quere. Ich brauche dich nicht mehr.«

Toni lachte höhnisch auf. »Ohne mich gehst du mit deinem Tanzgrüppchen in dieser Stadt vor die Hunde«, rief er. »Begreifst du das nicht? Du bist doch nur eine Frau! Was willst du denn allein erreichen?«

Sie ballte die Fäuste. »Lieber gehe ich vor die Hunde, als von einem Hund wie dir abhängig zu sein«, flüsterte sie. Das Zittern hatte ihre Brust erreicht, es kroch ihr am Hals hoch, und sie wusste, gleich würde es ihre Lippen erreichen, ihre Augen, und deswegen durfte sie keine Sekunde länger hierbleiben. Sie schob Toni grob zur Seite, mit letzter Kraft, und sah Thea an.

»Und du, Mädchen«, sagte sie mit gepresster Stimme, »solltest dich schleunigst entscheiden, was du eigentlich willst!«

Ehe sie vollends zusammenbrechen würde, drehte sie sich zum zweiten Mal an diesem Abend um und rannte los. Sie hetzte an der Garderobe vorbei, aus der Gesang scholl, lief am Zuschauersaal entlang und wie gejagt durchs grell erleuchtete, geschmückte Foyer des Theaters. Drinnen im Saal sang eine Frauenstimme Cole Porter, »*Let's do it, let's fall in love*«, und Applaus brandete auf. Draußen vor den Türen des Nelson stand die Silvesternacht.

Wally stolperte unbehelligt hinaus. Auf dem Kurfürstendamm war jetzt, kurz vor zwölf, alles auf den Beinen, Rädern und Schienen. Dunkle Limousinen fuhren durch den Schneematsch, der die breite Straße zierte, die gewaltigen, mit Säulen verzierten Marmorfassaden der Häuser wurden von den elektrischen Straßenlaternen unwirklich angestrahlt. Die Menschen zogen Arm in Arm, singend und jubelnd über den Boulevard. In den Eckgebäuden luden hell erleuchtete Restaurants zum Einkehren ein, schwarz befrackte Kellner lauerten bibbernd auf den breiten Gehwegen und versuchten, unter den Passanten noch ein paar späte Gäste zu gewinnen. Ein Saxophonist stand an der Ecke Fasanenstraße neben einer Schneewehe und spielte eine herzzerreißende Melodie in den Nachthimmel, an dem keine Sterne zu sehen waren – die Lichter des Ku'damms überstrahlten selbst sie.

Wally schlang zitternd die Arme um ihre Schultern und tauchte in den Strom der feiernden, jubelnden, schreienden Menschenmenge ein, die sich den Boulevard entlangschob wie ein gewaltiger Gletscher. Sie fror erbärmlich, denn sie hatte ihren Mantel mit dem Pelzbesatz drinnen in der Garderobe vergessen, doch es war ihr egal. Sie würde ihn morgen abholen, vielleicht sogar die Gelegenheit haben, mit Rudolf Nelson zu sprechen und ihn davon zu überzeugen, dass ihre Mädchengruppe genau das war, was seinem Theater noch gefehlt hatte. Sie durfte jetzt nicht nachlassen, musste weiterkämpfen, durfte sich den Erfolg, der ihr Verdienst war, nicht durch die Finger rinnen lassen. Nicht jetzt, da sich ihr die Türen in dieser hochmütigen Stadt ein wenig zu öffnen schienen. Und vor allem nicht – niemals! – wegen eines Mistkerls wie Toni Lindberg. Sie konnte froh sein, dass sie ihn endlich los war!

Doch der Glanz des Erfolgs, der sie kurz erfüllt hatte, war erloschen. Wenn sie die Augen schloss, sah sie nicht die tanzenden *Lindy Girls* auf der Bühne, sah nicht ihren Triumph. Auf ihrer Netzhaut brannte ein anderes Bild – Toni, der Thea in den Armen hielt, Thea, die Toni küsste und sich an ihm festklammerte. Es war kein Moment der Überraschung gewesen, kein einseitiger Versuch von Toni, Thea zu küssen. Nein, das Mädchen hatte mitgemacht, und nicht ungern, das hatte Wally sehen können. Sie schmeckte die Kränkung, die Einsamkeit wie eine bittere Pille auf der Zunge, während sie durch die winterliche Kälte lief, ihr Atem eine weiße Wolke vor ihrem Mund. Sie war fast am früheren Café des Westens an der Ecke Joachimsthaler Straße angekommen. Plötzlich hielten alle um sie herum, wie auf Kommando, inne und begannen, den Countdown herunterzuzählen.

»Zehn, neun, acht …«, brüllten fremde Menschen um Wally herum, und auch sie blieb stehen, weil sich die Menge vor ihr staute, und betrachtete das Spektakel um sich herum. Doch alles schien seltsam fern, wie ein Film, den man auf einer Leinwand betrachtete. »Drei, zwei, eins«, schrien alle im Chor, und kurz darauf lagen sie sich in den Armen.

»Frohes neues Jahr«, schallten die Rufe durch die Straße, »auf ein gutes Jahr 1929!« Die Glocken der Kaiser-Wilhelm-Gedächtniskirche dröhnten durch die Nacht, Autos hupten, ein Omnibus war im Gewühl des Boulevards stecken geblieben. Frauen kreischten, Champagnerflaschen wurden mitten auf der Straße geöffnet, und das Getränk schäumte über und floss in den leuchtenden Schnee.

Wally stand einsam inmitten der sich küssenden, singenden Menschen und fühlte sich, als sei sie versehentlich auf dem Mond gelandet.

Kapitel 36

Alice

Januar 1929

Frierend stand die kleine Mädchengruppe vor dem verschlossenen Tanzsaal am Weidendamm in der Abenddämmerung. Hedi und Jutta hockten dicht aneinandergeschmiegt auf der Treppenstufe vorm Haus, die mit verkrusteten Schneeresten bedeckt war, Margot schritt auf der anderen Straßenseite am Ufer auf und ab und schlang die Arme im dicken Mantel um sich. Maries Mütze reichte fast bis über ihre Augen, eine Hand hatte sie in einen schwarzen Muff gesteckt. Mit der anderen rüttelte sie an der Toreinfahrt, die Wally normalerweise offen stehen ließ, wenn sie auf sie wartete. Doch heute rührte sich das große hölzerne Tor nicht, und auch auf Maries Klopfen reagierte niemand. Nur Clementine schien kaum zu bemerken, dass etwas nicht in Ordnung war, sie stand summend da, das Gesicht zum Abendhimmel gereckt, während ein paar Schneeflocken herabfielen und sanft in ihren hellen Wimpern hängen blieben.

Alice sah besorgt die Straße hinunter in Richtung Weidendammer Brücke. Ihre Stiefelsohle hatte sich noch weiter abgelöst, und die Kälte biss ihr durch die Strümpfe in die Zehen. Wo blieb die Kaluza – ach nein, *Wally* denn nur?

Sie hatte sie alle gestern noch vor dem Auftritt für den nächsten Tag in den Probenraum bestellt. »Egal, wie es heute hier im Nelson-Theater läuft«, hatte sie gesagt, »und egal, wie viel Champagner ihr heute Nacht noch trinkt, ich erwarte euch pünktlich und nüchtern.«

Und nun war es ausgerechnet *Der General*, der sich verspätete?

Alice spürte die Müdigkeit. Keine von ihnen hatte in dieser Nacht viel geschlafen. Wally hatte sich nicht mehr in der Garderobe des Nelson blicken lassen, aus dem Champagner war nichts geworden. Später hatte Toni Lindberg den Kopf hereingesteckt, ihnen lahm gratuliert und war verschwunden. Thea war kurz danach zu ihnen gekommen, hatte behauptet, sie sei noch mit ihrer Freundin Gila verabredet, und sich ebenfalls abgesetzt. So waren die verbliebenen Mädchen ziellos durch die überfüllten Straßen gezogen, Arm in Arm, und schließlich in einer Kneipe irgendwo in der Nähe vom Zoologischen Garten versackt. Irgendjemand hatte ihnen Bierflaschen gereicht, der Alkohol floss in Strömen, sie hatten getanzt, und wie und wann sie nach Hause gekommen war, wusste Alice kaum noch. Ben hatte zu ihrer Erleichterung im Bett gelegen und geschnarcht.

Jetzt schmerzte ihr Schädel, und auf ihrer Zunge lag ein pelziger Geschmack. Das war also das neue Jahr, dem alle so entgegengefiebert hatten? Dieser erste, fadgraue Tag konnte ihr gestohlen bleiben. Von ihr aus könnte 1929 ruhig noch ein, zwei Tage schlummern und warten, bis es mit neuem Aplomb begann.

Da kam eine Gestalt die Straße heruntergeeilt, doch es war nicht Wally, sondern Gertrud, einen ellenlangen gestrickten Schal um den Hals, der hinter ihr herwehte. Ihre Wangen waren leuchtend rot wie zwei kleine Winteräpfel, und auch ihre Nase leuchtete auf der dämmrigen Straße. Überrascht blieb sie stehen, als sie die anderen Mädchen vor der Tanzschule herumlungern sah.

»Was ist los?«, fragte sie atemlos. »Ich dachte, ich bin viel zu spät dran, und *Der General* reißt mir den Kopf ab.«

»Noch keiner da«, sagte Alice. »Thea fehlt auch.«

Gertruds Augen blitzten. »Mensch«, sagte sie und neigte ihre Stimme geheimnisvoll, »da ist was im Busch.«

»Was meinst du?«, fragte Hedi, die von der vereisten Treppe aufgestanden war. Sie zog Jutta ebenfalls hoch. Auch Margot kam zu ihnen herüber, Clementine hörte auf zu summen und drehte nervös ihre blonden Locken auf.

»Ich hab gestern mitbekommen, dass es einen Streit gab«, sagte Gertrud und sah von einer zur anderen. »Eigentlich wollte ich aufs Klo, aber dann hab ich Stimmen gehört. Wally hat Herrn Lindberg zur Schnecke gemacht, und ich glaube, es ging auch um Thea. Ich bin lieber wieder zurück in die Garderobe gehuscht, wollte da nicht reingeraten. Und später habe ich vergessen, es euch zu erzählen.«

»Aber worüber haben sie genau gestritten?«, fragte Jutta. Ihre schwarzen Knopfaugen waren weit aufgerissen. Es schneite jetzt stärker, und die Dunkelheit griff nach

Häusern, Pflastersteinen und den Wangen der Mädchen. »Meinst du, Thea und Herr Lindberg …?«

Gertrud blies die Backen auf und ließ langsam die Luft entweichen. »*Gern hab ich die Frau'n geküsst*«, sang sie den schnulzigen Schlager von Richard Tauber anstelle einer Antwort, »*hab nie gefragt, ob es gestattet ist.*«

Clementine kicherte. »Bist du übergeschnappt?«, fragte sie.

Gertrud lächelte überlegen. »So einer wie in dem Schlager ist auch Herr Lindberg«, sagte sie und nickte zu ihren Worten, um ihnen Gewicht zu verleihen. »Er denkt, die Welt sei ein Spielzeugladen und alle Frauen nur seine Püppchen aus Porzellan.«

Hedi knurrte. »So sind doch alle Männer«, sagte sie unzufrieden und sang ebenfalls: »*Dachte mir, nimm sie dir! Küss sie nur, dazu sind sie ja hier.*«

Alle Mädchen murrten zustimmend. Alice sah Gertrud an. »Und was hast du nun gehört?«, fragte sie. »Worum ging es in dem Streit?«

»Ich weiß es nicht genau«, gab Gertrud zurück, »aber eins habe ich verstanden – Wally hat Herrn Lindberg rausgeschmissen.«

»Wie bitte?«, piepste Marie.

»Kann sie das denn?«, fragte Clementine.

Gertrud zuckte mit den Schultern. »Offenbar schon«, sagte sie. »Ich habe es ganz deutlich gehört – *Halt dich von mir und meinen Mädchen fern*, hat sie gebrüllt.«

»Redet ihr von mir?«, fragte eine Stimme hinter ihnen, und alle Mädchen fuhren auseinander. Wally stand auf der

Straße, eine riesige Pelzhaube auf dem Kopf, unter der ihre blonden Haare heraussahen. Die Laterne vor dem Haus leuchtete ihr Gesicht aus, als habe sie eine Bühne betreten. Doch einen Moment schien sie nicht zu wissen, was ihre Rolle war und wie ihr Text lautete.

»Guten Abend«, sagte Alice betreten.

Wally räusperte sich.

»Kommt rein«, sagte sie anstelle einer Begrüßung, »hier draußen ist es eisig. Das neue Jahr zeigt uns gleich die Zähne, was?«

Sie holte ihr Schlüsselbund hervor. Die Mädchen warfen sich vielsagende Blicke zu, folgten Wally aber stumm durch das Tor. Drinnen im Tanzsaal war es ebenfalls kalt wie in einer Gruft, und alle behielten ihre Mäntel an. Wally ließ die elektrische Deckenleuchte aufflammen, nahm ein paar Holzscheite und legte sie in den Kachelofen, schichtete noch Briketts darauf und entzündete das Feuer. Dann schlug sie mit einem lauten Knall die eiserne Klappe zu und drehte sich um.

»Gertrud hat euch ja offenbar schon in Kenntnis gesetzt«, sagte sie. »Herr Lindberg wird in Zukunft nicht mehr für mich arbeiten. Wir sind auf uns gestellt – nur wir Frauen.«

»Die Schwesternschaft«, flüsterte Marie, sah beifallheischend in die Runde, und die anderen Mädchen wagten ein heimliches Lächeln. Wieder sahen alle zu Wally.

Die hatte den Blick zum Fenster gerichtet, wo man die Mauer des Spreekanals sah, die kreisrunden Lichtflecken im Schnee auf dem Pflaster und das Schimmern der bunten Leuchtreklamen von der anderen Seite der Brücke.

Alice hielt den Atem an.

Endlich tauchte Wally aus ihrem Schweigen auf. Sie ging zu Marie und legte einen Arm um die zierliche Gestalt ihrer Tänzerin.

»Das ist es«, sagte sie. »Die Schwesternschaft! So hätte ich es von Anfang an halten sollen.« Sie schnaubte. »Aber man lernt langsam, furchtbar langsam. Und man muss wohl froh sein, wenn man am Ende überhaupt etwas versteht.«

Keins der Mädchen fragte, was sie damit meinte. Sie wussten es auf ihre Weise alle. Alice dachte an Jules. Gleich morgen früh würde sie zum Stettiner Bahnhof gehen und dort nach ihm fragen. Irgendwann würde seine Schicht beginnen, sie würde ihn nicht erneut verpassen. Das wölfische Lachen Albert Jägers mischte sich in ihre Gedanken, doch sie nahm sich vor, sich nicht länger mit ihm zu befassen. Er war schließlich nicht der einzige Reporter in dieser riesigen Stadt, und sie war nicht sein Eigentum. Er hatte sie um ein neues Treffen gebeten, und sie hatte halb zugestimmt, doch sie würde es sausen lassen.

Ihr Blick wanderte zu Wally zurück. Ihre Miene war angespannt, über der Nasenwurzel stand eine tiefe Falte. Doch die Entschlossenheit in den Augen ihrer Tanzlehrerin gab Alice Stärke. Sie würden sich nicht unterkriegen lassen von den Männern, die meinten, Frauen seien nur Spielzeug, wie in diesem furchtbaren Schlager. Sie würden gemeinsam stark sein, stark sein müssen.

Dann fiel ihr etwas ein.

»Und Thea?«, fragte sie.

Wally zuckte zusammen, sie sah zu Boden. »Sie ist nicht hier«, sagte sie leise. »Das sagt wohl alles, oder?« Sie straffte die Schultern, im grellen Lampenlicht bemerkte Alice die tiefen Schatten unter den Augen der älteren Frau. »Aber das dürfte kein Problem sein«, sagte Wally und bemühte sich hörbar um einen leichteren Ton, »ich schalte eine neue Annonce, und im Handumdrehen haben wir wieder eine achte Tänzerin.« Sie schob die Hände tief in ihre Manteltaschen, als wollte sie sich selbst Halt geben.

In diesem Augenblick klopfte es an der Tür. Wally und Alice sahen einander an, dann ging Wally hin. Alle starrten ihr nach. Wally zog die Hand aus der Manteltasche und öffnete.

Draußen stand Thea. Ihre dunkelblaue Mütze war schneeüberzuckert, ihre Brille beschlagen. Unsicher machte sie einen Schritt ins Innere des Probensaals.

»Guten Abend«, sagte sie leise, »ich hoffe, ihr habt noch nicht angefangen?«

Wally stand wie erstarrt. Alice fragte sich, ob sie Thea anschreien und das Mädchen zum Teufel jagen würde. Doch nichts geschah, die beiden Frauen standen stumm voreinander. Endlich rappelte Wally sich auf.

»Das ist also deine Entscheidung?«, fragte sie heiser.

»Ja«, sagte Thea schlicht. Sie streckte die Hand aus, und Wally ergriff sie nach kurzem Zögern und drückte sie, ehe sie Thea schnell wieder losließ.

»Gut«, sagte sie, und Alice hörte, wie sehr sie sich zusammenriss, »dann wäre das geklärt.« Sie räusperte sich und machte einen Schritt in Richtung Grammophon.

»Lasst uns die Musik anschmeißen, Mädchen. Wir haben einiges vor.«

»Gibt es schon ein neues Engagement?«, fragte Hedi.

Wally blieb stehen. Sie schüttelte den Kopf.

»Aber ich werde schon eins bekommen«, sagte sie, »euer Auftritt gestern war astrein und wird uns viele Türen öffnen.« Sie sah in die Runde. »Vertraut ihr mir?«

»Ja«, sagten die acht Mädchen fast gleichzeitig, und da mussten sie alle lachen.

»Schon mal ein Anfang«, sagte Wally, ging zum Grammophon und machte sich daran zu schaffen. »Das wäre doch gelacht«, murmelte sie, aber Alice hatte es gehört.

Alle Mädchen zogen bibbernd die Mäntel aus. Bis der Kachelofen den Raum erwärmte, würde es noch dauern. Auch Alice wollte gerade aus ihrem Mantel schlüpfen, dann fiel ihr Blick auf die Stelle vor der Tür, an der Wally zuvor gestanden hatte. Dort lag ein Stück Papier, es musste der Tanzlehrerin aus der Tasche gefallen sein, als sie Thea die Tür geöffnet hatte. Alice ging hin und hob es auf. Sie hatte es nicht vor, doch ihr Blick fiel auf die ersten Zeilen, und ganz automatisch entzifferte sie die Worte, die dort – von Wallys Hand geschrieben? – standen.

Mein Kind, Du weißt nicht, wer ich bin, aber ich habe mich endlich entschlossen, Dir zu schreiben. Ich bin Deine Mu…

Alice spürte, wie ihr Herz klopfte. Rasch sah sie auf, doch niemand beachtete sie. Wally war mit der Schallplatte beschäftigt, die nicht so wollte wie sie, und die anderen versuchten, mithilfe einiger Gymnastikübungen warm zu werden.

Hastig steckte Alice das Stück Papier ein. Sie wusste selbst nicht, weshalb sie es nicht gleich Wally zurückgab, aber etwas sagte ihr, dass sie die ältere Frau brüskieren würde, wenn sie es ihr vor aller Augen überreichte. Besser, sie gab es ihr später, nach der Probe. Doch während sie in ihre abgetragenen Tanzschuhe stieg und gemeinsam mit den anderen Tänzerinnen Aufstellung nahm, konnte sie nicht aufhören, daran zu denken. Immer wieder gingen ihr die Worte, geschrieben mit blauer Tinte auf Briefpapier, durch den Kopf. Und obwohl sie es nicht wollte und dagegen ankämpfte, dachte sie an ihre eigene Mutter, die einst fortgegangen war und sie und Ben im Stich gelassen hatte. Sie wusste nicht, ob sie noch lebte. Genauso wenig wusste sie, warum Wallys Kind seine Mutter nicht kannte. Sie nahm sich vor, mit Wally zu sprechen, wenn sie ihr den Brief zurückgab. Aber nicht jetzt. Nicht jetzt …

Wally hatte endlich den Kampf mit dem Grammophon gewonnen, die *Weintraubs Syncopators* spielten wie gewohnt ihre rasante Melodie, und Alice hob die Arme, schloss die Augen … und tanzte.

Kapitel 37

Gila

Mit dem Paternoster in unserem Verlagshaus fahre ich immer so gern. Er geht auf und ab, auf und ab, und hält niemals an. Das ist wie das Leben, finde ich, das läuft auch immer weiter, und wenn doch eines irgendwann endet, gehen unzählige andere Leben trotzdem voran. Was macht da schon das eine? Die Hauptsache ist doch, dass die Welt nicht stillsteht, nur weil eine mal weint oder strauchelt oder fällt. Man muss nur den richtigen Moment abpassen, muss in der richtigen Sekunde angelaufen kommen und hineinspringen, dann geht es wieder los, dann ist man wieder im Spiel. Mitten in die Fahrt muss man springen, damit man in Bewegung bleibt und von der einen Etage in die andere Etage gelangt, ehe man zu lange darüber nachdenkt, wohin man eigentlich will. Das Ziel ist beim Paternosterfahren gar nicht so wichtig.

Und dann finde ich es auch immer so aufregend, nicht zu wissen, wer schon drinnen ist in der Holzkabine, wen man dort trifft. Das ist genau wie die Bonbonniere, die bei Fräulein Stiefel am Empfang neben der Schreibmaschine steht. Sie ist nämlich nicht aus Glas, wie die meisten Bonbonnieren, sondern aus Ton. Und da steckt man so halb ängstlich, halb vorfreudig die Hand hinein, als wäre es eine Mausefalle, greift sich, was man zu fassen kriegt, und zieht es ans Licht. Und dann erst weiß man: Grün-weiß gestreifte Pfefferminze? Rot-weiß gestreifter Himbeergeschmack? Oder – Gott bewahre – schwarz-weiß gestreifte Lakritze? Es ist wie in der Lotterie!

Thea liebt Lakritz, sie ist nicht ganz gescheit, glaube ich. Und überhaupt war sie komisch in letzter Zeit, richtig biestig und dann wieder trübsinnig, so dass ich sie oft küssen und aufheitern musste. Zu Silvester ist sie nach dem Auftritt gar nicht nach Hause gekommen. Den ich verpasst habe – ich hatte noch zu starke Schmerzen. Und erst am nächsten Tag, als ich längst mit einer großen Dosis Aspirin im Büro hockte, muss sie heimgekehrt sein. Doch sie hat mir bis heute nicht verraten wollen, wo sie war, und ich dringe nicht weiter in sie. Thea ist ein freier Mensch, auch wenn ich sie lieb habe. Sie kann kommen und gehen, wie es ihr passt, und treffen, wen sie will. Wenn ihr nur niemand wehtut, dann kriegt der es nämlich mit mir zu tun!

Und nun will ich erzählen, was mir heute im Paternoster passiert ist. Man kriegt die Motten! Ich springe also rein, immer noch etwas vorsichtig, weil es im Unterleib ziept, doch das ist normal, sagte der Doktor. Steht da ein Herr drin, den ich nicht kenne, einen Regenschirm unter den Arm gepresst. Na, ich bin eine höfliche Person, ich stelle mich vor und frage ihn, wie es ihm geht und ob ich ihm helfen kann. Wo er denn hinwill?

»Ach«, sagt er, »ich war gerade bei einem Redakteur hier im Haus. Wollte mir einen Roman anbieten, eine Vorlage für einen Film.«

»Nicht die Möglichkeit!«, rufe ich. »Ich liebe Kintopp!«

»Na«, sagt er da und schüttelt betrübt den Kopf, »daran hätten Sie keine Freude gehabt, Fräulein.« Ganz wirres Zeug sei das gewesen, vom Skifahren und von Hemingway und Zelda Fitzgerald, die eine brave Hausfrau wird, und Scott, ihrem Ehemann, und allen seinen Gästen im Montafon eine Geburtstagstorte backen will.

Ich beiße mir auf die Zunge, damit ich nicht laut lache.

»So«, sage ich. »Sie haben die Bekanntschaft mit unserem Schriftsteller gemacht.«

»Ja«, nickt der Fremde. »Eine trübe Tasse!« Dann sieht er mich an und deutet mit der Schirmspitze nach draußen. Ob ich auch aussteigen würde, dies hier sei der Ausgang und er müsse leider …

»Natürlich«, sage ich, und wir springen ab. Wir stehen da so in der Halle herum, und es zieht, Schnee weht durch die Drehtür herein, aber ich packe ihn am Ärmel.

»Worüber wollen Sie denn einen Film machen?«, frage ich und lächle. Ich kann gut lächeln, das habe ich ja schon gesagt, und das findet der Mann wohl auch, denn er macht keine Anstalten zu gehen.

»Am liebsten über Frauen, die nicht backen«, sagt er und zieht ein Gesicht wie eine traurige Dogge. Er ist wirklich zu bedauern, und ich kann ihn gut leiden. »Eine freche Geschichte muss es sein«, fährt er fort, »eine, die mitreißt. Eine mit Musik, das mögen die Leute, und der Tonfilm kommt.« Ich solle nur an den Film *Der Jazzsänger* denken, meint er, und ich muss mir schon wieder auf die

Zunge beißen, denn wenn hier eine Al Jolson und seine Lieder kennt, dann ich.

»Und wo soll der Film spielen?«, frage ich. »Doch wohl nicht auch am Broadway?«

»Hauptsache, ich muss keine künstlichen Schneehänge in Babelsberg aufschütten lassen«, stöhnt er.

»Und wenn er in Berlin spielt?«, frage ich.

»Berlin geht immer!«, sagt er und sieht mich ganz hoffnungsvoll an. »Kennen Sie etwa so eine Geschichte, mein Fräulein?«

Mensch, da muss ich mich aber tüchtig zusammenreißen. Aber köcheln lassen ist die halbe Miete. So viel Hausfrauenwitz habe ich auch.

»Nichts ist undenkbar«, sage ich bescheiden. »Leider wartet man oben auf mich.«

Da greift er in die Westentasche und reicht mir ein Kärtchen. Beinahe geht er vor mir auf die Knie, aber die Fliesen in der Halle sind voller Pfützen von den Galoschen der Kollegen, und er überlegt es sich anders.

Ich solle ihn umgehend anrufen, bittet er, und mir den wunderbaren Schriftsteller vorstellen, der dieses geheime und vielversprechende Manuskript schreibt.

»Er hat doch noch keine anderen Angebote?«, fragt er beinahe ängstlich.

»Man kann nie wissen«, sage ich grausam. Und dann schiebe ich mir mein Hütchen ein bisschen schief ins Gesicht und lächle wieder, und ich kann sehen, wie er hofft. Aber ich springe zurück in den Paternoster, und hoch geht es. Die nassen Hosen des Herrn bleiben unten stehen, sein

Schirm tropft, und ich lese das Kärtchen. *Hugo Ehrenberg*, steht drauf, *LUX-Film GmbH*. Und darunter eine Durchwahl aus Potsdam.

Ich stehe in der Paternoster-Kabine und kann es nicht fassen. Glück muss der Mensch haben! Hoch geht es mit mir, hoch hinauf, habe ich es nicht gesagt? In der Redaktion angekommen, springe ich wieder ab, die Karte schiebe ich mir in den Ausschnitt. Herr Meier telefoniert im Glaskasten, der Metteur lutscht Himbeerbonbons bei Fräulein Stiefel. Alles ist wie immer, aber es hat sich doch alles verändert. Herr Schneyder sitzt bedröppelt auf seinem Stuhl und trinkt einen Schnaps, mitten am Tag, und er ist ganz bleich. Ich gehe an ihm vorbei, ich pfeife ein kleines Lied, ganz leise.

Hier werde nicht gepfiffen, sagt Herr Schneyder wütend, wo man da denn hinkäme, wenn jedes Tippfräulein pfeift, wie es ihr passt?

»In eine neue Welt, Herr Schneyder«, sage ich und drehe ihm heimlich eine lange Nase. Und dann setze ich mich an meine *Torpedo* und tippe drauflos, aber was, das sage ich niemandem. Tipp, tipp, tipp und Klingeln. Das Farbband flimmert vor meinen Augen, und in meinem Büstenhalter steckt das Kärtchen von dem Menschen aus Babelsberg. Dort liegt es wie ein kleiner tickender Wecker, der uns alle aus dem Schlaf reißen wird.

Nachwort

Es ist sicher kein Zufall, dass der Swing, die Musik der 1920er Jahre, und der Charleston, der stilbildende Tanz dieser Epoche, uns heute, hundert Jahre später, noch immer begeistern und faszinieren. Ein ungeheures Versprechen von Aufbruch, von Freiheit und Lebenslust wohnt ihnen inne, dessen Wirkung wir uns auch heute nicht entziehen können. Charleston kann man, anders als die meisten Gesellschaftstänze, ohne Partner:in tanzen, er avancierte daher schnell zu einer Tanzform, die wie keine zuvor das Individuum feiert. Doch gleichzeitig ist er ein Massentanz, dessen wilde Rhythmen und schüttelnde Bewegungen ihre Wirkung erst so richtig in der Gemeinschaft, durch das Aufgehen in der Menschenmenge, entfalten. So ist der Charleston von Anfang an eine ambivalente Angelegenheit, wie ja auch die Epoche zwischen den beiden Weltkriegen eine Zeit der unüberwindlichen Widersprüche und Brüche war. Und das Freiheitsversprechen darin hat sich besonders für die Frauen der Weimarer Republik nur teilweise eingelöst. Vordergründig erkämpften sie sich endlich politische, finanzielle und sexuelle Freiräume, doch in Wirklichkeit waren sie längst nicht gleichberechtigt und erfuhren, dass ihre neuen Freiheiten immer auch einen Preis hatten.

Doch vor allem für sie boten die neuen Tänze, die ab

1920 aus Amerika nach Europa schwappten, erst einmal ungeahnte Möglichkeiten. Eine regelrechte Tanzwut ergriff die Bevölkerung der Städte auch in Deutschland. Man swingte, jazzte und tanzte Shimmy, Charleston und ab dem Ende der 1920er Jahre auch Lindy Hop, als könne der Tanz alles vergessen machen, was bis dahin schwer, starr und konservativ gewesen war. Insbesondere junge Frauen tanzten sich von den Zwängen des Wilhelminismus frei, in die sie hineingeboren worden waren und die die Moral ihrer Mütter noch immer bestimmten. So schrieb die Schriftstellerin Vicki Baum: »Arme Mütter von 1880! (…) Wie haben wir euch erschreckt, als wir aus euren Wänden ausbrachen (…), wir mit unserer Forderung nach eigenen Wegen und Luft und Arbeit.« Eine neue Generation von Frauen war herangewachsen, die als Sekretärinnen eigenes (wenn auch kleines) Geld verdienten, die Schriftstellerinnen, Fotografinnen und Journalistinnen wurden und die, vor allem, mit ihrem Tanz die alten Gesetze niederstampften.

Der Ausdruckstanz erfuhr einen unglaublichen Aufschwung, überall – auch in Berlin – wuchsen Tanzstudios aus dem Boden, und das Angebot der Orte für dieses neue Vergnügen war riesengroß. Die Bandbreite war dabei so weit wie die Klüfte, die nach wie vor die Gesellschaftsschichten voneinander trennten. Es gab düstere, heruntergekommene Tanzdielen, in denen billiger Alkohol floss und Prostitution und Drogenhandel blühten, daneben bürgerlichere Vergnügungsstätten wie etwa in der Hasenheide, wo man sich mit Berliner Kindl alkoholselige

Tanzlaune antrank, und es gab die prächtigen, glitzernden Revuepaläste, in denen freilich vor allem die Mädchen der berühmten Charlestongruppen auf der Bühne tanzten, um das zahlende Publikum zu erheitern.

In meinem Roman erzähle ich die Geschichte einer solchen Tanzgruppe. Ich habe mich dabei ein wenig von der Geschichte der *Hiller Girls* inspirieren lassen (nicht zu verwechseln mit den *Tiller Girls*, die viel bekannter waren und in meinem Roman auch am Rande vorkommen). Die *Hiller Girls* waren eine Berliner Gruppe rund um den Opernsänger Rolf Hiller und seine Frau Gertrude, eine Choreographin und frühere Ballerina. Die Hillers gründeten die Gruppe 1928 und wurden mit den etwa zehn bis zwölf Mädchen schnell erfolgreich, was zum einen daran lag, dass sie – wie Wally Kaluza in meinem Roman – die jungen Frauen fast ungelernt aufnahmen und sie dann nach ihren Maßstäben trainierten. Zum anderen beugte sich Gertrude Hiller nur teilweise dem Zeitgeist der scheinbar perfekten, automatisierten Choreographie und erhielt sich, auch inspiriert durch Ausdruckstänzerinnen wie Mary Wigman und Jutta Klamt, einen expressionistischen, unabhängigen Stil. Die Gruppe bestand viele Jahre und ließ sich später, wie viele Künstler:innen und Tanzgruppen, von den Nationalsozialisten instrumentalisieren. Die *Hiller Girls* traten bei den Olympischen Spielen 1936 auf und sind in den Filmen von Leni Riefenstahl zu sehen. Ihre Beliebtheit nahm jedoch im Laufe der folgenden Jahre unter Hitler in Deutschland ab, vermutlich auch, weil jüdische Tänzerinnen in der Gruppe waren und die Hillers lange Zeit versuchten, diese zu schützen. Nach dem Ende der Diktatur stellten sich die *Hiller Girls* neu auf und wirkten in den Revuefilmen der 1950er Jahre mit, bis sie sich 1968, nach dem Tod ihrer Choreographin, auflösten.

In meinem Roman *Lindy Girls* war ich in meiner Erzählung sehr frei, und bis auf die wenigen Parallelen zu dieser realen Berliner Tanzgruppe ist darin alles fiktiv, abgesehen natürlich von den vielen berühmten Orten in Berlin, die in der Geschichte ihren Platz einnehmen – wie zum Beispiel der Admiralspalast, das Große Schauspielhaus, das heute in Form des Friedrichstadtpalastes fortgeführt wird, und das Varieté Wintergarten, das heute nicht mehr im (zerstörten und abgerissenen) Central-Hotel an der Friedrichstraße besteht, sondern in der Potsdamer Straße wiedereröffnet wurde. Ich denke aber, dass die Geschichte von Wally, Thea, Alice und Gila stellvertretend für eine ganze Generation von Frauen stehen kann, die vor hundert Jahren versuchten, ihr Glück in der schnellen und harten Stadt Berlin zu machen. Und die sich trotz einer männerdominierten, kriegsversehrten, in der Tiefe zerrissenen Gesellschaft weigerten, ihre Träume aufzugeben – auch wenn sie selbst am besten wussten, wie nah am Abgrund sie tanzten.

Anne Stern, im Herbst 2023

Dank

Ich danke von Herzen

Julia Eichhorn,
Stefanie Werk,
Reinhard Rohn,
dem ganzen Team vom Aufbau Verlag am Moritzplatz,
Patrizia Di Stefano,
Paula Döring,
meiner Mutter Dorothea
und meiner Familie.

Anne Stern
Drei Tage im August
Roman
352 Seiten. Klappenbroschur
ISBN 978-3-7466-3998-7
Auch als E-Book lieferbar

Eine Chocolaterie als Zuflucht in dunklen Zeiten

Berlin, 5. August 1936: Die Schwermut ist Elfies steter Begleiter, Zuversicht findet sie in ihrer Arbeit in der Chocolaterie Sawade, einem Hort zarter Zaubereien aus Nougat und Schokolade, feinstem Marzipan und edlen Aromen. Hier gelingt es Elfie und ihren Nachbarn, sich ihre Menschlichkeit in unmenschlichen Zeiten zu erhalten. Dann kommt Elfie dem Geheimnis einer besonderen Praline und der Geschichte einer verbotenen Liebe auf die Spur. Doch wird sie es wagen, auch ihrer eigenen Sehnsucht zu folgen?

Bestsellerautorin Anne Stern erzählt die berührende Geschichte einer besonderen Frau, die nicht wie andere ist – ein ausnehmend schöner Roman, voll zarter Sinnlichkeit und außergewöhnlicher Figuren.

Regelmäßige Informationen erhalten Sie über unseren Newsletter.
Jetzt anmelden unter: www.aufbau-verlage.de/newsletter

atb aufbau taschenbuch